ROBERTA MARASCO

# Der Duft der weißen Kamelie

ROBERTA MARASCO

# Der Duft der weißen Kamelie

ROMAN

Aus dem Italienischen
von Ingrid Ickler

blanvalet

Die Originalausgabe erschien 2016 unter dem Titel
»Le regole del tè e dell'amore« bei Tre60,
un marchio di TEA – Tascabili degli Editori Associati s.r.l., Milano.
Gruppo Editoriale Mauri Spagnol.



Dieses Buch ist auch als E-Book erhältlich.

FSC
www.fsc.org
MIX
Papier aus verantwortungsvollen Quellen
FSC® C014496

Verlagsgruppe Random House FSC® N001967

1. Auflage

Redaktion: Ulrike Nikel
Umschlaggestaltung und -motiv: © Johannes Wiebel | punchdesign,
unter Verwendung von Motiven von Shutterstock.com (CCat82;
Dmitrij Skorobogatov; Scisetti Alfio; Marina Shanti)
KW · Herstellung: sam
Satz: Buch-Werkstatt GmbH, Bad Aibling
Druck und Bindung: GGP Media GmbH, Pößneck
Printed in Germany
ISBN 978-3-7341-0514-2

www.blanvalet.de

»Wollen wir gleich zu unserem Abenteuer aufbrechen«, fragte Peter Pan, »oder erst noch eine Tasse Tee trinken?«

»Zuerst einen Tee«, antwortete Wendy.

J. M. BARRIE, PETER PAN

# 1

*Einunddreißig Jahre zuvor*

Die letzten Sonnenstrahlen ließen die Wände des Zimmers rötlich golden schimmern. Es würde nicht mehr lange dauern, bis auch sie verschwunden waren und die Dunkelheit alles verhüllte. Aber noch war das Licht perfekt, um jede Einzelheit fast plastisch erscheinen zu lassen: den Tisch vor dem Fenster, das in Leder gebundene Notizbuch, die achtlos auf den Stuhl geworfenen Kleider.

Die junge Frau tastete unter dem Bettlaken nach seiner Hand und drückte sie. Er erwiderte den Händedruck, zögerte jedoch einen winzigen Augenblick, als würde er nach einer Antwort suchen.

»Mir wird das Haus fehlen«, murmelte sie und schaute auf die Hügel jenseits des Fensters. »Trotz allem«, fügte sie mit einem bitteren Lächeln hinzu.

Er wandte sich um, und mit einer für ihn ungewöhnlich entschlossenen, fast verzweifelten Geste zog er sie an sich.

»Und mir wirst du fehlen«, flüsterte er rau, bevor er sein Gesicht zwischen ihren Brüsten vergrub.

Sie streichelte ihm sanft über den Nacken, während er ihr seufzend mit den Fingern durchs Haar fuhr.

»Es dauert ja nicht lange«, hauchte sie ihm ins Ohr – ihre Stimme zitterte ein wenig, und ihr Herz pochte ängstlich. »Es dauert sicher nicht lange, oder? Du erklärst ihr alles, und dann kommst du nach.«

Er antwortete nicht, löste sich von ihr und drehte sich auf die Seite. Es wurde ganz still. Ihr Blick wanderte zum blutrot leuchtenden Abendhimmel und verharrte dort, bis sie es nicht mehr aushielt – dieses Wunder der Natur erinnerte sie daran, dass alles ein Ende hatte. Wieder hörte sie ihn seufzen. Sein knochiger Brustkorb hob sich, bevor er ruckartig ausatmete, sich auf einen Ellbogen stützte und sie ansah. In seinen dunklen Augen flackerten Leidenschaft und Angst. Mit dem freien Arm zog er sie an sich und küsste sie auf die Stirn.

»Du bist das Beste, was mir je passiert ist«, flüsterte er mit heiserer Stimme, »und das Schlimmste.«

Ihr Lächeln erstarb für einen Augenblick, dann zwang sie sich, es zurückzuholen.

»Hör auf, dich so zu quälen. Wir haben uns entschieden, ein für alle Mal. Und du weißt, dass wir glücklich sein werden. Oder weißt du das nicht?«

Ohne zu antworten, ließ er sich zurück in die Kissen sinken.

»Mit dem Fluch hat das nichts zu tun, oder?«, fragte sie bang nach. »Daran glaubst du nicht wirklich, oder?«

»Meine Mutter …«, begann er, beendete den Satz jedoch nicht.

»Das ist nur ein dummer Aberglaube, eine alte Legende. Alle wissen das«, beschwor sie ihn.

Er starrte sie bloß mit leeren Augen an, als würde er ihre Worte nicht verstehen, war plötzlich ganz weit weg. Dann, nach einer Weile, schlich sich erneut dieses sanfte Lächeln auf seine Lippen.

Sie beobachtete ihn, betrachtete sein markantes Profil, die braune Locke, die ihm in die Stirn fiel, das kantige Gesicht, das tiefbraun war von den vielen Stunden, die er im Freien verbrachte. Sein Anblick versetzte ihr einen Stich. Dieser Mann war so ganz anders als der, den alle zu kennen glaubten. Und das war ihr Verdienst.

Sie allein war es, die ihm die düstere Ausstrahlung genommen und ihm gezeigt hatte, wie man mit den Augen lächeln und den zusammengekniffenen Lippen einen weichen Ausdruck verleihen konnte. Dennoch hatte sie das Gefühl, dass er ihr zu entgleiten drohte. Je attraktiver er wurde, desto unerreichbarer schien er – wie die letzten Sonnenstrahlen, die ins Zimmer drangen.

Sie hätten längst fortgehen sollen, davon war sie mehr denn je überzeugt. Im Dorf würden sie ersticken; er und seine Mutter kannten die Situation allzu gut. Es war zwar traumhaft schön hier, aber das Dorf verzieh nichts. Vor allem jenen nicht, in denen das Echo der alten Geschichten widerhallte. Ob man hier geboren war oder nicht, hier gab es bloß Schwarz oder Weiß, keine Zwischentöne. Eine kurze Zeit hatte sie das geglaubt, doch es hatte sich als Illusion erwiesen.

Sie strich ihm mit dem Zeigefinger über die Lippen.

»Es ist nicht so schlimm, wie du befürchtest. Das Leben muss nicht zwangsläufig schwierig sein. Genieß es einfach, ohne dich ständig zu hinterfragen.«

Er zog sie über sich, nahm ihr Gesicht zwischen die Hände und sah sie mit einem Blick an, in dem so viel Liebe und gleichzeitig so viel Trauer lagen, dass sie sich abwenden musste.

»Ich fahre morgen früh«, sagte sie, »und schreibe dir, sobald ich den richtigen Ort gefunden habe. Unseren Ort. Und ich verspreche dir, er wird einen Garten haben, den schönsten Garten, den du je gesehen hast.«

Sie legte ihre Wange auf seine Brust und hörte sein Herz viel schneller schlagen, als seine beherrschte Miene vermuten ließ. Würde sie dieses Pochen ihr ganzes restliches Leben lang hören dürfen, oder würde sie sich mit dem Echo ihres eigenen Herzens begnügen müssen?

Er strich ihr mit den Fingern durchs Haar. »Du bist die einzige Frau, die ich je geliebt habe. Ich hätte niemals gedacht, einen Menschen so lieben zu können, bevor ich dich getroffen habe.«

Unwillkürlich wich sie zurück.

»Du kommst nach, nicht wahr? Wie wir es besprochen haben«, bedrängte sie ihn mit erstickter Stimme.

In diesem Augenblick hörte man jemanden die Treppe heraufkommen. Er erstarrte, seine Hand löste sich von ihr. Die Schritte kamen immer näher.

Das Zimmer lag jetzt fast im Dunkeln, das verblassende Dämmerlicht ließ das weiße Kleid, das auf dem Boden lag, schimmern.

»Wohnt jemand im Zimmer nebenan?«, wisperte sie nervös.

»Nein, sie sind heute Morgen abgereist.« Er zögerte. »Vielleicht haben sie etwas vergessen«, fügte er hinzu, ohne wirklich an diese Möglichkeit zu glauben.

Die Schritte waren jetzt ganz nah und verharrten schließlich am Treppenabsatz.

Ihre Blicke trafen sich, in seinen Augen lagen Zweifel und Angst. Diese Gefühle gehörten zu ihm, genau wie seine Liebe zu ihr. Das eine existierte nicht ohne das andere.

Sie fragte sich, ob der Wunsch, glücklich zu sein, die Oberhand behielt. Ob er ausreichen würde, ihn zu bewegen, seine Ideale zu verraten, das Netz aus Selbstdisziplin und Verboten zu zerreißen, das er um sich gesponnen hatte und das ihn bis zu dem Tag, als sie in sein Leben getreten war, wie ein Kokon geschützt hatte.

Nein, es würde nicht reichen.

Im Bruchteil einer Sekunde, bevor sich die Tür öffnete, durchzuckte sie die Gewissheit, dass der Wunsch, glücklich zu sein, nicht stark genug war. Nicht einmal ihre Liebe würde das zu ändern vermögen.

***Über den Tee und die Liebe***

*Würde man die Menschen mit Tassen voller Tee vergleichen, wären die einen das Wasser und die anderen die Teeblätter.*

*Jene, die ihre Umgebung verändern, Zeichen setzen und den Dingen einen eigenen Geschmack geben, die voller Ungeduld erzählen – das sind die Teemenschen.*

*Daneben gibt es die Abwartenden, die Aufnehmenden, die Flexiblen, die auf ihre Umgebung reagieren und zuhören. Transparent und nahezu unsichtbar warten diese Wassermenschen, dass etwas ihrem Leben Farbe und Geschmack gibt. Sie glauben, dass das Leben erst interessanter wird, wenn die anderen ihnen Farbe verleihen, und ein Leben in der ewig gleichen Farbe langweilig ist, mag sie noch so schön sein. Deshalb, davon sind sie überzeugt, muss man die Farben der anderen zum Leuchten bringen und die eigene Farbe zurückhalten.*

*Trotzdem ist kein Wasser wie das andere. Ein Wasser mit hohem Mineralgehalt kann seinen Eigengeschmack nicht überdecken, er wird sich auf jeden Fall ausnahmslos durchsetzen. Einige Teesorten ziehen sich beleidigt zurück und werden fade, andere verändern sogar ihr Aroma, sodass man sie nicht mehr erkennt. So beim grünen Sencha Fukujyu, der durch ein zu mineralhaltiges Wasser salzig schmeckt. Der Mineralgehalt verändert sich weder, noch löst er sich in Luft auf.*

*Doch eines Tages kommt ein ganz besonderer Tee, zu einem bestimmten Moment im Jahr geerntet, in einer ganz speziellen Mischung. Und sein Geschmack, allein seiner, führt auf unerklärliche Weise – vielleicht beeinflusst durch die Niederschlagsmenge, die Laune der Pflückerinnen oder etwas längeres Trocknen – dazu, dass der Mineralgehalt des Wassers das Aroma verbessert und nicht stört. Man muss bloß abwarten können.*

*Mit Geschichten ist es nicht anders. Es reicht nicht, sie zu erzählen oder ihnen zuzuhören. Erst wenn der Erzähler zugleich Zuhörer wird und der Zuhörer sich in der Geschichte wiederfindet, ist die Magie einer Geschichte da. Magisch wie eine perfekte Tasse Tee.*

# 2

*Keemun Mao Feng*

*Ein milder, fruchtiger Tee aus China, vollmundig mit dezentem Kakao-Orchideen- und Räucher-Aroma. Einer der hochwertigsten Tees aus dem Land der Mitte. Am Gaumen entfalten sich Gewürz- und Schokoladennoten, ein würzig-süßes Finale, das ihn einzigartig macht.*

Elisa goss warmes Wasser in die Teekanne aus Porzellan, um sie ein wenig anzuwärmen. Dann leerte sie sie wieder aus und stellte sie auf den Tisch.

»Buongiorno, Signor Keemun, heute brauche ich deinen Orchideenduft«, sagte sie leise und ließ kleine schwarze Teeblätter in die Kanne rieseln.

Anschließend prüfte sie die Temperatur des Mineralwassers, das sie aufkochte, und als es genau neunzig Grad hatte, goss sie es über die Blätter, die sofort zum Leben erwachten. Und bereits einen Augenblick später erfüllte das intensiv süßliche Aroma des Tees den Raum.

»Was hätten wir bloß gemacht, wenn Signor Yu Ganchen nicht auf die Idee gekommen wäre, einen Teegarten zu eröffnen?«, murmelte sie, während sie den Tee exakt drei Minuten ziehen ließ.

Gleichzeitig drehte sie die Tasse um und ließ sie bis zum Einschenken kopfüber stehen, wie sie es von ihrer Mutter gelernt hatte. Als Kind glaubte sie sogar, dass so die Seele des Tees geschützt werde. Dann wärmte sie die Tasse mit etwas warmem Wasser an, kippte es wieder aus, um schließlich die haselnussbraune Flüssigkeit einzugießen.

Nach dem ersten Schluck fiel alle Anspannung von ihr ab. Der Keemun hatte die Gabe, Verkrampfungen zu lösen und die Einsamkeit zu vertreiben. Seine süßlich-würzigen Noten nach Kakao und Orchideenblüten, dazu ein Hauch Waldaromen, umfingen sie in einer warmen Umarmung. Heute konnte sie das besonders gut gebrauchen, eigentlich schon die ganze letzte Zeit, seit ihre Tante gestorben war

Seufzend wandte sie sich um, die Tasse in der Hand. Der Zauber, der sie umhüllt hatte, verflog beim Anblick der Umzugkartons, die sich in ihrem kleinen Appartement stapelten. Obwohl sie versucht hatte, ein wenig Ordnung ins Chaos zu bringen, sah es nach wie vor schlimm aus. Und schmerzlich wurde ihr bewusst, dass Verdrängen zwecklos war. Sie musste die Sache in Angriff nehmen.

Aber wo sollte sie jetzt noch suchen?

Nach wie vor gab es einige Kartons mit Sachen, die sie noch nicht sortiert hatte. Vielleicht verbarg sich ja darin etwas, irgendwelche Hinweise, die ihr Erklärungen lieferten, die sie so dringend brauchte, um endlich zu verstehen.

Beim Einpacken hatte sie alles wahllos hineingestopft, ohne zu wissen, was sie eigentlich tat. Die Leben ihrer Tante, ihrer Mutter schienen in diesen Kartons zu verschwinden wie ihre Kindheit – so war es jedenfalls auf den Deckeln in dicken schwarzen Filzstiftlettern zu lesen.

Sie trank noch einen Schluck Tee und strich sich eine widerspenstige Locke hinters Ohr.

»Ob du mich wohl schlafen lässt?«, fragte sie die duftende Tasse. »Manchmal lasse ich mich von deinen filigranen Blättern täuschen.«

Der Keemun war der perfekte Tee für den Abend, allerdings unter der Voraussetzung, dass einem nicht zu viel durch den Kopf ging. Und in ihrem Kopf herrschte leider Chaos.

Erneut schaute sie zu den noch zu durchsuchenden Kartons und gab sich einen Ruck. Sie musste endlich fertig werden, und umhüllt von Orchideenduft würde es ihr bestimmt leichterfallen. Sie trank einen weiteren Schluck und hob einen Karton von dem Stapel. *Küche*. Vielleicht sollte sie damit anfangen, mit ihrer Tante und ihren Backkünsten, die für sie Berufung und Beruf zugleich gewesen waren, denn sie bot von zu Hause aus ihre kunstvollen Tortenkreationen an.

Sie riss das braune Klebeband ab und klappte den Deckel auf. Mit einem solchen Durcheinander hatte sie nicht gerechnet. Holzlöffel in jeder Form und Größe, Spachtel und Spritztüllen für die Tortendekoration, die sie schon als Kind fasziniert hatten. Und erst das Nudelholz, mit dem sie ausgelassen durch die Wohnung getobt war, liebevoll beobachtet von der Tante.

Elisa hielt es sich unter die Nase, schloss die Augen und meinte den Duft von Kakao und Butter, die im Wasserbad schmolzen, riechen zu können. Und sie sah den Mehlbart vor sich, den ihr die Tante aufs Gesicht gemalt hatte. Sie musste schlucken und biss sich auf die Lippen, um nicht in Tränen auszubrechen.

Ihre Tante war immer älter und gebrechlicher geworden, ohne dass es ihr richtig zu Bewusstsein gekommen war. Oder hatte sie es einfach nicht wahrhaben wollen? Für sie hätte alles so bleiben können, wie es immer gewesen war: Die Tante hatte die Nichte verwöhnt und umsorgt, bis irgendwann die Zeit gekommen war, wo es sich hätte umkehren müssen. Doch Elisa hatte nicht gemerkt, wie schlecht es der alten Dame ging. Nicht bis zu dem Anruf, dass sie ins Krankenhaus eingeliefert worden war. Nur für ein paar Tage, nur zur Kontrolle, hatte man sie beschwichtigt.

Und dann war sie nicht wiedergekommmen.

Sie hatte sich nicht mal richtig von ihr verabschieden können, was ihr bis heute wehtat. Bei ihrem letzten Besuch hatte sie sich auf leisen Sohlen aus dem Zimmer geschlichen, ihre Tante schien so ruhig und friedlich zu schlafen, dass sie sie nicht stören mochte. Warum sie aufwecken? Am nächsten Tag war Samstag, da würde sie früher herkommen und länger bleiben. Niemals hätte sie damit gerechnet, dass man sie am Abend um elf aus dem

Krankenhaus anrufen und ihr mitteilen würde, dass ihre Tante gestorben war. Am nächsten Morgen hatte sie dann vor der sterblichen Hülle gestanden, die so fremd wirkte, dass sie einen Moment lang dachte, da liege ein ganz anderer Mensch.

Was war ihr von ihr geblieben?

Nichts. Zumindest nichts, an das sie sich klammern konnte. Nichts Bleibendes, das sie an die innige Liebe erinnerte, die sie miteinander verbunden hatte. Nichts, was sie tröstete, und nichts, was ihre Nachlässigkeit in den letzten Wochen und Monaten, ihre mangelnde Aufmerksamkeit zu entschuldigen vermochte.

Warum hatte sie nichts gemerkt?

Sie hatten schließlich jeden Tag miteinander telefoniert, waren immer in Kontakt gewesen, jedenfalls hatte sie das geglaubt. Aber stets pflegte ihre Tante so zu tun, als wäre alles in Ordnung, und im Gegenzug tat Elisa so, als würde sie ihr glauben. Sie hätte besser hinhören müssen.

Wenn sie rückblickend darüber nachdachte, erschrak sie, an wie wenig sie sich erinnerte. Wann hatte sie das letzte Mal einen Kuchen mit ihr gebacken? Wenigstens das fiel ihr wieder ein. Es musste vor einem Jahr gewesen sein, am Geburtstag ihrer Mutter.

Unschlüssig drehte Elisa das Nudelholz zwischen den Fingern, als ob es ihr all das zurückbringen könnte, was sie verloren hatte. Dann griff sie wieder nach der Teetasse, ließ sich im Schneidersitz auf dem Boden nieder und starrte unentschlossen auf die nächsten Kartons. Sie trank einen Schluck und entschied sich für den direkt neben ihr stehenden. *Verschiedenes* stand in großen Buchstaben darauf. Ihr Herz schlug schneller. Vielleicht würde sie dort finden, was sie suchte.

Bloß was?

Elisa lebte mit einem schwarzen Loch in sich seit ihrer Kindheit. Sie hatte versucht, es zu ignorieren, so zu tun, als wäre nichts, weil sie sich vor dieser inneren Leere fürchtete. Und so hatte sie auch nie mit jemandem darüber gesprochen, zu groß war die Angst gewesen, ausgelacht zu werden. Jetzt hingegen musste sie sich nicht mehr verstellen, denn inzwischen wusste sie, dass dieses Loch keine Einbildung, sondern sehr real war. Und spürbar.

Sie hatte die Kartons mit nach Hause genommen, um in Ruhe zu suchen und den fast leeren Räumen zu entfliehen, von deren Wänden die Stimme ihrer Tante noch widerzuhallen schien. Sie wusste nicht, was, doch irgendwas musste da sein, das ihr Aufschluss geben konnte. Elisa wollte endlich erfahren, welches Geheimnis sich hinter ihrem Leben verbarg. Ihre Mutter hatte nicht darüber sprechen wollen, und ihre Tante war nicht besser gewesen. Selbst nach dem Tod ihrer Schwester hatte sie weiter beharrlich geschwiegen und die Nichte immer ganz enttäuscht angeschaut, wenn sie sie dabei ertappte, wie sie in Schubladen und Schränken herumwühlte.

Elisa klappte den Karton mit der Aufschrift *Verschiedenes* auf. Es war ein Sammelsurium von Dingen, die sie erst mal wahllos eingepackt hatte und die darauf warteten, sortiert zu werden. Das abgegriffene Adressbuch aus rotem Leder, das bis zum Tod ihrer Mutter neben dem Telefon gelegen hatte. Eine halb leere Schachtel Halsbonbons. Ein grüner Taschenschirm mit weißen Punkten. Ganz unten eine Teedose, die auf dem Küchentisch gestanden hatte, als sie mit dem Einpacken begonnen hatte. Sie nahm sie heraus.

Eine quadratische schwarze Dose mit stilisierten goldfarbenen Blättern auf dem Blech. Sie sah alt und edel aus, und Elisa meinte, dass sie bereits zu Lebzeiten ihrer Mutter neben zahllosen anderen Dosen im Regal gestanden hatte. Sie wusste es nicht genau zu sagen, es waren einfach zu viele gewesen. Neugierig, was sich wohl für ein Tee darin befand, versuchte sie die Dose zu öffnen, aber der Deckel klemmte, als wäre er lange nicht mehr bewegt worden. Sie stellte sie erst mal beiseite und widmete sich anderen Dingen.

Zwei Stunden später resignierte sie.

Erneut hatte sie nichts Wichtiges entdeckt. Keinen Brief, keine Uhr, keine einzige Tagebuchseite. Trotzdem mochte sie nicht glauben, dass ihre Mutter absolut nichts aufbewahrt hatte, was sie an Elisas Vater erinnerte. Hatte sie es so gut versteckt, damit es nicht aufzuspüren war? Oder hatte sie wirklich alles weggeworfen? Wo sollte sie noch suchen?

# 3

*Neun Jahre zuvor*

»Das wollte ich längst mal machen.«

Max zielte und pfefferte eine Spaghetti gegen die Kühlschranktür. Langsam glitt die Nudel zu Boden. Anna sah angewidert zu, die anderen lachten.

»Und was soll das?«, wollte Federica wissen, die leicht betrunken war und Mühe hatte, sich zu konzentrieren.

»Wenn sie kleben bleibt, ist sie gar. Wenn sie runterfällt, ist sie noch zu hart«, erklärte Anna.

»Und wenn sie rutscht?«, fragte Elisa lachend.

Sie hatte nicht viel Wein getrunken, doch auf leeren Magen reichte es. Die Welt um sie herum wirkte inzwischen leicht verschwommen.

Max beugte sich nach unten, hob die Nudel, die sich auf dem gefliesten Boden zusammengerollt hatte, mit den Fingerspitzen hoch und steckte sie sich in den Mund.

»Perfekt«, verkündete er, während die anderen sich entsetzt abwandten.

Elisa stellte die Schüssel mit dem Salat auf den Tisch, Federica und Anna gossen das Nudelwasser ab, kicherten dabei pausenlos.

Die Gruppe war erst an diesem Nachmittag in dem kleinen Häuschen angekommen, das Annas Eltern gehörte, aber es kam ihr bereits wie eine Ewigkeit vor. Außer Federica kannte Elisa niemanden näher, obwohl sie alle Literaturwissenschaft studierten. Einige hatte sie gelegentlich in den Vorlesungen gesehen, andere, wie Max etwa, waren Freunde von Anna.

Mit ihm hatte sie sich von Anfang an gut verstanden, gleich auf der gemeinsamen Anreise im Zug. Elisa hegte den vagen Verdacht, dass Max ein Auge auf sie geworfen hatte, hin und wieder starrte er sie herausfordernd an, was Anna wiederum bewog, ein wenig über ihn zu lästern. Und sie? Was empfand sie für ihn? Kein Zweifel, der dunkelhaarige junge Mann sah gut aus und lachte gern, ihr Typ war er nicht. Allerdings war in diesem abgelegenen, einsamen Häuschen zwischen Weinbergen und Wäldern alles romantisch, da brauchte es nicht viel, um seinen Avancen nachzugeben.

Jemand hatte die Musik lauter gedreht, und Federica begann zu tanzen, schwenkte dabei einen Kochlöffel rhythmisch durch die Luft. Max umfasste Elisas Taille, schob sie nach vorne und vollführte mit ihr ein paar unbeholfene Tanzschritte.

In diesem Moment ging die Küchentür auf.

»Endlich!«, rief Anna und lief auf den Nachzügler zu.

Elisa drehte sich um, und noch bevor sie ihn im Blick hatte, lief ihr ein Schauer über den Rücken, eine diffuse Angst, die sie von Prüfungen kannte. Der junge Mann, der in der Tür stand, war etwas außer Atem, seine braunen Haare waren zerzaust, und auf seinen Lippen lag ein selbstsicheres Lächeln.

Anna umarmte ihn. »Wie immer zu spät, ich habe schon gedacht, du hättest dich verlaufen«, sagte sie mit leisem Vorwurf in der Stimme, ohne ihn loszulassen.

Er ignorierte den Tadel, küsste sie auf die Stirn, und seine Augen strahlten, als hätte sie ihm ein Kompliment gemacht. Elisa war fasziniert: Mit diesem Mann an ihrer Seite wäre alles gut. Ihre Gedanken begannen Karussell zu fahren, benebelt vom Wein und der ausgelassenen Stimmung, spürte sie ganz tief in sich, wie sich etwas in ihr festsetzte. Etwas Geheimnisvolles. Nichts war mehr wie zuvor.

Nach dem Abendessen gingen die Jungs nach draußen, die Mädels saßen am Tisch und plauderten. Federica rollte einen Joint, Anna klaubte die letzten Kuchenkrümel auf und steckte sie sich genüsslich in den Mund.

Arianna, eine überschlanke Schwarzhaarige mit Pagenschnitt und großen dunklen Augen, die Elisa etwas besser kannte, weil sie die gleichen Vorlesungen besuchten, spielte mit ihrem Feuerzeug.

»Dein Freund Daniele ist echt heiß, seid ihr zusammen?«, erkundigte sie sich bei Anna, die daraufhin versonnen lächelte.

»Nein, nicht mehr, wir hatten vor einigen Jahren mal was, ist längst vorbei.«

»Bist du nicht mehr interessiert?«

Anna lachte. »Willst du wissen, ob er zu haben ist?«

»Ja, will ich«, antwortete Arianna, die genau wusste, was sie wollte, und der Skrupel fremd waren. »Sofern er nicht mehr auf deiner Liste steht, sehr gerne.«

Elisa gab sich Mühe, ihre Enttäuschung zu verbergen.

»Keine Sorge«, erwiderte Anna. »Ich dachte mal, in ihn verliebt zu sein, bis ich kapiert habe, dass Daniele nicht der Typ für feste Beziehungen ist, das kannst du mir glauben.«

»Stimmt, der lässt sicher nichts anbrennen«, meinte Federica, die den Joint fertig gerollt hatte.

»Das auch«, sagte Anna, »noch dazu ist er immer unterwegs. Ich habe ihn in Kanada kennengelernt, vor zwei Jahren im Sommer, er machte dort einen Zwischenstopp und wollte weiter nach Thailand. Sein Vater ist ein Althippie, ein Künstler, der ständig durch die Welt zieht. Im Moment ist er für drei Monate in Thailand. Die Mutter ist meiner Erinnerung nach tot.«

Arianna zuckte mit den Schultern, griff nach dem Joint, den Federica ihr hinhielt, und zündete ihn an.

»Ich will ihn ja nicht heiraten«, erklärte sie lapidar, und die anderen lachten.

Alle außer Elisa, die jetzt ebenfalls einen Zug nahm. Vielleicht besser so, dachte sie. Eine Sache, die wehtat, noch bevor sie begonnen hatte, sollte man am besten sein lassen. Aber das Verlangen, das in ihr wuchs, würde schwer zu unterdrücken sein, das wusste sie schon jetzt.

# 4

## *Moonlight*

*Ein erlesener weißer Tee aus der chinesischen Provinz Yunnan, wo er ausschließlich per Hand gepflückt wird. Samtig weicher Geschmack mit dezenter Honignote, die seinen fruchtigen Charakter vorteilhaft zur Geltung bringt. Die außergewöhnlich großen Blätter werden in hochgelegenen Teeplantagen ab April geerntet und nach alter Tradition auf Bambusgestellen getrocknet.*

Um sie herum klirrte Besteck, im Hintergrund war Mozart zu hören, dazwischen das muntere Geplauder der Gäste. Elisa ließ sich von der Musik davontragen und strich sanft über den Rand ihrer hauchdünnen Tasse. Das goldene Licht des Nachmittags ließ die kunstvoll bemalte Teekanne glänzen.

An einem Tisch im Teesalon war leises Lachen zu hören, und sie fragte sich, welche Geheimnisse wohl gerade in die Nachbarohren geflüstert wurden. Immerhin rankten sich viele Geschichten um die besonderen Fähigkeiten des Tees, verborgene Gedanken und Geschichten hervorzukitzeln!

*Ich stelle dir unseren heutigen Gast vor*, hatte ihre Mutter immer angekündigt, bevor sie den Tee eingoss. Von Kind an war Elisa beigebracht worden, dass jeder Tee genau wie ein Mensch seine eigene Persönlichkeit hat, seinen individuellen Charakter, seine Vorzüge und Nachteile, seine kleinen Empfindlichkeiten, seine Vorlieben und Abneigungen.

Es gab Tees, die Süßspeisen zur Begleitung bevorzugten, während anderen Salziges lieber war. Es gab anspruchsvolle Sorten, die sich mit allem schwertaten, und solche, die völlig unkompliziert waren. Elisa hatte nie einen imaginären Freund gebraucht, ihr Freund war der Tee, und zwar in jeder Lebenslage.

»Die Wohnung ist jetzt leer?«, fragte Alessandra und riss sie aus ihren Gedanken.

»Noch nicht ganz. Ein paar Möbel stehen noch herum, allerdings ist alles ausgeräumt und verpackt. Jetzt muss ich mal sehen, wohin damit.« Elisa seufzte. »Eigentlich hätte ich das alles lieber in aller Ruhe gemacht, doch der Immobilienmakler will das Objekt so schnell wie möglich auf den Markt bringen, sofort nach Ostern. Das sei der beste Zeitpunkt, meint er, und es gebe bereits ein paar Interessenten.«

Ornella tätschelte ihre Hand. Elisa lächelte sie an, sie wusste, dass ihrer Freundin große Gesten zuwider waren, umso mehr bedeutete ihr diese Berührung.

»Willst du die Wohnung wirklich verkaufen?«

»Unbedingt. Ich könnte dort nicht leben, das würde zu sehr schmerzen. Und vermieten kann ich sie genauso wenig – zu wissen, dass dort jemand anders wohnt, wäre unerträglich. Dann lieber ganz weg.«

Die drei schwiegen einen Moment, der Zauber von Mozarts Musik schlich sich in ihre Gedanken.

»Zumindest ist alles organisiert«, durchbrach Elisa die Stille.

»Was meinst du damit?«, hakte Alessandra nach.

»Die endgültige Räumung der Wohnung. Alles, was mir wichtig ist, ist verpackt und ordentlich beschriftet. Die Teekannen und Teetassen meiner Mutter, die Backutensilien meiner Tante, eben so was. Sogar die Kleider. Die Sommersachen stehen am Fenster, die Wintersachen in der Nähe des Heizkörpers, die Bücher im Wohnzimmer …«

»Und alle alphabetisch geordnet?«, fiel ihr Ornella ins Wort und lachte spöttisch.

»Nein. Bücher, die ich behalten will, befinden sich in den oberen Kartons, der Rest, den ich nach und nach entsorgen muss, in den unteren. Und meine Kinderbücher sind in einem eigenen Karton verpackt.«

Obwohl Elisa wusste, wie übertrieben pedantisch das klang, traute sie sich nicht offen zuzugeben, dass es ihr besser ging, wenn alles seine Ordnung hatte. Dann fühlte sie sich wohl. Es war wie einen kuschelig weichen Pullover überzustreifen, einen Lieblingsroman zu lesen oder ein Stück selbst gebackenen Kuchen der Tante zu essen. Lauter Gewohnheiten, die ihr sagten: *Alles wird gut.*

»Das klingt fast, als meintest du das ernst«, lästerte Alessandra, »und wo bringst du das alles unter?«

»Keine Ahnung.« Elisa seufzte. »Ich dachte nicht, dass meine Tante so viel aufgehoben hätte, meine Wohnung gleicht inzwischen einem Lagerschuppen, denn ein Teil der Kartons steht schon bei mir.«

»Du kannst gerne einiges bei mir in der Werkstatt deponieren, Platz habe ich genug«, bot Ornella an.

»Wirklich? Das wäre kein Problem für dich?«

»Nein, sofern du dich an meine Regeln hältst.«

»Das dürfte schwierig werden«, Elisa lächelte, »trotzdem danke, das ist wirklich nett.«

»Ich komme in den nächsten Tagen mit dem Lieferwagen vorbei, und wir fahren zur Wohnung deiner Tante. Wenn du willst, können wir die bei dir zwischengelagerten Kartons ebenfalls bei mir unterstellen.«

»Nein, die erst mal nicht«, kam die Antwort wie aus der Pistole geschossen.

»Du willst den ganzen Kram wohl nicht in deiner Schuhschachtel unterbringen?«, fragte Alessandra mit leichtem Spott.

»Von wegen Schuhschachtel, irgendwo wird sich ein Plätzchen finden«, ereiferte sich Elisa, »es ist wegen …« Sie hielt inne und trank einen Schluck Tee. »Diese Kartons muss ich zum Teil noch mal durchsehen. Irgendwo hoffe ich etwas über meinen Vater zu finden«, gab sie schließlich zu und versuchte dabei möglichst unbeteiligt zu klingen. »Bisher habe ich nichts gefunden.« Sie schaute versonnen in ihre Tasse, hob dann wieder den Blick. »Ist das nicht merkwürdig? Von ihm gibt es absolut nichts, keine

Brille, keinen Gürtel, kein Tagebuch, in dem er irgendetwas notiert hätte …«

»Du warst noch ganz klein, als er gestorben ist«, warf Ornella ein, »das ist eine Ewigkeit her.«

»Stimmt, aber irgendetwas müsste meine Mutter eigentlich aufgehoben haben. Ich kenne nicht mal ein Foto von ihm.«

»Vielleicht hat sie seinen Tod nicht verkraftet und wollte deswegen nicht mehr an ihn erinnert werden«, meinte Alessandra, wobei ihr anzuhören war, dass sie das selbst nicht glaubte, sondern die Freundin lediglich trösten wollte.

»Oder sie hat ihn gehasst. Manchmal hasst man einen Menschen so sehr, dass man alle Spuren, die er hinterlassen hat, verwischen will …«

Elisas Stimme stockte, den in ihr aufkeimenden Verdacht wollte sie lieber nicht aussprechen. Hatte ihre Mutter wirklich versucht, diesen Mann aus ihrem Leben zu streichen? Wenn ja, war ihr das gründlich gelungen. Einzig und allein eine Spur war geblieben: sie.

Sie umklammerte die Tasse so fest, dass man Angst haben musste, sie werde zerbrechen.

»Egal«, flüsterte sie. »Ornella hat recht, das alles ist so lange her, und es macht keinen Sinn, sich deswegen zu quälen. Ich war einfach fest überzeugt, etwas zu finden, als ich die Wohnung meiner Tante ausräumte. Irgendetwas, das sie für mich aufbewahrt hat. Nichts. Vielleicht ist wirklich zu viel Zeit vergangen.«

»Wie lange ist das mit deiner Mutter inzwischen her?

Neun Jahre, oder?«, fragte Ornella. »Unglaublich, es kommt mir manchmal vor wie gestern und manchmal, als wäre es ein halbes Leben her.« Sie blickte ihre Freundin an. »Irgendwie gehörte deine Mutter in eine andere Zeit.«

»Mir scheint, meine Mutter gehörte nirgends hin. Nicht in die heutige Zeit und nicht in eine andere, sie gehörte nur sich selbst.« Elisa seufzte. »Immerhin können sie und ihre Schwester jetzt gemeinsam Tee trinken, wo auch immer sie sein mögen. Hauptsache, sie sind wieder vereint.«

Von einem Tisch in der Nähe drang perlendes Lachen herüber und verstummte dann plötzlich. Ornella nippte an ihrem Tee und streckte die Hand nach dem Teller mit dem Gebäck aus, um sie sofort zurückzuziehen.

»Los, nimm eins«, ermunterte sie Alessandra.

»Um Himmels willen, nein! Ich bin auf Diät.«

Elisa lächelte, ihr erstes ungezwungenes Lächeln an diesem Tag. Ornella war ständig auf Diät, seitdem sie sie kannte, seit mittlerweile mehr als zwanzig Jahren also. Und sie hatte dabei nie ein einziges Gramm abgenommen. Ein wahres Wunder.

»Ach komm, ein winziges Plätzchen! Das wird deiner Figur bestimmt nicht schaden.«

»Bei dir macht es vielleicht nichts, Miss Perfect. Bei mir hingegen legt sich jede einzelne Kalorie sofort auf die Hüften.«

Ornella warf erneut einen sehnsüchtigen Blick auf den Teller, dann drehte sie sich zu Alessandra um, die mit dem

Zeigefinger einen Krümel aus dem Mundwinkel wischte und nach ihrer Teetasse griff.

Wenn die Freundin ein Tee wäre, sinnierte Elisa, dann sicher ein Jasmin Dragon Phoenix Pearl aus feinsten zu Kugeln gerollten Grünteeblättern, die mit frischen Jasminblüten aromatisiert werden. Ein kostbarer, anspruchsvoller und verführerisch duftender Tee.

Alessandra warf die goldblonden langen Haare zurück. »Dieser Moonlight ist wunderbar«, erklärte sie begeistert, »man hat den Eindruck, dass die gerade gepflückten Teeknospen direkt auf der Zunge zergehen.«

Elisa hielt sich die Tasse an die Lippen und atmete tief den würzigen Duft ein. In der Tat. Dieser Tee zog sie in seinen Bann. Wenn sie die Augen schloss, glaubte sie in China zu sein, auf einem nebelverhangenen Hochplateau, ganz weit weg …

Die Musik brach abrupt ab, das Stimmengewirr und das Klirren des Geschirrs verstummten, ein Kratzen war zu hören. Die Realität hatte sie wieder.

Alessandra stand auf, schaltete die Stereoanlage aus und die Deckenlampe an, sodass der Raum schlagartig in gleißendes Licht getaucht wurde. Die winzige Küche schien zu blinzeln, um sich an die Helligkeit zu gewöhnen, die hübschen Kacheln mit den Blütenmotiven reflektierten den Schein der Lampe mit dem bordeauxfarbenen Schirm.

Die elegante Atmosphäre eines Teesalons war verschwunden und hatte der Gemütlichkeit von Alessandras Wohnung Platz gemacht.

»Wie schade. Gerade bei der Musik von Mariage Frères, meinem Lieblingsteehaus in Paris«, seufzte sie, drehte die CD zwischen ihren Fingern hin und her und hielt sie ins Licht, um nach einem Kratzer zu suchen.

»Tausch sie um. Hat dein Chef nicht gesagt, er kennt den Typen, der diese CD produziert hat?«, wollte Ornella wissen.

Alessandra nickte. »Stimmt, und deshalb hat das ganze Büro zu Weihnachten die gleiche bekommen. Er scheint der Sohn eines alten Freundes zu sein oder so was Ähnliches.«

Mit einer blitzschnellen Handbewegung schnappte sich Ornella heimlich ein Plätzchen und steckte es in den Mund. Dann klappte sie den CD-Koffer auf, den Alessandra auf den Tisch gestellt hatte, und nahm eine CD mit der Beschriftung *Willow Tea Room* heraus, auf deren Cover ein eleganter Teesalon mit hochlehnigen Stühlen zu sehen war.

»Um all diese CDs aufzunehmen, muss er um die halbe Welt gereist sein. Ob er wohl ein Teeliebhaber ist?«

Alessandra zuckte mit den Schultern. »Keine Ahnung. Ich weiß bloß, dass er Journalist ist, mehr nicht.«

Elisa erhob sich, stieß dabei so heftig gegen den Tisch, dass die Tassen klirrten.

Ornella schaute sie überrascht an. »Du gehst schon?«

»Ja, ich bin todmüde. Freitagnachmittag bei mir?«

Die anderen nickten. Elisa nahm ihre Tasche und bewegte sich in Richtung Ausgang.

»Bald ist der Neunundzwanzigste, oder?«, fragte Ornella plötzlich.

Elisa starrte sie an. Sie hatte es nicht vergessen? Kaum zu glauben. Dann nickte sie. »Ja, der erste Geburtstag meiner Mutter ohne meine Tante, ein komisches Gefühl.«

»Ob die Kamelie wohl auch in diesem Jahr kommt?«, überlegte Alessandra.

»Ehrlich gesagt, ich weiß nicht, was trauriger ist: zu entdecken, dass es meine Tante war, die sie jedes Jahr geschickt hat, oder zu realisieren, dass der Absender gar nicht wusste, dass meine Mutter seit neun Jahren nicht mehr lebt«, erwiderte Elisa.

Sie biss sich auf die Lippen und ging zur Tür, die mitfühlenden Blicke ihrer Freundinnen waren schier unerträglich. Sie musste weg.

»Wenn irgendetwas ist, ruf an, versprochen?«, mahnte Ornella.

»Versprochen«, antwortete Elisa, bevor sie die Tür hinter sich schloss.

# 5

*Einunddreißig Jahre zuvor*

Es war heiß in den engen Gassen des Dorfes, und die kühle Luft des Gartens lud zum Verweilen ein. Sie wischte sich mit einem Taschentuch den Schweiß aus dem Nacken und sah sich um. Hier war niemand, den sie nach dem Weg fragen konnte, und sie war zu müde, um in der Sonnenglut auf Verdacht weiterzusuchen. Sehnsüchtig blickte sie durch das Tor in den Garten, der ihr wie eine Oase in der Wüste vorkam. Dann fasste sie sich ein Herz, ging hinein und genoss die kühle Luft auf der Haut, die sie fast frösteln ließ.

Das herrschaftlich wirkende Haus war nicht sehr groß, aber elegant und gepflegt. Von einer Mauer umschlossen und von Bäumen flankiert, wirkte es, als wollte es nicht gestört werden. Sie überquerte die Rasenfläche und setzte sich auf eine steinerne Bank im Schatten eines stattlichen Kamelienbaums.

Vergeblich zupfte sie an ihrer Bluse, um den Riss zu verbergen. Warum war sie nur in das Auto gestiegen und hatte nicht auf den Bus gewartet? Warum war sie so naiv gewesen, diesem freundlich lächelnden Mann zu vertrauen, der sie mit wohlgesetzten Worten und schmeichelndem Tonfall beeindruckt hatte? Kaum war sie eingestiegen, war er in einen einsamen Feldweg gefahren, hatte den Beifahrersitz nach hinten gekippt und ihr mit der Hand unter die Bluse gefasst. Als sie sich wehrte, hatte er sie an Ort und Stelle rausgeschmissen, sodass sie den Rest des Weges zu Fuß gehen musste.

Der steile Anstieg ins Dorf war mühsam gewesen, obwohl ihr Koffer ganz leicht war, sie hatte ja kaum etwas dabei. Ein Fehler, nicht an die Wasserflasche gedacht zu haben. Sie hätte in der Bar auf der Piazza etwas trinken können, doch alle Tische waren besetzt, und der Kellner hatte keine Anstalten gemacht, sie zu bedienen.

Sie schaute auf die weiß gestrichene Fassade, auf die kleinen Fenster mit den hellblauen Fensterläden und die Blumenkübel rechts und links neben der Eingangstür. Dann fiel ihr Blick auf eine Sonnenuhr, und sie versuchte sich daran zu erinnern, wie man darauf die Zeit ablas. Inzwischen musste es gegen zwei Uhr nachmittags sein, aus dem Inneren des Hauses drang kein Laut. Vielleicht war niemand da. Oder die Bewohner ruhten sich aus. Mit ein bisschen Glück konnte sie so lange hier sitzen bleiben, bis sie wieder zu Kräften gekommen war.

Sie nahm ein rotes Heft und einen Stift aus dem Koffer und blätterte bis zu der Seite, wo sie aufgehört hatte zu schreiben, weil der Zug gerade in den Bahnhof eingefahren war. Sie überlegte ein paar Minuten, dann setzte sie den Stift auf das Blatt.

*Sie warten, offen und ehrlich, bis die Teeblätter ihrem Leben Geschmack geben. Die Menschen, die zuhören, die Wassermenschen …*

Weiter kam sie nicht, denn hinter ihr waren Schritte auf dem Kies zu hören. Erschrocken fuhr sie herum.

»Entschuldigen Sie«, sagte sie und erhob sich, dabei fiel das Heft zu Boden. »Ich gehe gleich wieder, ich wollte nicht stören. Mir war schrecklich heiß, da konnte ich nicht widerstehen, als ich den Garten gesehen habe.«

Die Frau vor ihr lächelte. Sie war etwa fünfzig Jahre alt, trug ein weißes Leinenkleid, einen geblümten Schal und Sandalen. Die kurz geschnittenen Haare hatte sie hinter die Ohren gekämmt, ihre hellwachen grünen Augen musterten sie neugierig.

»Ist das Ihre Bank?«

»Ja, das ist meine Bank, schließlich steht sie in meinem Garten.«

»Ich meinte eigentlich, ob Sie sich jetzt hier hinsetzen wollen«, beeilte sie sich zu erklären.

Sie fühlte sich verlegen unter dem prüfenden Blick der Dame, die viel zu elegant gekleidet war für einen Nachmittag in einem kleinen Dorf auf dem Land.

»Wie kann ich Ihnen helfen?«

Die junge Frau stellte den Koffer auf den Boden. »Ich bin wegen der Stelle hier.«

»Welcher Stelle?«

»Als Kellnerin.«

»Im Hotel suchen sie eine Kellnerin?«

»Ja, jedenfalls stand es so in der Anzeige. Allerdings bloß für den Sommer«, fügte sie hinzu, als ob sie sich rechtfertigen müsste.

»Das wusste ich nicht, ich gehe dort nicht hin.« Ein Schatten legte sich über das Gesicht der Frau. »Ich dachte, die Wirtstochter bedient jetzt, seit sie wieder zu Hause ist. Nun, wenn sie eine Kellnerin suchen, stimmt das offenbar nicht.«

Ihr Blick wanderte zur Sonnenuhr, dann wieder zu ihr.

»Wenn Sie wollen, können Sie gerne hier warten, mein Sohn kommt bald zurück. Ich glaube, er ist gerade im Hotel.«

»Arbeitet er auch dort?«

»O nein.« Die freundliche Dame lächelte amüsiert, als wäre das eine völlig abwegige Idee. »Er ist da ... zum Vergnügen. Auf jeden Fall kann er Sie hinbringen.«

»Nein, nein, ich will niemandem zur Last fallen, das muss nicht sein, ich komme alleine zurecht.«

Die Frau musterte sie prüfend. »Sie haben einen Sonnenbrand. Nehmen Sie den«, sagte sie und reichte ihr den geblümten Schal.

Bevor sie ablehnen konnte, legte sie ihr das Tuch um die Schultern und drapierte es so, dass der Riss in der Bluse verdeckt war. Dabei lächelte sie mitfühlend.

»Sind Sie sicher, dass Sie nicht auf meinen Sohn warten wollen?«

»O ja, danke, ich bin Ihnen bereits genug zur Last gefallen.«

Sie rückte den Schal zurecht, er war federleicht, und sie fühlte sich gleich besser. Weniger schuldig. Weniger schmutzig.

»Ihnen ist etwas heruntergefallen«, die Frau deutete auf das Heft, das neben der Bank lag.

»Danke.« Die junge Frau hob es auf. »Ich bringe Ihnen heute Nachmittag das Tuch zurück, wenn das für Sie passt.«

»Gerne, wir können dann eine Tasse Tee zusammen trinken. Sie scheinen Tee ja zu mögen.«

Woher wusste sie das? Dann fiel ihr die Aufschrift auf der Heftvorderseite ein, und sie wurde rot.

»Das sind flüchtige Notizen, nichts als ein Zeitvertreib«, murmelte sie verlegen.

Bislang hatte sie mit niemandem über ihren Herzenswunsch gesprochen, ein Buch über Tee zu schreiben.

»*Über den Tee und die Liebe*«, las die Dame, »ein schöner Titel.« Sie streckte ihr die Hand hin. »Ich bin Vittoria.«

»Sehr angenehm, Daria«, antwortete sie und erwiderte den Händedruck. In dem Moment spürte sie, dass sie dieser Frau alles anvertrauen konnte.

# 6

*Tie Guan Yin*

*Einer der berühmtesten Oolong-Tees mit blumigem Aroma und intensivem Nachgeschmack. Tie Guan Yin bedeutet »Eiserne Göttin der Barmherzigkeit«. Der Name entstammt einer Legende, derzufolge ein armer Bauer sich um die eiserne Statue der Göttin Guan Yin gekümmert hatte und als Lohn dafür eine Teepflanze bekam. Der Geschmack ist lang anhaltend und würzig-süß, fast honigartig, und hat eine leichte Orangennote. Der Tee wirkt entwässernd und entgiftend.*

Elisa verschloss den letzten Karton und ließ sich erschöpft gegen die Wand sinken. Wieder nichts. Nichts jedenfalls, was ihren Vater betraf.

Dafür war zwischen allerlei Krimskrams, der entsorgt gehörte, ein kleiner, in ein Satintuch eingehüllter Schatz aufgetaucht, den sie beim Einpacken übersehen hatte: die Mondsteinkette ihrer Mutter. Eine ferne Kindheitserinnerung.

Sie seufzte.

Plötzlich war sie wieder das kleine Mädchen, das in seinem Bett unter der Decke lag und so tat, als ob es schlief. Sie hörte, wie ihre Mutter auf Zehenspitzen ins Zimmer schlich und ihr einen Kuss auf die Stirn hauchte. Ein süßlicher Geruch umwehte sie, den sie mit dem Restaurant in Verbindung brachte, obwohl sie noch nie dort gewesen war. Das ging jeden Abend so. Es war eine Art Spiel. Elisa öffnete ihre Augen einen winzigen Spalt, kaum wahrnehmbar, um einen verstohlenen Blick auf das fürsorgliche Gesicht der Mutter zu werfen. Es war ganz weich, so ganz anders als sonst. Doch sobald diese bemerkte, dass sie gar nicht schlief, verschwand der Ausdruck, und ihre Züge wirkten wieder angespannt, ihre Augen müde.

Etwas an ihr strahlte indes immer: die Mondsteinkette. Als Elisa das Schmuckstück jetzt in Händen hielt und sein Gewicht spürte, löste sie sich aus ihren Erinnerungen und kehrte in die Gegenwart zurück. War wieder eine erwachsene Frau und machte ihrer Tante insgeheim Vorwürfe, die Kette so lange versteckt zu haben.

Von ihrem Vater hingegen hatte sie nach wie vor nichts gefunden. Überhaupt nichts. Ob sie es nun wahrhaben wollte oder nicht – er war einfach nicht vorhanden. Da konnte sie noch so viel suchen und die Kartons immer wieder auspacken.

Mutter und Tante schienen jede Spur von ihm beseitigt, jede Erinnerung an ihn ausradiert zu haben. Elisa spürte eine große Leere in ihrem Innern. Und die hatte einen Namen: Vater.

»Treffer!« Elisa tauchte hinter dem Bücherregal auf, das in ihrem Appartement den Schlafbereich abteilte, und präsentierte den Freundinnen ihren Fund. »Es war das Lieblingsstück meiner Mutter, ich habe sie seit Jahren nicht mehr in Händen gehalten.«

»Wirklich wunderschön.«

Alessandra kam näher und nahm die Porzellankanne ganz vorsichtig in die Hand, um sie näher zu betrachten.

In der Tat ein Prachtexemplar. Die bauchige Kanne war weiß lackiert und hatte ein dezentes hellblaues Blütendekor. Sie wirkte so zart, dass man fürchten musste, ein Windstoß könne sie davonwehen.

»Das mache ich lediglich für euch, das könnt ihr mir glauben. Allerdings ist für unseren Tee das Beste gerade gut genug.«

»Müsste es dazu nicht eigentlich passende Tassen geben?«

Elisa zögerte. Nach wie vor war sie nicht wirklich in der Lage, mit den Dingen, die ihrer Mutter gehört hatten, unbefangen umzugehen. Besonders mit ihren Teekannen und Tassen. Selbst heute hatte sie noch das Gefühl, sie könnte jeden Moment auftauchen und schimpfen. Alles, was mit Tee zusammenhing, war ihr heilig gewesen, Elisa durfte in ihrer Kindheit nichts davon berühren. Ein Tabu wie bei anderen Müttern vielleicht der Familienschmuck oder die Kristallgläser. Bei ihr war es das Teegeschirr gewesen.

»Soll ich sie holen?«, fragte Alessandra, die ihr Zögern bemerkte.

»Nein, nein, das mache ich schon. Sie müssten im gleichen Karton sein. Könnt ihr inzwischen den Tee zubereiten?«

»O ja, gerne«, bot sich Ornella fast euphorisch an.

Die beiden anderen tauschten skeptische Blicke. Die Freundin mochte ja viele Fähigkeiten haben, das Zubereiten von Tee jedoch gehörte nicht dazu. Irgendetwas ging immer schief, mal war die Ziehzeit zu lang oder zu kurz, mal die Wassertemperatur zu hoch.

Ornella blieb der Argwohn der beiden nicht verborgen. »Traut ihr mir das etwa nicht zu?«

»Nun gut.« Elisa gab nach und deutete auf das Regal. »Ich habe den Oolong gestern Nachmittag gekauft. Die Verkäuferin meinte, er sei wunderbar.«

»Du kannst beruhigt sein, ich mache das wirklich. Oolong ist ein Schwarztee, oder?«

Alessandra verdrehte die Augen. »Nein, ein halbfermentierter Tee.«

Ornella schüttelte die roten Locken. »Sag ich ja! Lasst mich getrost machen.«

»Vielleicht nimmst du erst einmal ganz wenig, damit …«

»Lass gut sein. Musst du nicht deine Mails checken?«

Alessandra seufzte und ließ sich auf einen Stuhl sinken. Sie hielt kurz inne, zog dann ihr Smartphone aus ihrer Designerhandtasche, sichtete den Posteingang und begann zu tippen.

Elisa schüttelte den Kopf, die beiden hätten unterschiedlicher nicht sein können, und sie wunderte sich immer wieder, warum sie sich noch nicht die Augen ausgekratzt hatten. Das war bestimmt der wunderbaren Wirkung des Tees zu verdanken. Anfangs hatte sie die nachmittägliche Teestunde als vorübergehenden Zeitvertreib angesehen, mittlerweile war daraus ein Ritual geworden, und das seit nunmehr fünf Jahren.

Alessandra war der Inbegriff von Perfektion und gerade dabei, in einer renommierten Anwaltskanzlei die Karriereleiter nach oben zu klettern. Bildhübsch und wohlproportioniert, würde sie selbst in Lumpen hinreißend aussehen. Hinter ihrem verbindlichen Lächeln indes verbarg sich ein eiserner Willen, wenngleich dieser erst bei einem tiefen Blick in ihre kristallklaren Augen zu erahnen war.

Sie hatten sich in einem gemütlichen Teesalon nahe der Uni kennengelernt, und weil sie dort die einzigen Gäste unter fünfzig gewesen waren, mussten sie fast zwangsläufig miteinander ins Gespräch kommen. Elisa studierte damals im letzten Jahr Literaturwissenschaft, und Alessandra stand kurz vor ihrem Examen in Jura.

Der Tee war ihre einzige Gemeinsamkeit.

Während Elisa sich mit Gelegenheitsjobs über Wasser hielt, um sich ein Zimmer in einer WG mit drei anderen Studentinnen leisten zu können, lebte Alessandra bei ihren Eltern und wäre nicht im Traum auf die Idee gekommen, neben dem Studium zu arbeiten. Dass sie anschließend in eine Anwaltskanzlei einsteigen würde, die einem Freund ihres Vaters gehörte, stand bereits fest.

Entsprechend diesen unterschiedlichen Voraussetzungen

bestellte Elisa immer nur einen Tee, um ihr Budget nicht zu überziehen, Alessandra hingegen orderte zusätzlich eine reichhaltige Gebäckauswahl, die sie allein nicht bewältigen konnte. Irgendwann dann brachte Elisa eine alte Schulfreundin mit, und ihr Kreis erweiterte sich.

Ornella mit ihrer roten Löwenmähne und ihrer chaotischen Töpferwerkstatt war der Rooibos-Typ. Zu ihr passte dieser intensiv würzig duftende afrikanische Tee mit seinem nussig-süßlichen Geschmack, den man grundsätzlich pur trank, also ungesüßt. Zudem war sie eine überzeugte Feministin, immer bereit, für und gegen alles zu kämpfen, auch wenn die Sache aussichtslos war. Wie ihr Kampf gegen die überflüssigen Pfunde und ihre ständigen Diäten.

Erneut verschwand Elisa hinter dem Bücherregal, wo sie einen Teil der Kartons aufgestapelt hatte, und öffnete die oberste, in der in Zeitungspapier eingewickelte Tassen lagen. Sie hob vorsichtig eine von ihnen heraus und packte sie aus. Zwar gehörte sie nicht zu dem Service, das sie suchte, war jedoch wunderschön, außen himmelblau mit kleinen weißen Tupfen, das Innere weiß bis auf drei stilisierte Rosenblüten dicht unter dem Rand. Der vergoldete Henkel hatte die Form eines Kommas. Elisa steckte den Zeigefinger hindurch und seufzte. Sie war stets ein wenig eifersüchtig gewesen, weil die Teetassen ihre Mutter glücklicher zu machen schienen als ihre Tochter.

Eine Weile suchte sie weiter, bis sie schließlich aufgab, den Karton wieder schloss und in die Küche zurückkehrte, wo Ornella bereits die Teekanne auf den Tisch gestellt hatte und Alessandra gerade eine Gebäckauswahl, die sie natürlich beim besten Konditor der Stadt gekauft hatte, auf einen Teller legte.

Elisa spürte, wie ihre Trauer allmählich verflog. Was immer passieren würde, auf ihre Freundinnen konnte sie sich verlassen. Sie ging zum Tisch und hielt plötzlich inne.

»Nein, bitte, fang gar nicht erst an, ich habe alles richtig gemacht«, verteidigte sich Ornella vorbeugend.

»Das meine ich nicht …« Elisa blieb wie angewurzelt stehen und versuchte das Aroma zu erschnuppern, das in der Luft lag. Intensiv, würzig, dabei mit einer süßlichen Note, nicht blumig, eher vanilleartig. Dann wieder kam es ihr vor wie geschmolzener Zucker, kurz bevor er verbrannte und sein volles Aroma entfaltete. An irgendetwas erinnerte sie dieser Duft, ohne dass sie wusste, an was. Wie auch immer. Jedenfalls überkam sie ein wohliges, heimatliches Gefühl.

»Das ist nie und nimmer ein Oolong«, sagte Alessandra und hob den Deckel der Kanne, um den Duft besser wahrnehmen zu können. »Welche Sorte hast du gekauft?«

»Einen Tie Guan Yin, sündhaft teuer.«

»Ihr braucht mich gar nicht so anzusehen, ich habe nichts falsch gemacht«, beharrte Ornella.

Elisa sah zum Regal, auf dem die elegante Papiertüte aus dem Teeladen stand. Sie griff danach und schaute hinein.

»Die ist ja noch ganz voll!«, rief sie aus und warf Ornella einen fragenden Blick zu.

»Du hast gesagt, er steht im Regal. Und ich habe gedacht,

er ist hier drin, beim Aufmachen habe ich mir sogar einen Nagel abgebrochen, weil der Deckel klemmte.«

Sie deutete auf die schwarze Metalldose mit den goldenen Ornamenten, die sie aus der Wohnung ihrer Tante mitgenommen hatte.

»Du warst also gerade im Begriff, uns zu vergiften?«, fragte Alessandra streng, als würde sie vor Gericht gerade ein Plädoyer halten.

Elisa griff nach der Dose und öffnete sie. Sie sog das Aroma in sich ein, und dann wusste sie es wieder. Komisch, dass ihr das nicht gleich aufgefallen war.

»Der verbotene Tee meiner Mutter«, murmelte sie und senkte den Blick.

»Wie bitte?«, fragte Ornella.

Eine Weile starrte Elisa auf die Dose, bevor sie antwortete.

»Dieser Tee war tabu. Ihn durfte niemand trinken. Ich habe ihn ein einziges Mal probieren dürfen, als kleines Kind.« Instinktiv fuhr sie mit dem Zeigefinger über die Narbe auf dem Rücken der anderen Hand.

»Vielleicht enthält er Drogen?«, meinte Ornella und setzte sich Alessandra gegenüber, dann goss sie ein wenig Tee in ihre Tasse. Vorsichtig nippte sie daran. »Nein, keine Drogen. Schade.«

»Woher willst du das wissen?«, fragte Alessandra.

Ornella fixierte sie. »Jeder hat eben sein Spezialgebiet, mein Schatz. Ihr wisst alles über den Tee, und ich … sagen wir es so, ich habe mich anderen Dingen gewidmet.«

Alessandra verdrehte die Augen.

»Schade«, lästerte Alessandra, »ich habe gehört, dass man mit Oolong abnehmen kann.«

Ornella warf ihr einen vernichtenden Blick zu, schaute hilfesuchend zu Elisa, die jedoch weiter auf das Etikett starrte.

»Roccamori. Nie gehört.«

# 7

*Bi Luo Chun*

*Ein kostbarer chinesischer Grüntee, der rund um den oft nebelverhangenen Tai-Hu-See angebaut wird und ausschließlich von Hand gepflückt, sortiert und weiterverarbeitet wird. Verwendet werden allein die Knospen und das junge Blatt. Der Tee schmeckt würzig-süß und hat eine ausgeprägte Fruchtnote, die an Pfirsich und Pflaume erinnert. Sein Name bedeutet »Jadeschnecke des Frühlings«, da er zu kleinen Spiralen gedreht wird und dadurch wie eine Schnecke aussieht.*

»Isst du nicht zu Mittag?«

Elisa löste den Blick vom Computerbildschirm und sah zu Giuliana hinüber, die auf der Schwelle zu ihrem Büro stand und am Türrahmen lehnte, ihre Tasche startklar in der Hand.

»Nein«, antwortete sie, »geh du ruhig, ich hol mir bloß ein Panini, damit ich das hier noch zu Ende bringen kann.«

»Nichts ist wichtiger als ein vernünftiges Mittagessen, selbst wenn das Jahrbuch fertig werden muss. Und wenn deine Chefin das sagt, dann kannst du ihr das ruhig glauben«, erwiderte Giuliana lächelnd.

»Es hat nichts mit der Arbeit zu tun, es ist privat«, räumte Elisa verlegen ein.

Wie befürchtet, kam Giuliana neugierig näher. »Ein romantisches Wochenende? Wie schön!«

Nie würde Elisa den Tag vergessen, als sie das erste Mal einen Fuß in den kleinen, aber feinen Verlag gesetzt hatte, der in einem eleganten Jugendstilpalazzo untergebracht war. Die erste Person, die sie getroffen hatte, war eine Frau mit wilder Frisur, engem schwarzem Pullover und einem altmodischen Tuch gewesen. Giuliana. Sicher eine Bürokraft, hatte sie gedacht und sich an einen jungen Mann in Anzug und Krawatte gewandt, der große Reden schwang und sich letztendlich als Praktikant herausstellte.

An diesem Tag hatte Elisa ihre erste Lektion gelernt: Lediglich wirklich wichtige Leute konnten es sich leisten, sich so zu geben, wie sie waren, und das anzuziehen, was ihnen gefiel. Und Giuliana war wichtig, mehr noch, sie galt als Koryphäe in ihrer Branche. In Teekategorien wäre sie wahrscheinlich ein Bi Luo Chun, eine Kostbarkeit, die aus dem Nebel kam und unerwartet blumig und intensiv duftete.

Elisa hatte den Job trotz ihrer anfänglichen Fehleinschätzung bekommen, weil sie authentisch rübergekommen war und sich nicht verstellt hatte. Ganz im Gegensatz zu den anderen Bewerbern, die sich bestens vorbereitet und auf jede Frage eine Antwort parat gehabt hatten.

Giuliana hatte den Verlag, der sich ausschließlich mit Publikationen zum Thema Tee befasste, vor fünfzehn Jahren gegründet. In einem jährlich aktualisierten Katalog, dem sogenannten Jahrbuch, das es inzwischen auch auf CD gab, war alles Wissenswerte zu diesem Thema aufgelistet: Produzenten, Importeure, Zwischenhändler und natürlich die wichtigsten Teesorten mit Charakteristika, Besonderheiten und Preisen. Von besonderer Bedeutung waren zudem innovative Ideen wie Teecocktails und allerlei exotische Rezepte, was man mit Tee alles anstellen konnte, die maßgeblich dazu beitrugen, dass man sich bislang trotz der Konkurrenz aus dem Internet behauptet hatte.

Es war eine Sisyphusarbeit, ein ständiges Sammeln, Prüfen und Aktualisieren, doch der Ruf großer Sorgfalt garantierte stabile Werbeeinnahmen. Keine Webseite und keine Suchmaschine vermochte die Fülle an Informationen wie das Jahrbuch zu bieten, zumindest nicht in dieser Qualität. Vor allem sein differenziertes Ordnungs- und Suchsystem war einzigartig.

Seit fast drei Jahren kümmerte sich Elisa eigenverantwortlich um die Recherche. Sie verbrachte Stunden am Telefon und am Computer, um Informationen zu sammeln, Namen und Öffnungszeiten zu aktualisieren, Fragebögen zu entwickeln und Listen zu erstellen. Und zwar mit so großem Erfolg, dass Giuliana ihr Gehalt fast verdoppelt hatte.

Aber auf Dauer füllte sie diese inzwischen zur Routine

gewordene Arbeit nicht aus. Tee war mehr als das Katalogisieren von Sorten, Preisen, Adressen und Telefonnummern. Für Elisa hatte alles, was mit Tee zusammenhing, etwas Magisches. Trotzdem war es natürlich ein gutes Gefühl, auf alle Fragen eine kompetente Antwort zu haben und ihr umfangreiches Wissen in anschaulichen Tabellen zu präsentieren. Alles strukturiert und präzise, wie Elisa es liebte. So sollte ihr Leben sein.

»Wann fährst du?«, fragte Giuliana hinter ihr, »das sieht ja traumhaft aus.«

Elisa schaute auf den Bildschirm, fasziniert von dem pittoresken Dörfchen mit schmalen Gassen, alten Straßenlaternen und eng aneinandergeschmiegten Natursteinhäusern.

Das Abendlicht brachte die Schieferdächer zum Leuchten. *Das romantischste Dorf Italiens* war in elegant geschwungener Schrift unter dem Bild zu lesen.

»Ich fahre gar nicht«, antwortete sie, »ich recherchiere nur etwas.« Sie drehte sich zu Giuliana um. »Hast du schon mal von einem Tee namens Roccamori gehört?«

Giuliana runzelte die Stirn, schüttelte dann den Kopf. »Nein, ist mir nie untergekommen.«

»Oder kennst du einen Händler in diesem Ort?«

»Nein, auch nicht. Warum?«

Elisa seufzte. »Reine Neugier. Ich habe einen Roccamori-Tee getrunken und möchte mehr darüber wissen. Leider kann ich nichts finden, außer diesem Dorf.«

Sie hatte den ganzen Samstagnachmittag im Internet

gesurft, um Informationen über den verbotenen Tee ihrer Mutter zu finden, ohne Erfolg.

»Vielleicht wird er dort angebaut?«

»Hältst du das für möglich?«

Giuliana zuckte mit den Schultern. »Das wäre tatsächlich seltsam. Soweit ich weiß, gibt es in Italien lediglich einen einzigen Teebauern, und zwar in der Toskana. Er baut grünen Tee an, halbfermentierten und schwarzen. Sehr wenig, aber die Qualität ist hervorragend, besonders was den Oolong angeht …«

»Dieses Dorf liegt in Umbrien«, unterbrach Elisa den Redefluss ihrer Chefin. »Und der Tee, um den es geht, muss ziemlich alt sein.«

»Hast du mal in den Archiven nachgesehen? Er könnte aus der Produktion von vor einigen Jahren stammen.«

»Daran habe ich bereits gedacht, doch dieser Name taucht nirgends auf. Nicht mal in unseren allerersten Jahrbüchern.«

»Vielleicht war er nicht katalogisiert, weil die Ernte zu gering war und der Tee gar nicht in den Handel gelangte oder weil er ausschließlich an wenige ausgewählte Kunden verkauft wurde. Vielleicht stammt er sogar aus einem botanischen Garten, wo die Qualität des Wassers und die Beschaffenheit der Erde für die Camellia sinensis geeignet ist und es Gärtnern gelang, einige Samen aus China zum Keimen zu bringen. Natürlich ist das reine Spekulation, denn es bedarf eines ganz besonderen Mikroklimas, damit die Teepflanze wie an ihrem ursprünglichen Standort gedeiht und der Tee überhaupt genießbar ist. Es wurde immer wieder versucht und ist nie gelungen. Alle sind gescheitert.«

Seufzend scrollte Elisa durch die Bilder.

»Kommst du jetzt mit?«, fragte Guiliana.

Elisa schloss das Programm. »Na gut, überredet.«

# 8

*Jin Xuan*

*Dieser Oolong wird im Hochland angebaut, hat einen frischen, harmonischen Geschmack und eine milchige, fast buttrige Konsistenz, weshalb er bisweilen Milky Oolong genannt wird. Die Blätter sind zu Bällchen gerollt, die sich beim Kontakt mit Wasser öffnen und ihr an eine frisch gemähte Wiese erinnerndes, fruchtig-süßes Aroma entfalten. Man kann den Tee bis zu siebenmal aufgießen.*

Elisa hatte so lange im Verlag gearbeitet, dass sie nicht mehr dazu kam, nach Hause zu fahren und sich umzuziehen. Ausgerechnet jetzt, wo sie wegen der Fertigstellung des Katalogs Überstunden ohne Ende machen musste, hatte Alessandra angerufen und so hartnäckig auf ein Treffen gedrängt, dass ihr keine Möglichkeit geblieben war, Nein zu sagen. Eine derart spontane Einladung passte überhaupt nicht zu der Freundin, die normalerweise eher lange im Voraus zu planen pflegte. Folglich musste etwas Besonderes dahinterstecken, zumal ihre Stimme ziemlich geheimnisvoll geklungen hatte.

Eigentlich stand ihr der Sinn, müde und erschöpft wie sie war, nach einer heißen Dusche und einem gemütlichen Abend auf dem Sofa. Andererseits, sagte sie sich, war Gesellschaft besser, als zu Hause auf trübe Gedanken zu kommen und sich in ihre Trauer um die Tante hineinzusteigern. Ein wenig Ablenkung würde ihr guttun, machte sie sich Mut.

Es hatte zum Glück aufgehört zu regnen, und Mailand zeigte sich an diesem Märzabend von seiner besten Seite. Die Palazzi waren in violettes Licht gehüllt, was der Stadt einen melancholischen Zauber verlieh. Ihre Tante hatte diese Atmosphäre geliebt. Sie war auf dem Land groß geworden, und es war ihr anfangs schwergefallen, in der Großstadt heimisch zu werden. Bis ihre Spaziergänge in der Abenddämmerung sie damit versöhnt hatten.

Elisa ging schneller, ihre Gedanken wandten sich von der Tante ab und richteten sich stattdessen erneut auf den geheimnisvollen Tee. Kurz nach dem Mittagessen hatte sie sich eine Pause gegönnt und das einzige Hotel in Roccamori angeschrieben, nachdem Giuliana sie ermuntert hatte, der Sache mit dem Tee auf den Grund zu gehen. Die Aussicht, eine Rarität aus Italien in den neuen Katalog aufnehmen zu können, schien ihr zu verlockend. Doch leider würde es vorerst nichts werden mit den Recherchen dort. Übers Wochenende sei alles ausgebucht, hatte es geheißen, und ab der nächsten Woche stünden Umbauarbeiten an.

Als sie bei den Kolonnaden von San Lorenzo ankam, sechzehn Säulen aus römischer Zeit, war es fast dunkel.

Suchend schaute sie sich nach den Freundinnen um, aber keine Spur von Alessandra oder Ornella. Sie wollte gerade in die Bar gehen und dort auf sie warten, als sie erstarrte.

Ihr Herz begann zu rasen, ihr wurde schwindlig. Als sie wieder klar denken konnte, sah sie, wie der Mann, der ein paar Schritte von ihr entfernt an einer Säule lehnte, den Blick hob. Die vielen Jahre, die vergangen waren, schienen plötzlich auf wenige Stunden geschrumpft. Elisa zog unwillkürlich die Schultern hoch.

*Flucht ist zwecklos, du findest einen wohl überall*, schien diese hilflose Geste zu sagen, und sein selbstsicheres Lächeln bestätigte das: *Ich habe immer gewusst, dass ich dich finden werde.*

Das gleiche Lächeln wie neun Jahre zuvor, als Anna ihn gefragt hatte, ob er sich verfahren habe. Der Gesichtsausdruck eines Siegertypen. Was wollte er hinter dieser Fassade verbergen? Etwas, das ihn vor vielen Jahren zu seinem unsteten Leben getrieben hatte? Sie fragte sich, ob er sich mittlerweile geändert hatte, ruhiger geworden war, sesshafter.

Beide standen wie angewurzelt da. Daniele, eine Hand in der Hosentasche, strömte die gleiche überhebliche Aura aus wie damals. Als ob die Welt um ihn herum ihm gehöre, ohne dass er sich im Mindesten für sie interessierte. Er hatte getan, als würde alles an ihm abperlen, und genauso wirkte er jetzt.

Seine Augen indes signalisierten etwas anderes. Desinteresse sah anders aus. Elisa erkannte in diesem Blick die

Sehnsucht und das Bedauern über die verlorenen neun Jahre, diesen Teil des Lebens, das sie hätten haben können, die Gelegenheit jedoch ungenutzt vorüberziehen ließen.

In diesem Moment, als ihr das so richtig bewusst wurde, als die alte Wunde aufbrach, spürte sie wieder den Schmerz, der sie all die Jahre begleitet hatte, der niemals ganz verschwunden war, an den sie sich aber so sehr gewöhnt hatte, dass sie ihn kaum mehr wahrnahm. Jetzt mit einem Mal merkte sie, wie der Schmerz wich und die Melancholie, die sie die ganze Zeit wie ein Kokon eingehüllt hatte, gleich mitnahm.

Nach wie vor unfähig, ein Wort zu sagen, musterte sie ihn: Er war nicht weniger attraktiv, als sie ihn in Erinnerung hatte, das weiße Hemd hing lässig über der hellen Baumwollhose, darüber trug er einen blauen Cordblazer. Sein Gesicht war gebräunt, sein Haar etwas länger als damals, und seine jungenhaften Züge waren denen eines Mannes gewichen. Er wirkte ernsthafter und entschlossener mit einer Spur Schwermut, die ihn älter, jedoch nicht weniger faszinierend erscheinen ließ.

Elisa lächelte und war trotzdem nicht imstande, den ersten Schritt zu machen, diese wenigen Meter zu überwinden, die sie vielleicht von einer zweiten Chance trennten. War es die Angst, erneut enttäuscht zu werden? Traute sie sich nicht, die Hoffnung, die ganz tief in ihrem Inneren zu glimmen begann, an sich heranzulassen? Die Hoffnung, dass ihre Leidenszeit endlich ein Ende haben möge?

»Wahnsinn, oder?« Unbemerkt war Alessandra mit zwei

Cocktails in der Hand hinter ihr aufgetaucht. »Ich dachte schon, du kommst gar nicht mehr. Wir haben bereits auf dich gewartet.«

»Wir? Wo ist denn Ornella?«, fragte Elisa und schaute sich suchend um.

»Sie kommt noch, du weißt ja, wie sie ist. Los, ich muss dir unbedingt jemanden vorstellen«, fuhr Alessandra mit strahlendem Lächeln fort und ging auf die Säule zu.

Elisa folgte ihr wie ferngesteuert, war wie vor den Kopf geschlagen. Aus der Traum. Daniele war unerreichbar wie eh und je. Er gehörte zu Alessandra, die leuchtenden Augen ihrer Freundin waren Beweis genug.

Bevor er etwas sagen, womöglich alte Dinge erwähnen konnte, kam sie ihm zuvor und streckte ihm die Hand entgegen: »Hallo, ich bin Elisa.«

»Daniele«, erwiderte er leise.

Seine Stimme klang immer noch wie damals, tief, rau und warm, den Kopf hatte er leicht schief gelegt.

»Ich konnte es kaum erwarten, dass ihr euch kennenlernt«, zwitscherte Alessandra und trat neben ihn, »du wirst nie darauf kommen, wer das ist.«

»Dann klär mich auf«, murmelte Elisa.

»Er produziert die CDs aus den Teesalons, die du so liebst!«

# 9

*Neun Jahre zuvor*

Der Himmel über dem Haus färbte sich dunkel, und die ersten Sterne funkelten. Elisa zitterte in ihrer dünnen Strickjacke, ihre Wangen brannten von der intensiven Nachmittagssonne.

Sie wusste, dass Daniele neben ihr lag, obwohl er kein Wort sagte, und dass die anderen nach und nach hineingegangen waren. Max war der Letzte gewesen, der sich seufzend aus dem Liegestuhl erhoben hatte. Bestimmt galt der Seufzer ihr. Den ganzen Nachmittag war er ihr nicht von der Seite gewichen, hatte erzählt und Witze gemacht, egal ob sie durch die Weinberge gewandert waren oder sich im Hof in der Sonne geaalt hatten. Elisa war einfach liegen geblieben, bis auch Max gegangen war, dabei hatte sie sich einen gehörigen Sonnenbrand geholt.

Sie spürte Danieles Gegenwart mit der gleichen Intensität, mit der sie ihre über der Brust verschränkten Arme spürte oder die nackten Beine in der kalten Abendluft. Sogar atmen hörte sie ihn. Sie wusste, dass er wegen ihr geblieben war. Es war absurd, sie kannte ihn gerade mal vierundzwanzig Stunden. Dennoch kam es ihr vor, als hätte sie ihr ganzes Leben auf ihn gewartet in der Gewissheit, dass er irgendwann kommen werde, und dieses dreiste Lächeln, diesen durchdringenden und gleichzeitig flehenden Blick glaubte sie seit einer Ewigkeit zu kennen. Unvorstellbar, dass dieser selbstsichere junge Mann gerade erst in ihr Leben getreten war.

Jetzt indes, als er ganz nah neben ihr lag und ihr Herz wie wild klopfte, hatte sie nicht einmal den Mut, einen einzigen Muskel zu bewegen oder einen Finger zu krümmen – zu groß war die Angst, die Magie dieses Augenblicks zu zerstören. Unter dem Sternenhimmel, in der Stille der Nacht, die nur unterbrochen wurde durch das Rauschen der Blätter, das ferne Motorengebrumm ab und zu vorbeifahrender Autos oder durch ein gedämpftes Lachen aus einem der dunklen Zimmer.

Plötzlich hörte sie ein leises Geräusch neben sich. Eine Bewegung. Würde er ins Haus gehen? Enttäuscht ließ sie ihre Hand auf den Boden sinken und spürte im gleichen Moment, wie seine Hand danach griff.

Elisa hob den Blick, er war jetzt ganz dicht neben ihr, seine Augen strahlten Wärme und Fürsorge aus. Er umschloss ihre Hand und setzte sich neben sie, streichelte ihr sanft übers Gesicht.

»Tut es weh?«

Sie schüttelte den Kopf, wenngleich sie nicht sofort begriff, dass er von ihrem Sonnenbrand sprach. Ganz prosaisch. Nicht vom Schicksal, das sie zusammengeführt hatte, nicht von ihren Gefühlen, nicht von diesem magischen Moment. Daniele legte sich neben sie und fuhr fort, sie ganz sanft mit den Fingerspitzen zu streicheln.

Als ihre Blicke sich kreuzten, hatte Elisa den Eindruck, als ob er sich erschreckt hätte und sich zurückziehen würde. Doch dann spürte sie Danieles Lippen auf ihren, und sein sehniger Körper presste sich gegen ihren, als gäbe es kein Morgen. Sein anfängliches Zögern war wie weggeblasen.

Sie brauchten keine Worte. Daniele zog ihr die Strickjacke aus, schob die Träger ihres Hemdchens über ihre Schultern und küsste ihre von der Sonne gewärmte Haut. Seine Hand glitt ihren Körper hinunter, sie spürte die kalte Nachtluft auf ihren Brustwarzen und erschauerte. Schließlich löste er mit sicheren Bewegungen den Gürtel ihrer Shorts, und im nächsten Moment war sie nackt. Für den Bruchteil einer Sekunde überkam sie Panik. Wenn jetzt einer ihrer Freunde aus dem Haus käme? Nichts dergleichen geschah. Sie liebten sich unter freiem Himmel in der Stille der Nacht, getrieben von dem Wunsch, sich zu finden und eins zu werden.

Als die kalte Nachtluft sie erzittern ließ, zogen sie sich schweigend wieder an, und Hand in Hand schlichen sie wie zwei Teenager heimlich in Elisas Zimmer. Als er neben ihr im Bett lag, spürte sie, dass er irgendwie angespannt war. Hatte er etwa ein schlechtes Gewissen? Schuldgefühle? Am nächsten Morgen würde er verschwunden sein, das wusste sie.

Nach und nach löste sich allerdings seine Verkrampfung, er legte den Arm um sie, und auf seinen Lippen glaubte sie ein Lächeln zu erkennen. Eng aneinandergeschmiegt schliefen sie ein.

# 10

*Einunddreißig Jahre zuvor*

Daria hielt sich die Blechdose unter die Nase und atmete tief ein. Zimt, Zitrusfrüchte, ein Hauch Schokolade. Zu süß für diesen schwülwarmen Frühsommertag.

Sie stellte die Dose beiseite und griff nach der nächsten. Sobald sie den Deckel abgenommen hatte, erfüllte ein markantes Aroma die Küche: durchdringend, alles einhüllend, schwer zu bestimmen. Daria erkannte Berghonig, Röstnoten und wie aus dem Nichts den unverkennbaren Schwarzteegeruch. Dazu gesellten sich dezente Mango- und Papayaaromen, die es allerdings schwer hatten, gegen die Dominanz der herb-würzigen Noten anzukommen.

Ganz und gar eingetaucht in den Zauber der Düfte, bemerkte sie erst spät, dass jemand die Küche betreten hatte. Sie musste nicht hochblicken, um zu wissen, wer es war, die Präsenz dieses Mannes war unverwechselbar.

»Entschuldigen Sie, ich wusste nicht, dass jemand hier ist«, sagte er schüchtern.

So nahe waren sie sich noch nie gekommen. Daria hatte

ihn schon oft im Garten gesehen. Sie liebte es, ihn bei der Arbeit zu beobachten, hochkonzentriert, als ob in diesem Moment nichts anderes auf der Welt wichtig wäre. Präzise wie ein Uhrwerk, eins mit sich und der Natur. Manchmal überlief sie ein Schauer, wenn sie sah, wie er mit seinen Fingerspitzen über die Blütenblätter glitt, ein zartes, fast sinnliches Streicheln. Sie stellte sich vor, wie es wäre, wenn er sie so berühren würde. Zwar wusste sie genau, dass das ein Wunschtraum bleiben würde, aber selbst aus der Ferne fühlte sie sich ihm nah. Hier in der Casa delle Camelie, wohin sie sich in jeder freien Minute flüchtete, fühlte sie sich zu Hause.

Ihr Lieblingsplatz war das große Küchenfenster, durch das man in den Kameliengarten schauen und ihn beobachten konnte. Wenn sie sah, wie er sich immer wieder nach unten zu den Kamelien beugte und dabei die Hand über die Augen legte, um sie vor der Sonne zu schützen, erfüllte sie eine bis dahin nie gekannte Zärtlichkeit.

»Tut mir leid, ich komme später wieder«, wiederholte er.

»Nein, bleiben Sie bitte«, hielt sie ihn zurück. Es war das erste Mal, dass sie seine Stimme hörte, und genauso hatte sie sie sich vorgestellt: sanft, klangvoll und tief. »Ich bin gerade erst hergekommen, im Hotel gab es wenig zu tun.« Sie hielt kurz inne, um dann hinzuzufügen: »Ich arbeite dort, im Hotel hinter der Piazza.«

»Ja, ich weiß«, sagte er, und der Klang seiner Stimme ließ die Luft zwischen ihnen vibrieren.

Daria schob sich eine widerspenstige braune Haarsträhne hinters Ohr.

»Ich wähle für jeden Nachmittag die passende Teesorte aus«, erklärte sie und hielt ihm die Dose hin.

Er kam näher, seine plötzliche Entschlossenheit verblüffte sie. Dann beugte er sich über die Dose, kam ihr dabei ganz nah, sein Geruch mischte sich mit dem Aroma des Tees. Eine harmonische Verbindung: herb und mild zugleich, flüchtig und voller Überraschungen.

Als er ihr tief in die Augen blickte, wurde ihr ganz heiß, und sie seufzte hörbar.

»Und heute ist dieser dran?«, fragte er.

»Gefällt er dir?« Wie von selbst wechselte sie ins Du.

»Zu süß.«

Daria musste lächeln. Sie wusste, dass der Tee mit Menschen sprach und jeder etwas anderes heraushörte. Und die Tatsache, dass er auf Anhieb die versteckten süßen Noten erkannt hatte, ließ sie endgültig dahinschmelzen.

Das Geräusch näher kommender Schritte riss sie aus der Magie des Augenblicks.

Vittoria blieb auf der Türschwelle stehen. Obwohl ihr Gesicht im Halbdunkel lag, las Daria darin eine leichte Überraschung und zugleich eine gewisse Traurigkeit, als ob sie etwas bemerkt hätte, das ihr bisher entgangen war.

»Bleibst du zum Tee, Renato?«, fragte sie ihren Sohn.

»Nein, ich wollte mir nur ein Glas Wasser holen«, erwiderte er und verließ die Küche, ohne sich noch einmal umzudrehen.

Als die beiden Frauen alleine waren, sagte Daria: »Ich glaube, ich habe den perfekten Tee gefunden.«

»Das freut mich, meine Liebe, das freut mich sehr«, antwortete Vittoria lächelnd.

In ihren Augen hingegen stand eine stumme Warnung.

# 11

*Neun Jahre zuvor*

Elisa versteckte sich neben einer Werbetafel, die einen farbenprächtigen Sonnenuntergang zeigte. War ihre Entscheidung, ihn am Flughafen abzuholen, wirklich eine gute Idee? Sie kannten sich schließlich erst seit Kurzem. Vielleicht wäre es besser gewesen, einfach abzuwarten, ob er sich meldet oder nicht. Sie musste ihm ja nicht so deutlich zeigen, wie sehr sie ihn vermisst hatte.

Aber ging es Daniele nicht genauso? Warum sonst hätte er ihr die Ankunftszeit seines Fliegers mitteilen sollen? Oder war es so, wie Ornella immer behauptete: dass Männer geradeheraus seien und keine Umwege machten. Hieß im Klartext: Wenn Daniele gewollt hätte, dass sie ihn am Flughafen abholte, hätte er das unmissverständlich zum Ausdruck gebracht. Dass er die Ankunftszeit erwähnt hatte, musste nichts heißen, das konnte ein automatischer Reflex gewesen sein. Zumindest Ornellas Theorie zufolge. Bloß stimmte die? Schließlich war die Freundin seit Jahren Single und in puncto Beziehungen ein wenig aus der Übung.

Zu spät. Jetzt war sie da.

Während sie die automatischen Türen, durch die unablässig gestresste Fluggäste strömten, auf- und zugehen sah, beschloss sie, ohne langes Wenn und Aber stehen zu bleiben und darauf zu warten, ob er nach ihr Ausschau hielt. Wenn nicht, würde sie nach Hause fahren und auf seinen Anruf hoffen.

Sie hatten sich seit drei Monaten nicht gesehen, seit jener Nacht in Annas Haus – dieser Nacht, in der alles so wunderbar und zugleich so irreal gewesen war. Am Morgen danach war Elisa wie erwartet allein in ihrem Zimmer aufgewacht. Er war weg. Geblieben waren ihr sein Geruch und das kleine rote Feuerzeug, das ihm aus der Tasche gefallen sein musste und das sie seitdem wie einen Schatz hütete.

Einige Tage später hatte Anna ihr erzählt, dass er inzwischen nach Thailand geflogen sei, danach hatte sie wochenlang nichts mehr von ihm gehört und sich bereits damit abgefunden, dass alles zu Ende war, bevor es überhaupt richtig angefangen hatte. Bestimmt hatte sie den Zauber dieser Nacht überschätzt, sagte sie sich. Aber dann, eines Nachmittags, als sie gerade für eine bevorstehende Prüfung lernte, war eine Mail gekommen. Gerade zwei Zeilen, offenbar geschrieben in einem feuchtheißen, überfüllten Internetcafé, in dem die Verbindung dauernd zusammenbrach.

*Wo bist du gerade? Immer noch auf diesem Liegestuhl in der gleichen Farbe wie deine Beine?*

*Ich bin immer da, wo du bist*, hatte sie spontan geantwortet und es hinterher bereut.

Die Antwort kam postwendend. *Ich bin auf dem roten Liegestuhl, jeden Tag und jede Nacht.*

Damit hatte sie nicht gerechnet, sie war wie gelähmt gewesen, unfähig, darauf etwas zu erwidern.

Und jetzt in diesem Menschengewimmel stellte sie überrascht fest, dass sie sich nicht einmal mehr richtig an sein Gesicht erinnerte. Je mehr sie sich anstrengte, desto mehr entglitt es ihr – wie eine Fotografie, die einfach nicht scharf werden wollte. Was, wenn sie ihn nicht erkannte, fragte sie sich bang. Oder noch schlimmer, er sie nicht?

Sie hatte den Gedanken gerade zu Ende gedacht, als sie ihn sah. Er kam zwischen einer erschöpft wirkenden Frau im Kostüm, die einen Trolley hinter sich herzog, und einem alten Mann mit asiatischen Gesichtszügen aus der Glastür. Wie hatte sie daran zweifeln können, ihn wiederzuerkennen? Sie wusste, dass er es war, noch bevor sie sein Gesicht gesehen hatte. Erkannte es an seinen geschmeidigen Bewegungen und der Energie, die er ausstrahlte, sowie an seiner Wachsamkeit, als wäre er auf Überraschungen jeder Art gefasst. Seine braunen Haare waren von der langen Reise zerzaust, und er hatte sich zwei Pullis um den Bauch gebunden, die wahrscheinlich nicht mehr in den riesigen Rucksack gepasst hatten, den er auf dem Rücken trug. Er sah müde aus, und vor allem schien er unendlich weit von ihr entfernt zu sein.

Frei und unabhängig und glücklich darüber, dass es so war.

Plötzlich war sie gar nicht mehr so sicher, ob sie von ihm

entdeckt werden wollte. Ein Anflug von Panik überfiel sie. Was sollte sie sagen? Sie hielt den Atem an, während er näher kam, ihr Herz pochte, sie schlang die Arme schützend um ihren Oberkörper.

Daniele kramte suchend in den Taschen seiner Jeans, sprach mit einem stämmigen Mann neben ihm und fluchte, bevor er in Richtung Rolltreppe davoneilte. Wie zufällig warf er einen flüchtigen Blick zurück auf die Werbetafel, stutzte, blieb abrupt stehen und schaute sie an.

Für einen winzigen Augenblick entdeckte Elisa Verblüffung in seinem Gesicht, dann lächelte er und kam auf sie zu. Offensichtlich dachte er, sie sei zufällig hier. Elisa wäre am liebsten in den glutroten Sonnenuntergang der Werbetafel eingetaucht und aus seinem Blickfeld entschwunden.

»Hey, was machst du denn hier?«, fragte er freundlich, jedoch gewohnt unverbindlich.

Sollte sie eine Ausrede erfinden? Sie würde auf eine Freundin warten. Oder auf einen Freund. Das hätte Ornella gemacht, ganz bestimmt. Aber in seinem Gesicht lag inzwischen so viel aufrichtige Wiedersehensfreude, dass sie ihn nicht belügen mochte. Sie zuckte mit den Schultern und lächelte ihn an. Er kam noch näher, sah ihr tief in die Augen, hob ihr Kinn an und küsste sie. Auf die Stirn, nicht auf den Mund. Elisa war irritiert.

Dann trat er einen Schritt zurück, und erst jetzt bemerkte Elisa, dass der stämmige Mann, mit dem er vorhin gesprochen hatte, nach wie vor bei ihm war. Um die sechzig schätzte sie ihn, die silbergrauen Haare waren zu einem

Pferdeschwanz zusammengebunden, und er trug ebenfalls einen schweren Rucksack auf dem Rücken.

»Das ist mein Vater«, stellte ihn Daniele vor. »Papa, das ist Elisa, eine Freundin.«

Eine Freundin? Nicht mehr? Nie zuvor war sie sich so dämlich vorgekommen.

Der Mann küsste sie auf beide Wangen. »Schön, dich kennenzulernen, Elisa. Bist du auch gerade gelandet?« Als er bemerkte, dass sie kein Gepäck dabeihatte, korrigierte er sich. »Oder holst du jemanden ab?«

Elisa blickte zu Daniele hinüber, wurde rot und schaute zu Boden.

»Oh …« Der Mann hielt inne und drehte sich zu seinem Sohn um. »Margherita hat gesagt, dass sie draußen auf dem Parkplatz wartet.«

»Ich … bin mit dem Zug hier«, beeilte sich Elisa klarzustellen, »fahr mit, das ist bequemer nach dem langen Flug …«

Daniele machte einen Schritt auf sie zu. »Ich bleibe bei dir, Margherita muss ich nicht gleich in die Arme laufen. Wir sehen uns dann zu Hause«, beschied er seinen Vater in einem leicht aggressiven Ton, bevor er sich an Elisa wandte. »Gehen wir?«

Sie schaute seinem Vater noch nach, der den Rucksack abstreifte und sich in den Aufzug quetschte, bevor sie schweigend neben Daniele hertrottete.

»Wie war die Reise?«, fragte sie irgendwann, um die Stille zu durchbrechen.

Daniele zuckte zusammen, als hätte er sie ganz vergessen, nahm sie dann aber in den Arm und zog sie an sich.

»Gut, sehr schön«, antwortete er, wobei sie nicht so recht wusste, ob er von der Reise oder dem Umstand sprach, dass sie neben ihm herging.

Im Zug saßen sie dicht nebeneinander, und Daniele entspannte sich ein wenig. Er erzählte von Thailand und von dem jungen Chinesen, mit dem er ein Hostelzimmer geteilt hatte und der jede Nacht von Albträumen geplagt wurde, nur dass er nicht schrie, sondern sang. Oder davon, dass man ihm Schmuggelware in seinen Rucksack gesteckt und er es fast nicht über die Grenze geschafft hatte. Und von einer jungen Französin, die Gedichte gegen Zigaretten zu tauschen pflegte.

Elisa hörte ihm zu und fragte sich, ob in diesen Tagen irgendeine andere an seiner Seite gewesen war, vielleicht sogar diese Französin. Anders konnte sie es sich nicht vorstellen. Es war undenkbar, dass ein Mann mit diesem Lächeln und diesem Charme in der Welt unterwegs war, ohne mit einer Frau im Bett zu landen. Egal. Sie spürte, wie er ihre Hand nahm, ihre Fingerspitzen küsste, eine nach der anderen.

»Lädst du mich heute Abend zum Essen ein?«, fragte er, als der Zug den Mailänder Bahnhof erreichte und die anderen Fahrgäste hektisch ihre Sachen zusammenzupacken begannen.

»Ich wohne mit meiner Mutter und einer Tante zusammen«, erwiderte Elisa verlegen und fand das plötzlich leicht peinlich in ihrem Alter.

Daniele indes nahm es hin, als wäre es das Natürlichste auf der Welt.

»Aha, verstehe, dann lade ich dich ein«, sagte er nach kurzer Stille. »Was meinst du?«

Ohne ihre Antwort abzuwarten, stand er auf und hievte den Rucksack auf den Rücken. Gerade als sich Elisa ebenfalls erhob, bremste der Zug abrupt ab, sie verlor das Gleichgewicht und prallte gegen seine Brust.

»Entschuldige.«

Daniele strich ihr übers Haar, nahm ihr Gesicht in die Hände und küsste sie. Dieses Mal richtig.

»Gegen acht?«

Elisa nickte. Auf einmal war alles ganz einfach.

# 12

## Kenia Marinyn

*Dieser afrikanische Schwarztee stammt aus Kenias bedeutendstem Anbaugebiet. Er ist würzig und gehaltvoll, hat einen kräftigen Geschmack mit fruchtigen Noten und zeichnet sich durch seine Aromenvielfalt aus. Der Aufguss ist dunkel mit goldenen Sprenkeln, ideal für Teetrinker, die eine teeinreiche Sorte bevorzugen. Der perfekte Begleiter von Schokolade.*

»Alessandra hat gar nichts mehr von dem Typen erzählt, den sie uns damals in den Colonne di San Lorenzo vorgestellt hat. Meinst du, sie treffen sich noch?«

Elisa vergrub ihr Gesicht in ihrem Schal, nicht allein um sich vor der Kälte zu schützen, sondern um zugleich ihre aufsteigende Röte zu verbergen.

»Keine Ahnung, ich denke schon«, äußerte sie betont gleichgültig.

»Ich bin da eher skeptisch, er wirkte irgendwie nicht sehr interessiert. Schade«, meinte Ornella und schüttelte wie zur Bestätigung ihre roten Locken.

Sie waren auf dem Rückweg von ihrer Teezeremonie, die dieses Mal bei Alessandra stattgefunden hatte – Ornella hatte unbedingt zu Fuß nach Hause gehen wollen, um die Kalorien der zahlreichen Törtchen zu verbrennen, die sie sich gegönnt hatte. Der Wind war aufgefrischt, und Elisa bedauerte es sehr, diesem Wunsch nachgegeben zu haben. Und über das Thema Daniele mochte sie schon gar nicht reden.

Sie hatte den Freundinnen verheimlicht, dass sie Daniele von früher kannte und unsterblich in ihn verliebt gewesen war. Sollte sie jetzt die Wahrheit sagen? Lieber nicht. Besser war es, noch eine Weile zu schweigen. Bei Daniele konnte man schließlich nie wissen, ob er nicht genauso plötzlich wieder verschwand, wie er aufgetaucht war. Und ob sich überhaupt wieder etwas zwischen ihnen entwickelte.

»Was findest du schade? Dass er nicht interessiert war?«

»Ja, das ist das eine …« Ornellas Gesicht war vom Wind und der Kälte gerötet. »Und das andere ist, dass er dich und nicht Alessandra angehimmelt hat.«

Elisas Gesicht verschwand noch tiefer im Schal. Ornella wusste zwar von einer alten, unglücklichen Liebe. Elisa hatte sich vor neun Jahren bei ihr ausgeweint, Genaueres jedoch nicht erzählt, und so bestand keine Gefahr, dass die Freundin den Mann aus den Kolonnaden mit dem verschwundenen Lover von damals in Verbindung brachte.

»Schon gut, Miss Allwissend. Du weißt und kannst alles, nur das mit dem Timing klappt nicht«, versuchte Elisa mit leisem Spott das Thema zu wechseln.

»Deines ist nicht viel besser. Wenn du nicht so überstürzt gegangen wärst …«, spielte Ornella den Ball zurück.

»Was willst du damit sagen?«

»Dass er auch einfach abgehauen ist. Es tue ihm leid, sagte er. Dummerweise sei ihm ganz entfallen, dass er noch eine andere Verabredung habe. Irgendwas stimmt mit dem Typen nicht, glaub mir.«

»Und was hat Alessandra dazu gesagt?«

»Wozu? Dass er dich angehimmelt hat?«

Sie standen jetzt an einer Ampel, der scharfe Wind drang durch ihren Schal.

»Nein! Dass er nicht an ihr interessiert war.«

»Wer verstehen will, versteht. Du kennst Alessandra ja, sie zeigt ihre Gefühle nicht offen.« Die Ampel sprang auf Grün. »Sie hört weiter seine CDs, aber wie es in ihr drinnen aussieht? Keine Ahnung.«

Elisa wischte sich mit dem Schal eine Träne von der Wange.

Ornella sah sie stirnrunzelnd an. »Weinst du?«

»Ach was, das liegt am scharfen Wind, das passiert mir öfter. Willst du noch mit hochkommen? Wir könnten eine Pizza bestellen und einen Film schauen.«

Sie wollte nicht allein sein, nicht jetzt, denn sie würde ständig an Daniele und Alessandra denken.

»Leider habe ich eine Verabredung«, erwiderte Ornella mit einem verschmitzten Lächeln.

»Kenne ich ihn?«

Die Freundin schüttelte den Kopf. »Nein. Und da ich gelernt habe, wie du auf potenzielle Partner wirkst, werde ich ihn dir bestimmt nicht vorstellen.«

Elisa versetzte ihr einen Klaps auf die Schulter. »Nun mach mal einen Punkt.«

»Ich könnte am nächsten Sonntag, wenn du magst«, schlug Ornella wieder ernst geworden vor, »am Neunundzwanzigsten.«

Elisa spürte, wie ihr erneut die Tränen in die Augen stiegen.

»Nein, alles gut, wirklich. Trotzdem danke.«

»Wie du meinst.« Ornella zuckte mit den Schultern. »Versprich mir wenigstens, dass du am Geburtstag deiner Mutter nicht zu Hause sitzt und darauf wartest, dass es an der Tür klingelt.«

»Keine Sorge, es hätte sowieso keinen Sinn. Wer immer die Kamelie geschickt hat, hatte lediglich die eine Adresse.«

»Du weißt genau, was ich meine.«

»Warum sollte ich auf etwas warten, das nicht passieren wird?«

»Weil du so bist, meine Süße.«

»Wie meinst du das?«

»Du wartest immer auf das Unmögliche, und falls es tatsächlich eintritt, ergreifst du im letzten Moment die Flucht.«

»Das stimmt nicht.«

»Natürlich stimmt das, und das weißt du genau.«

»Wenn du weiter so philosophierst, muss dein neuer Freund auf etwas warten, das niemals kommen wird.«

»Er ist nicht mein Freund.«

»Wie auch immer, dann mal viel Spaß!«

»Den werde ich haben«, erwiderte Ornella und eilte raschen Schrittes davon.

Elisa schloss die Haustür auf. Der Gedanke an ihre mit Umzugkartons vollgestopfte Wohnung motivierte nicht gerade, die vier steilen Treppen nach oben zu steigen. Sie schaute in den Briefkasten, fragte sich, ob es nicht besser wäre, in die Wohnung ihrer Tante zu gehen und dort noch ein bisschen herumzuräumen, als sie etwas unter ihren Fingern spürte, etwas Dünnes, Festes. Zuerst dachte sie an eine Postkarte, aber als sie es herausgezogen hatte, stellte sie fest, dass es etwas anderes sein musste. Ihre Hände begannen zu zittern, ihr Herz drohte stillzustehen.

Es war ein Flugticket.

Elisa schaute auf den kleinen Innenhof voller Fahrräder und Kinderwägen. Einen Augenblick dachte sie darüber nach, das Ticket zu ignorieren und in die Papiertonne zu werfen, doch sie brachte es nicht über sich. Langsam stieg sie die Treppe hinauf, erst auf dem dritten Treppenabsatz registrierte sie, dass jemand hinter ihr war.

Sie wandte sich um und sah ihn. In einem blauen Pullover von der gleichen Farbe wie seine Augen, die Hände in den Hosentaschen vergraben. War er nervös? Elisa starrte ihn an, einmal mehr fasziniert von seinem markanten Gesicht. Sie wusste nichts von seinem Leben, das dort seine Spuren hinterlassen hatte. Ein Gesicht voller Gegensätze, hart und weich zugleich, auf seinen schmalen Lippen lag ein geheimnisvolles Lächeln, provozierend und voller Sinnlichkeit.

Nur war in ihrem Leben kein Platz für Daniele, heute noch weniger als damals – sie brauchte Ruhe, geordnete Bahnen. Mit ihm würde alles wieder ins Wanken geraten, alles, was sie sich mühsam aufgebaut hatte.

Sie hielt ihm das Ticket hin. »Du bist damals nicht geflogen?«

Daniele schüttelte den Kopf. »Nein.«

»Warum nicht?«

»Sag du es mir. Diese Frage stelle ich mir seit neun Jahren.«

# 13

*Neun Jahre zuvor*

Daniele brachte sie aus dem Konzept. Elisa war hin- und hergerissen: Ohne Vorwarnung wurde aus einem freundschaftlichen Kuss eine leidenschaftliche Umarmung, als ob er sie nie wieder loslassen wollte. Es war wie eine Achterbahnfahrt, auf die sie sich einzulassen beschloss. Sie würde den Abend genießen und nicht an morgen denken. Daniele war unberechenbar, spontan, ließ sich auf eine bestimmte Rolle nicht festlegen. Mal war er offen und zuverlässig, um sie im nächsten Moment wieder komplett zu verunsichern.

Er hatte sie zu Fuß abgeholt, dann jedoch darauf bestanden, das Auto seines Vaters zu nehmen, das bei einem Freund geparkt war. Die schrottreife Klapperkiste hatte einen tiefen Kratzer in der Seite, sprang aber wundersamerweise sofort an. Als sie auf der Uferstraße des Naviglio Grande entlangfuhren, ratterte der alte Wagen so laut auf dem Kopfsteinpflaster, dass die Musik aus dem Radio kaum zu hören war.

»Wo fahren wir hin?«, fragte Elisa, als sie die Stadt hinter sich ließen und im goldenen Licht der untergehenden Sonne immer tiefer in die Hügellandschaft eintauchten.

»Ich zeige dir etwas ganz Besonderes«, antwortete Daniele und lächelte sie an.

An ihm war alles besonders, einfach anders, dachte Elisa. Im Moment war sie einfach glücklich mit ihm und mit dem, was sie mit ihm erlebte, fernab der Normen und Regeln. Ein aufregendes Leben, wenngleich Elisa den Verdacht nicht loswurde, dass sie in eine Welt eingedrungen war, in der für eine zweite Person kein Platz war, zumindest nicht auf Dauer.

Inzwischen waren sie bestimmt eine Stunde unterwegs. Schon der Weg zum Auto hatte ewig gedauert, immer wieder hatte er Freunde getroffen, hatte mit jedem ein paar Worte gewechselt und einen Espresso im Stehen getrunken. Mit Daniele wurden selbst die kleinen Dinge zu Ereignissen. Elisa hatte sich mitreißen lassen, voller Stolz, ein Teil davon zu sein. Die Unsicherheit indes, wie es weitergehen sollte, blieb.

»Das Restaurant liegt direkt am Wasser, es gefällt dir bestimmt.«

»Hast du einen Tisch reserviert?«

Elisa schaute besorgt auf die Uhr, Daniele hingegen lachte unbekümmert.

»Nein, das ist nicht nötig. Aldo wird sicherlich ein Plätzchen finden, und zur Not essen wir eben in der Küche.«

Zum Glück bemerkte Daniele ihren verblüfften Gesichtsausdruck nicht. Und zum Glück hatte sie sich bloß dezent geschminkt und sich nicht besonders schick angezogen. Sonst wäre sie womöglich als overdressed aufgefallen. Dazu passte, dass sie ihre Haare offen trug, was sie mädchenhafter wirken ließ. Insgeheim allerdings wäre sie gerne ein Vamp gewesen wie die junge Französin, die in Thailand Gedichte gegen Zigaretten tauschte, jedenfalls weniger schüchtern und mit mehr Raffinesse. Neben Daniele kam sie sich immer unbedarft und bieder vor.

»Hoffentlich haben sie überhaupt offen«, schob er nach. »Ich weiß gar nicht mehr, wann ich das letzte Mal dort war.«

Kurz darauf bogen sie auf eine Nebenstraße ein und parkten vor einem kleinen, etwas heruntergekommenen Häuschen. Das Schild mit dem Namen des Lokals war kaum noch zu lesen, vor der Tür standen einsam und verlassen zwei runde Metalltische ohne Stühle.

Zu ihrer Überraschung fühlte man sich drinnen in eine andere Welt versetzt. Nichts sah hier schäbig aus. Der Raum war warm und gemütlich, und hinter dem schönen alten Tresen machte sich ein kleiner glatzköpfiger Mann zu schaffen. Als er Daniele erkannte, rannte er sogleich auf ihn zu und umarmte ihn so fest, als wollte er ihn gar nicht mehr loslassen.

»Alter Rumtreiber! Ich dachte bereits, du verschimmelst in einer düsteren Opiumhöhle. Du hast dich ja seit Urzeiten nicht mehr gemeldet.«

»Das sollte dir zu denken geben. Vielleicht ist es in einer Opiumhöhle ja wesentlich spannender als in diesem tristen Schuppen«, erwiderte Daniele lachend.

Der Wirt musterte ihn liebevoll, dann deutete er fragend auf Elisa.

»Möchtest du mir nicht deine bezaubernde Begleitung vorstellen?«

»Das ist Elisa, eine Freundin. Ich habe ihr gesagt, dass ich sie in die übelste Spelunke Mailands einlade.«

Lächelnd schüttelte sie die Hand, die sich ihr entgegenstreckte, und sagte: »Leider war der Laden geschlossen.«

Aldo brach in lautes Lachen aus, und der Druck seiner Hand wurde stärker.

»Hübsch, sympathisch und schlagfertig. Was will sie mit einem wie dir?«

»Der andere hatte heute keine Zeit.«

Daniele schaute in die Runde, das Lokal war rappelvoll. »Hast du noch einen Tisch für uns?«

»Für dich immer«, antwortete Aldo und schob sie an einen Ecktisch, auf dem eine hübsche emaillierte Vase mit frischen Blumen stand, daneben ein Schildchen mit der Aufschrift *Reserviert*, das Aldo rasch verschwinden ließ.

»Die Leute sind eine Viertelstunde zu spät, wirklich bedauerlich«, meinte er augenzwinkernd und rückte die Stühle zurecht. Kurze Zeit später brachte er eine Flasche Wein und eine Platte mit Antipasti, stellte alles auf den Tisch und sah Daniele fragend an.

»Wann bist du zurückgekommen?«

»Heute Nachmittag.«

»Und wie lange bleibst du?«

»Vier Wochen. Am Sechzehnten geht's wieder los.«

Das Lächeln auf Elisas Lippen erstarb. Sie wollte gerade nach ihrem Glas greifen, zog die Hand jedoch zurück – er sollte nicht sehen, dass ihre Finger zitterten.

»Wieder mit deinem Vater?«

Danieles Gesicht verdüsterte sich. »Nein, dieses Mal nicht. Ich habe einen Freund, der in Laos für eine gemeinnützige Organisation arbeitet und bei dem ich einige Zeit wohnen kann.«

Aldo schlug ihm auf die Schulter. »Du hast ein verdammt schönes Leben. Immer unterwegs, ein echter Vagabund. Das wäre auch was für mich.«

»Du? Ohne dein Lokal würdest du eingehen wie eine Primel«, scherzte Daniele.

Der Wirt nickte. »Ich lasse euch die Karte hier. Sucht in Ruhe aus.«

Daniele war bester Laune und hielt Elisa die Karte hin, aber ihr hatte es den Appetit verschlagen.

Als sie zu später Stunde das Lokal verließen, war der Himmel sternenklar. Ein frischer Wind war aufgekommen, ein Vorbote des nahenden Herbstes, und ließ Elisa frösteln. Daniele legte den Arm um sie und zog sie an sich.

»Ist dir kalt?«

Sie nickte und drückte sich in seine Umarmung.

»Alles in Ordnung? Du warst so still.«

»Ja, alles okay, eine wirklich nette Trattoria mit einem sympathischen Wirt.«

Daniele lächelte: »Aldo kenne ich inzwischen ewig.

Wenn mein Vater unterwegs war oder sich gerade nicht für mich interessierte, war er immer für mich da und hat sich um mich gekümmert.«

Schweigend sah Elisa ihn an, genoss seine Nähe, ohne sich ihm aufzudrängen. Irgendetwas warnte sie davor, ein unbestimmtes Gefühl, das sie trotzdem ernst nahm.

»Es tut mir leid wegen heute Nachmittag, ich meine die Szene am Flughafen. Ich war froh, dass du da warst, wenngleich man es mir nicht angemerkt hat – ich hatte mich gerade mit meinem Vater gestritten, weißt du.«

»Warum?«

»Irgendeine Bagatelle. Wir finden immer einen Grund. Seit meiner Kindheit bin ich permanent wütend auf ihn.«

Sie erreichten das Auto und stiegen ein.

»Musst du gleich nach Hause?«

Elisa schüttelte den Kopf. Sie hatte Mutter und Tante erzählt, sie werde bei Ornella übernachten. Die beiden sollten nichts von ihrem Date wissen. Ornella lebte allein und hatte Elisa ihre Wohnungsschlüssel gegeben, sodass sie jederzeit bei Bedarf in die Wohnung konnte.

»Willst du mit zu mir kommen?«

»Und dein Vater?«

»Der schläft bei seiner Freundin, vor morgen Mittag kommt er nicht zuruck.«

»Gerne«, gab sie lächelnd zurück.

Daniele und sein Vater wohnten in einem Mehrfamilienhaus im Stadtzentrum, ganz oben unterm Dach. Klein, dabei hell und freundlich und mit Blick auf eine Grünanlage – die Äste der mächtigen Bäume schienen sogar bis ans Wohnzimmerfenster zu reichen. Die Wohnung wurde von einem langen Flur geteilt, viele Möbel gab es nicht. Auffällige Bilder und gerahmte Fotos hingen an den Wänden oder standen in Regalen und auf dem Fußboden. Die fast lebensgroße Holzskulptur eines Mannes mit tieftraurigem Gesicht bildete einen markanten Blickfang, obwohl sie unheimlich wirkte, irgendwie gruselig. Alles offenbar Mitbringsel von ihren Reisen. Trotz der lebhaften Farben der Bilder und des Grüns jenseits der Fenster war die Atmosphäre eher kühl und unpersönlich, als würde es sich um ein Lager für exotische Souvenirs handeln. In der Luft lag ein stechender Weihrauchduft.

Daniele führte Elisa zu seinem Zimmer am Ende des Flurs.

»Wie hast du in so kurzer Zeit ein solches Chaos anrichten können?«, fragte sie lachend.

Betreten sah Daniele sich um. Tatsächlich lagen überall verstreut Klamotten herum, auf dem Stuhl, vor einem großen Schrankkoffer in einer Ecke, auf dem Teppich. Schnell raffte er die Sachen zusammen und stopfte sie in den Schrank.

»Jeder hat seine verborgenen Talente«, scherzte er.

Plötzlich standen sie dicht beieinander. Elisa schmiegte sich an ihn, ihre Hände glitten unter sein T-Shirt und ertasteten seinen muskulösen Rücken, bevor sie zu seinem Brustkorb weiterwanderten. Er schaute ihr tief in die Augen, nahm ihr Gesicht in beide Hände und küsste sie sanft, während sie mit den Fingern durch sein Haar fuhr und sich an ihn presste.

»Und welche Talente hast du sonst noch?«, flüsterte sie, überrascht von ihrem Wagemut.

Daniele knöpfte ihr lächelnd die Bluse auf und zog sie mit sich aufs Bett.

Elisa musste sich zwingen, keine Fragen zu stellen. Zu gerne wüsste sie, was seit ihrer ersten Liebesnacht geschehen war – ob es andere Frauen gegeben hatte und wenn ja, wie viele und wie es mit ihnen gewesen war. Sie konnte sich von diesen Gedanken einfach nicht lösen. Selbst während er sie streichelte, sie ihre Beine um die seinen schlang, ihn in sich spürte, hatte sie das Gefühl, dass er niemals ganz der ihre sein, ihr nie gehören werde. Sie ihm hingegen sehr wohl.

Und doch gab es diesen kurzen Moment, in dem sie den Eindruck gewann, dass er sich in ihr verloren hatte und sie nie wieder loslassen werde. So hektisch und nervös er vorher gewesen war, so ruhig und entspannt wirkte er danach. Als sie sich voneinander lösten und ihr Atem sich allmählich beruhigte, schien er ein anderer zu sein, schien seinen Frieden gefunden zu haben.

Sie wollte ihn gerade bitten, nicht wieder wegzufahren, bei ihr zu bleiben, als er sich auf einen Ellbogen stützte und sie prüfend ansah.

»Du bist der einzige Mensch, wegen dem ich bleiben würde«, murmelte er.

»Und ist das gut?«

»Ich weiß es nicht. Bis jetzt bin ich nirgends länger geblieben.«

»Warum?«

»Warum ich nie irgendwo geblieben bin?«

»Nein, warum du wegen mir bleiben würdest.«

Daniele überlegte einen Moment, und Elisa tat so, als wäre sie beleidigt.

»Denk dir wenigstens etwas aus«, forderte sie ihn auf, dabei war ihr eigentlich nicht zum Scherzen zumute.

Daniele küsste sie auf die Stirn, die Wangen und die Mundwinkel.

»Ich weiß es nicht – ich weiß nur, dass ich in dem Moment, als ich die Küche in Annas Wochenendhaus betrat, allein dich und dein Lächeln bemerkte und mich in dieses Lächeln verliebte. Und in deine ernste Miene, wenn du dich konzentrierst. Und in deinen suchenden Blick, als würdest du darauf warten, dass jemand kommt und dich an der Hand nimmt.«

Zärtlich küsste er sie auf die Lippen, und sie spürte, wie ihr die Tränen in die Augen stiegen. Niemand hatte sie jemals so wahrgenommen, sie wirklich gesehen. Und das, obwohl sie sich kaum kannten.

Dieses Mal würde er noch da sein, wenn sie aufwachte, dachte sie, schmiegte sich an ihn und glitt in den Schlaf.

# 14

*Assam Mokalbari*

*Ein indischer Schwarztee, intensiv im Geschmack mit markanten Gewürznoten. Die langen Blätter mit den goldenen Spitzen entwickeln ein malziges Aroma, das lange vorhält. Der Aufguss ist kupferrot, und sein fruchtiger Charakter erinnert an reife Pfirsiche, angereichert mit überraschend pikanten Geschmacksnoten.*

Für Elisa war es ein merkwürdiges Bild, Daniele in ihrer Wohnung sitzen zu sehen, inmitten ihrer Möbel und Bücher und den Kartonstapeln, die nicht gerade eine Zierde waren. Es kam ihr vor, als würde er diese unbestimmte Leere füllen, unter der sie immer gelitten hatte, ohne sie benennen zu können.

»Ziehst du um?«

»Nein, das sind Sachen von meiner Tante und von meiner Mutter.« Daniele sah sie fragend an. »Meine Tante ist kürzlich gestorben, meine Mutter bereits vor neun Jahren, nicht lange, nachdem wir uns zum letzten Mal gesehen haben, und ich räume gerade die Wohnung aus.«

»Das wusste ich nicht, tut mir leid.«

Elisa zuckte mit den Schultern und zeigte ihm dann das vergilbte Flugticket, das vor neun Jahren für Daniele ausgestellt worden war und das sie soeben in ihrem Briefkasten gefunden hatte. Das Ticket nach Laos.

»Warum bist du nicht geflogen?«

»Ohne dich wollte ich nicht. Warum bist du damals so einfach abgetaucht, warst nicht mehr erreichbar für mich?«

Sie zögerte. Dass er nicht geflogen war, brachte ihre Erinnerungen durcheinander und ließ ihre damalige Entscheidung in einem anderen Licht erscheinen. Und verstärkte den Zweifel, der sie seitdem gequält, den Schmerz, der sie nie losgelassen hatte. Desgleichen geriet ihre Überzeugung, nur so und nicht anders gehandelt haben zu können, an die sie sich die ganze Zeit geklammert hatte, ins Wanken, alle scheinbaren Gewissheiten wurden brüchig.

Seufzend blickte sie zu Boden, um ihre Tränen zu verbergen. Sie könnte jetzt die Krankheit der Mutter, von der sie genau damals erfahren hatte, anführen, aber es wäre nicht die ganze Wahrheit.

»Ich wollte nicht mehr gleichzeitig glücklich und traurig sein«, erklärte sie vage. »Und in diesem Zwiespalt war ich mit dir wegen deines ständigen Herumreisens.«

»Es wäre bestimmt nicht einfach geworden, und dennoch wäre es einen Versuch wert gewesen«, wandte er ein, und Elisa wusste schon, was jetzt kommen würde. »Sei ehrlich, du hast mir nicht genug vertraut.«

Trotzig wischte sie sich die Tränen aus den Augen. »Das stimmt nicht.«

»Du weißt, dass es so ist.«

Wenngleich sie wusste, dass er recht hatte, verteidigte sie sich. »Es ist nicht leicht, dir zu vertrauen.«

Danieles Gesicht verdüsterte sich. »Weil ich anders bin? Ohne sichere Zukunft, kein Akademiker?«

»Nein!«, brach es aus Elisa heraus. »Weil du immer unterwegs bist! Und wenn du mal zu Hause bist, suchst du nach neuen Abenteuern. Jedenfalls habe ich das so gesehen.«

Erneut schaute sie auf das Ticket, das sie auf den Couchtisch gelegt hatte.

Er wich einen Schritt zurück. »Ich erinnere mich an unseren ersten Abend bei Anna. An deinen Sonnenbrand, deine Wangen waren so rot wie der Plastikliegestuhl. Du trugst braune Shorts mit Eisflecken und hattest die schönsten Beine, die ich je gesehen hatte. Und ich dachte verrückt zu werden, wenn ich dich nicht sofort küssen würde.«

»Daniele …«

»Und ich erinnere mich an den Abend in Aldos Lokal am Naviglio Grande, deine Augen leuchteten, und du hast mir das Gefühl gegeben, dich an den schönsten Platz der Welt geführt zu haben. Als ich dann allerdings mit Aldo über meine Reisepläne gesprochen habe, wurdest du plötzlich ganz still, und in dem Augenblick beschloss ich, alles zu tun, damit du niemals traurig sein musst. Niemals.« Er griff nach ihrer Hand. »Leider habe ich es nicht geschafft.«

»Niemand kann entscheiden, ob ein anderer glücklich oder unglücklich wird, das ist unmöglich«, flüsterte Elisa.

»Vielleicht. Zumindest hätte ich es versucht.«

»Bis zur nächsten Reise?«, fragte sie und fuhr fort, als er den Blick abwandte: »Wie lange warst du in all diesen Jahren an ein und demselben Ort?«

»Nie lange«, gab er zu, »was nicht heißt, dass ich dich nicht gerne dabeigehabt hätte.«

Elisa musterte ihn zweifelnd. »Klar, ganz bestimmt.«

»Das meine ich ernst. Damals bei Aldo hast du mir gesagt, ich solle in Laos unbedingt in einen Teesalon gehen, weißt du noch? Außerdem musste ich dir versprechen, ein Aufnahmegerät mitzunehmen, und ich habe dich gefragt, warum. Als Geburtstagsgeschenk, hast du geantwortet.« Er hielt inne und sah sie an. »Seit Jahren nehme ich die Geräusche in Teesalons an den verrücktesten Orten der Welt auf. Alles in der Hoffnung, dass mich das eines Tages zu dir zurückbringen wird.«

Irgendwie war es ja auch so, dachte Elisa, zog ihre Hand weg und ließ sich gegen die Rückenlehne ihres Korbsessels sinken. Sie beobachtete Daniele, wie er auf dem Sofa hin und her rutschte, um eine einigermaßen bequeme Position auf den blauen Polstern zu finden, und ihr wurde eng ums Herz.

»Soll ich Tee machen?«, fragte sie mit einem bemühten Lächeln.

»Gerne«, erwiderte er und rang sich ebenfalls ein Lächeln ab.

Elisa ging zu einem hellen Holzregal, das die ganze Küchenwand einnahm und auf dem unzählige Teedosen standen, die alle mit Etiketten versehen waren. Unter dem Namen der jeweiligen Sorte standen in gestochener Schrift Angaben zur Zubereitung.

*6–7 min, 85–95°, gefiltertes, nicht zu salziges Wasser, zwei oder drei Aufgüsse.*

Als sie vor dem Regal stand, durchströmte sie ein vertrautes Wohlgefühl. Jeder Tee war ein Versprechen, ein Garant für Behaglichkeit, alles war planbar, messbar und steuerbar. Hier hatte sie alles unter Kontrolle.

»Welchen möchtest du?

»Such du einen aus.«

»Nein, so geht das nicht«, widersprach Elisa und drehte sich zu ihm um.

Der Tag ging langsam zur Neige, das Dämmerlicht ließ die Konturen in der Küche verschwimmen.

»Und warum nicht?«

»Du wirst es vielleicht lächerlich finden.«

»Erklär's mir trotzdem.«

»Gut«, sagte Elisa und nahm einige Dosen aus dem Regal. »Meine Mutter begrüßte die Teedosen immer als unsere Gäste, und mit der Zeit habe ich jeder Sorte einen bestimmten Charakter zugeordnet. Es gibt die klassischen Typen wie den Earl Grey, dann die pragmatischen, die ohne Umschweife das tun, was zu tun ist, wie den Grüntee. Und selbstsichere, voller Energie, klar und sensibel zugleich, wie den Schwarztee …« Sie hielt verlegen inne. »Es ist eine Art … Familientradition.«

Daniele lächelte. »Und ich? Was bin ich für ein Tee?«

»Ein weißer Tee.«

Ihre Antwort kam wie aus der Pistole geschossen, und Danieles Lächeln wurde breiter. Nicht eine Sekunde musste sie nachdenken. Immerhin hatte sie neun Jahre Zeit gehabt, über diese Frage nachzudenken.

»Und wie ist ein weißer Tee?«

Seine Stimme klang rau, und Elisa spürte, wie ihr erneut die Tränen in die Augen stiegen.

»Es ist ein chinesischer Tee, man nennt ihn auch Pai Mu Tan. Er hat einen intensiven, ungezähmten, fast wilden Geschmack, gleichzeitig ist er frisch und verführerisch, eine seltene Sorte, die nur zweimal im Jahr gepflückt wird. Einer meiner Lieblingstees«, fügte sie hinzu.

Auf Danieles Gesicht legte sich plötzlich ein Schatten, als ob er ihr viele Fragen stellen wollte, jedoch nicht wusste, wo er anfangen sollte.

»Und du? Welcher Tee bist du?«

Elisa dachte einen Moment nach. »Vielleicht ein Yin Zhen. Wie meine Mutter. Ein besonders edler weißer Tee, einer der besten, die es gibt. Man nennt ihn den Tee des Kaisers, weil er ausschließlich aus den ungeöffneten Blattknospen des Teestrauchs gewonnen wird, der sogenannten Kaiserpflückung. Der Geschmack ist dezent, überaus sanft, leicht und kaum wahrnehmbar. Er verlangt sehr viel

Aufmerksamkeit, was er indes mit einer einzigartigen Aromenvielfalt belohnt.«

»Und deine Mutter war so?«

»Der Yin Zhen ist ehrlich und weckt tiefe Gefühle. Und genau das tat meine Mutter. Bloß habe ich es erst zu spät gemerkt, nachdem ich mein Leben lang auf die oberflächlichen Gefühle gewartet habe, die sie mir nicht geben konnte. Der Yin Zhen ist ein Tee für Menschen, die Geduld haben«, schloss sie und schaute ihm fest in die Augen.

Einige Minuten später erfüllte der blumige Duft des Pai Mu Tan den Raum.

Elisa stellte die Kanne ab und setzte sich neben Daniele.

»Willst du verreisen?«, fragte er und deutete auf die Computerausdrucke auf dem Tisch, Fotos eines pittoresken Dörfchens und Ansichten eines Hotels.

»Nein, das ist beruflich.«

Daniele betrachtete die Ausdrucke genauer. »Roccamori«, las er vor, »das sieht ja zauberhaft aus.«

Elisa nickte. »Man sagt, es sei der romantischste Ort Italiens.«

Daniele lächelte. »Roccamori … irgendwo ist mir das mal untergekommen.«

»Wirklich?«

»Ja, aber ich weiß nicht mehr, in welchem Zusammenhang – vielleicht täusche ich mich auch.«

»Schade«, seufzte sie, doch ihre Enttäuschung hielt nicht lange an, denn die Teezeremonie hellte ihre Stimmung sogleich wieder auf. Alles, was mit Tee zusammenhing, tat ihr gut. Die einzelnen Schritte bei der Zubereitung, die klirrenden und klappernden Geräusche, der Geschmack in Mund und Gaumen, die Aromen …

Das Ritual um den Tee war wie Magie, besonders zu zweit. Ein gemeinsames, intimes Erleben, alles Trennende verschwand, Gegensätze wurden zu Gemeinsamkeiten, die Worte kamen leichter, man fühlte sich selbstbewusst und frei. Als hätte man endlich seine Heimat gefunden.

Daniele nahm einen Schluck Tee.

»Schmeckt er dir?«

Seine leuchtend blauen Augen blitzten sie vergnügt an.

»Er schmeckt nach Heu«, sagte er und brach in perlendes Gelächter aus – ein Lachen, das die sanften, heiteren Aromen des Tees perfekt ergänzte.

Sie tat so, als wäre sie beleidigt, stimmte dann in sein Lachen ein, und im nächsten Moment spürte sie Danieles Lippen auf den ihren, schmeckte die würzig-süßen Teearomen, die an weiße Weintrauben und Trockenfrüchte erinnerten.

Er zog sie so fest an sich, dass ihr fast die Luft wegblieb. Daran könnte sie sich gewöhnen, dachte sie, jetzt und für immer. Sie kostete den Moment aus, begehrte diesen Mann mit jeder Faser ihres Körpers, brauchte ihn, wie sie noch nie jemanden gebraucht hatte. Unvermittelt ließ er sie los, nahm ihr Gesicht in seine Hände und fixierte sie, als müsste er sich jedes Detail ins Gedächtnis brennen.

»Wie lange willst du noch vor mir weglaufen?«, fragte er leise.

Elisa stand auf, und als er protestieren wollte, streckte sie ihm eine Hand entgegen und zog ihn hinter sich her zum Schlafbereich hinter der Trennwand, der noch voller Kartons stand. Sie suchten einander wie zwei Verdurstende das Wasser. Daniele bedeckte ihr Gesicht mit Küssen, zerrte ihr den Pullover über den Kopf und zog sie fest an sich. Elisa spürte seine starken Arme, seinen Atem auf ihrer Haut, das ungestüme Pochen seines Herzens.

»Nie zuvor habe ich eine Frau so begehrt wie dich in diesem Moment«, raunte er, streifte ihr sodann das Top ab und legte seine Wange auf ihre nackte Brust.

Sie genoss seine Zärtlichkeit und streichelte ihm über den Rücken, bis sich Daniele von ihr löste, sich erhob und sich seiner Kleidungsstücke entledigte.

Lange sahen sie einander an. Er war älter und reifer geworden, die Jahre hatten auf seinem Körper Spuren hinterlassen. Ihr Wunsch, ihn zu berühren, wurde übermächtig. Sie streckte ihre Hand nach ihm aus, er kam näher, zog ihr den Rock aus und streichelte mit den Fingerspitzen ihren Bauch, bis er ihr schließlich den Slip abstreifte, so sanft, dass sie erbebte. Ihre Körper verschmolzen, sie wurden eins. Diese Nacht gehörte nur ihnen.

»Ich mag Dachwohnungen.«

Elisa schmiegte ihren Kopf in seine Armbeuge, und Daniele küsste sie auf die Stirn. In der Luft lag noch immer der blumige Duft des Pai Mu.

»Du bist zu groß, um in einer Dachwohnung zu leben.«

»Vor Jahren hatte ich mal eine, in Prag. Und ja, ich bin zu groß …«, räumte er ein und lachte.

Elisa spürte eine leise Eifersucht. Was versteckte sich wohl hinter diesem Lachen? Mit welcher Frau oder welchem Mädchen hatte er diese Mansarde geteilt? Das Wiedersehen mit Daniele war ein wenig, als wäre sie nach langer Abwesenheit nach Hause zurückgekehrt und würde nachsehen, ob alles noch an seinem Platz war. Die Möbel, der Krimskrams in den Schubladen, die Bücher im Regal, die Teedosen auf dem Küchenbord.

»Warte … jetzt weiß ich es wieder!«

Daniele richtete sich auf und stützte sich auf den Ellenbogen.

»Was denn?«, hakte Elisa neugierig nach.

»Wann und wo ich von diesem Ort, diesem Roccamori, gehört habe.«

»Wirklich? Erzähl!«

»In Prag, während meiner Aufnahmen im Teesalon Amana. Am Nebentisch saß eine Dame, die sich schwärmerisch über die Legende von Roccamori ausließ, eine der schönsten Geschichten, die sie jemals über Tee gehört habe.«

»Welche Legende?«

»Keine Ahnung. Ich habe mir den Namen lediglich notiert, weil ich dachte, das könnte eine spannende Story sein. Allerdings habe ich bei meinen Recherchen nichts gefunden und die Spur nicht weiterverfolgt. Kaum zu glauben, was in Teesalons alles so erzählt wird. Klatsch und Tratsch, daneben Geheimnisse und wichtige Informationen, die sicher nicht für meine Ohren bestimmt waren. Kurz danach hat mir meine damalige Freundin aus besagter Dachwohnung den Laufpass gegeben, ich verließ Prag, und die Sache geriet in Vergessenheit.«

»Dachwohnungen sind wohl nicht so dein Ding.«

Daniele grinste. »Du kannst dir nicht vorstellen, wie oft ich mir den Schädel angeschlagen habe.«

»Das passiert dir hier nicht, vor lauter Gerümpel haust du dir eher die Knöchel und die Schienbeine an. Dabei ist das längst nicht alles, in der Wohnung meiner Tante wartet noch einiges mehr.«

»Wenn du willst, helfe ich dir.«

»Im Ernst?«

»Im Ein- und Auspacken bin ich spitze.«

»Gerne.« Elisas Stimme klang rau, sein Angebot irritierte sie. »Das wäre eine große Hilfe, die Wohnung muss schnellstmöglich geräumt werden, der Makler drängt. Es gibt offenbar schon Interessenten«, erklärte sie hastig – wie immer, wenn sie nervös war und das Gefühl hatte, sich rechtfertigen zu müssen.

»Versprochen. Ich steige in kein Flugzeug, bis nicht die Räumung beendet ist.«

»Was für ein Flugzeug?« Elisa fuhr herum.

Daniele bemerkte ihr Entsetzen, und sein Ton wurde schlagartig ernst.

»Ich fliege nach China, für vier Wochen.«

Prompt stiegen ihr Tränen in die Augen. »Davon hast du gar nichts gesagt …«

»Ich dachte nicht, dass es wichtig sei.«

»Und ob das wichtig ist«, platzte Elisa heraus und setzte sich auf, griff nach ihrem schwarzen Pullover und streifte ihn über die nackte Haut. »Du kommst hierher und sagst, dass ich dir vertrauen soll und all das, und dann verschwindest du mir nichts, dir nichts wieder.«

»Hey, was sind vier Wochen. Und was ändert das zwischen uns?«, fragte er und wollte sie streicheln, doch sie wich zurück.

»Das ändert alles. Erst vier Wochen China, danach eine andere Reise. Ich will nicht ständig hier sitzen und auf dich warten. Weißt du, ich habe es nämlich satt, diejenige zu sein, die immer wartet, die immer zurückgelassen wird, während die anderen gehen.«

Elisa spürte, wie ihr die Tränen die Wangen hinunterliefen, sie konnte einfach nichts dagegen tun. Es gab so viel, um das sie weinen könnte: um ihre Mutter, ihre Tante, um so vieles, das mit Daniele gar nichts zu tun hatte. Dennoch zählte für sie allein dieser Mann, auf den sie sich gerade wieder eingelassen hatte und der im Begriff war, erneut zu verschwinden.

Verbittert stieg sie aus dem Bett und zog eine Jeans an, die auf einem Karton lag.

»Im Abhauen bist du wirklich gut«, sagte sie bemüht ruhig. »Mir wirfst du vor, dass ich vor dir weglaufe – dabei bist in Wahrheit du es, der ständig flüchtet.«

Daniele legte ihr die Hände von hinten auf die Schultern und zwang sie, sich umzudrehen.

»Jetzt bin ich da.«

»Du kommst und gehst, wie es dir gerade passt, willst alles von mir wissen. Und was weiß ich von dir? Nichts. Wovor läufst du weg? Denn genau das tust du, seitdem wir uns kennen.«

»Ich laufe nicht weg. Damals nicht und heute nicht. Es ist eher so, dass ich einen guten Grund brauche, um zu bleiben.«

»Und dein Vater? Ist das kein guter Grund?«

Sein Blick wurde so hart, dass Elisa ihre Frage sofort bedauerte.

»Mein Vater pflegt höchstens dann an mich zu denken, wenn er kein Geld mehr hat oder sich vor einer seiner Freundinnen verstecken muss. Das einzig Gute, was ich von ihm geerbt habe, ist die Abenteuerlust.«

Nach einem langen Moment des Schweigens beugte sich Daniele zu ihr hin und fuhr ihr mit einer Fingerspitze über die Lippen.

»Mach jetzt nicht alles kaputt.«

»Für dich ist das Leben ganz einfach, oder? Erst Alessandra, dann ich. Du kommst, nimmst und gehst.«

»Da war nie etwas mit Alessandra, was hat das mit ihr zu tun?«

»Was das mit ihr zu tun hat? Wieso hat sie mich dir vorgestellt?«

Danieles Finger wanderten zu ihrem Nacken. »Sie hat uns nicht vorgestellt, und sie ist ganz gewiss nicht diejenige, wegen der ich bleiben möchte. Wegen keiner anderen Frau außer dir.«

Bei der Erinnerung an die Worte, die er damals ausgesprochen hatte, in einem anderen Bett, in einem anderen Leben, überlief Elisa ein Schauer. In jener Nacht war ihr alles so kompliziert erschienen, im Vergleich zu jetzt war es die einfachste Sache der Welt gewesen. Das Lokal am Naviglio Grande, das Bett in Danieles kaltem Zimmer, die Unbeschwertheit, mit der sie sich geliebt und nicht über das nächste Mal hinausgedacht hatten …

»Komm einfach mit«, sagte er und zwang sie, ihn anzusehen.

»Du sagst das so, als wäre das total einfach.«

Er nahm ihre Hand. »So ist es nun mal.«

»Und bleiben?«, fragte Elisa nach kurzem Zögern schroffer als beabsichtigt. »Ist das ebenfalls so einfach?«

Daniele wandte den Blick ab und ließ ihre Hand los. Elisa spürte einen Stich tief in ihrem Inneren, eine alte Wunde, die wieder aufzubrechen drohte.

»Vergiss es«, fügte sie kopfschüttelnd hinzu und deutete auf die Kartons. »Ich kann sowieso nicht weg, selbst wenn ich wollte.«

Er schaute sie an und schenkte ihr ein Lächeln, mit dem man die Welt aus den Angeln heben konnte.

»Die musst du ja nicht mitnehmen.«

*O doch,* hätte sie am liebsten geantwortet. *Die nehme ich mit, egal wohin ich gehe. Weil ich Angst habe, sie zu verlieren, und sie sind das Einzige, was mir wirklich gehört.*

Sie ließ es, weil er es ohnehin nicht verstehen würde.

»Mein Reisepass ist abgelaufen«, brachte sie stattdessen vor, »und ein Visum habe ich auch nicht.«

»Es bleibt genug Zeit, um alles zu regeln.«

»Und ganz davon abgesehen, kann ich nicht einfach Urlaub nehmen, wir müssen den Katalog rausbringen und sind sowieso im Verzug.«

»Du kommst also mit?«

»Nein, ich komme nicht mit, schließlich habe ich Verpflichtungen. Das mit dem Reisen ist dein Leben, meines ist es nicht. Ich kann nicht einfach alles stehen und liegen lassen und machen, was ich will.«

»Warum nicht?«

»Weil es nicht geht. Außerdem will ich nicht alles aufs Spiel setzen, so bin ich einfach nicht«, sprudelte es aus ihr heraus. »Ich will nicht Hals über Kopf in ein Flugzeug steigen, um zurückzukommen und alles noch viel komplizierter vorzufinden als vorher. Und irgendwann muss man immer zurück.«

Was sie ihn eigentlich fragen wollte, verkniff sie sich. Würde er wieder zurückkehren und irgendwann ganz bleiben? Sie wollte es lieber nicht wissen.

Elisa wandte den Blick ab, er hingegen zwang sie, ihm in die Augen zu schauen.

»Was willst du dann?« Seine Stimme klang rau, ließ sie erzittern.

*Dich,* lag ihr auf der Zunge, dann atmete sie tief durch und sagte: »Ich will Sicherheit, ein Zuhause, ein ruhiges Leben …« Um ein Haar hätte sie *eine Familie* hinzugefügt, verschluckte die Worte im letzten Moment und ergänzte: »Ich will irgendwo hingehören.«

Sie schaute auf die Kartons. Darin befand sich ein Stück Heimat, ihr kostbarster Besitz.

Daniele strich ihr über die Wange. »Versprich mir wenigstens, dass du da sein wirst, wenn ich zurückkomme.«

»Und dann?«

Er ließ die Hand sinken. »Merkst du nicht, dass nicht ich weglaufe und ausweiche, sondern du?«

Ornellas Worte kamen ihr in den Sinn, die ihr Ähnliches vorgeworfen hatte. War sie ihr Leben lang wirklich allem ausgewichen, auf das sie eigentlich gewartet hatte? War es die Ungewissheit, vor der sie Angst hatte?

Sanft umfasste er ihren Nacken und zog sie zu sich heran. Als er sie küsste, schloss sie die Augen und dachte den Bruchteil einer Sekunde allein an das Hier und Jetzt. Bis die Realität sie erneut einholte.

Entschlossen löste sie sich von ihm.

»Dieses Mal lasse ich dich nicht gehen«, hörte sie Daniele mit fester Stimme sagen.

Elisa wandte sich ab. Er sollte nicht sehen, wie es wirklich in ihr aussah. Beharrlich schwieg sie, bis die Tür hinter ihm zufiel und er die Treppe hinunterpolterte. Daniele war gegangen. Eine schmerzhafte Leere breitete sich in ihr aus.

Auf dem Tisch vor der Couch lag noch immer das Ticket. Sie drehte es um und las: *Du hast mir gefehlt.* Daneben standen die beiden Tassen, sie schnupperte daran in der Hoffnung, das Aroma des Tees wiederzufinden, aber der Duft war verflogen.

Warum quälte sie sich mit unnützen Gedanken, warum machte sie alles komplizierter, als es war? Die schönen Dinge rauschten an ihr vorbei, und sie schien es nicht einmal zu bemerken. Oder schob sie sie bewusst beiseite? Hatte sie etwa Angst, glücklich zu sein?

Plötzlich fiel ihr etwas ein.

Sie nahm die schwarze Dose vom Regal, setzte Wasser auf, und als es die perfekte Temperatur hatte, brühte sie eine Tasse vom verbotenen Tee ihrer Mutter auf. Endlich fand sie den Frieden, nach dem sie gesucht hatte. Der würzige Geruch erfüllte den Raum, der Duft nach Heimat und Geborgenheit, und sie fühlte sich sofort besser. Vorsichtig nahm sie den ersten Schluck und verbrannte sich fast die Zunge. Dieser Geschmack, rau und herb, war unverwechselbar. Ihre Augen suchten das handgeschriebene Etikett. Roccamori.

Sie musste unbedingt herausfinden, was es mit diesem Ort auf sich hatte. Mehr und mehr nämlich wuchs in Elisa die Überzeugung, dass sie mit dem Geheimnis um den Tee zugleich das Geheimnis ihrer Herkunft lösen würde. Erst wenn sie wusste, woher sie kam und wo sie hingehörte, würde sie endlich Wurzeln schlagen und wirklich lieben können.

# 15

*Long Jing*

*Einer der ältesten und kostbarsten chinesischen Grüntees. Die Blätter tendieren ins Gelbliche, sie werden flach und glatt getrocknet, ohne sie einzurollen. Der helle jadegrüne Aufguss ist klar und sanft im Geschmack mit einem Aroma, das an geröstete Kastanien und Toastbrot erinnert. Der Tee entspannt und klärt den Geist. Long Jing bedeutet so viel wie »Drachenbrunnen«. Der Name geht auf eine Legende zurück, derzufolge ein Drache eine ganze Region vor der Dürre gerettet hat.*

Elisa warf einen verzweifelten Blick auf den Schreibtisch, auf dem sich Zettel, Notizzettel, Kataloge von Teeherstellern und -lieferanten sowie alte Jahrbücher türmten. Die Tage vor der Veröffentlichung des neuen Jahrbuchs waren immer besonders stressig, und eine gute Organisation war das A und O. Es genügte bereits, wenn eine in die Ecke eines Zettels gekritzelte Notiz verschmiert und nicht mehr zu entziffern war – dann war die Arbeit von Stunden umsonst, und alles fing von vorne an.

So schlimm wie dieses Mal war es noch nie gewesen. Sie hatte das Gefühl, die Katastrophen seien geradezu vorprogrammiert: eine irreführend kategorisierte Teequalität, ein falsches Erzeugerland, unpräzise Angaben zu Geschmack oder Aroma oder, noch schlimmer, ein unter den Schwarztees aufgeführter weißer Tee. In all den Jahren hatte es in Giulianas Katalog nie einen Fehler gegeben, und gerade diese Zuverlässigkeit war ein Garant ihres Erfolgs. Vor einigen Jahren hatte eine Fachzeitschrift Giulianas Jahrbuch sogar »die Bibel des Tees« genannt, der man blind vertrauen könne.

Seit sie dem Team angehörte, hatte Elisa stets alles unter Kontrolle gehabt. Vielfach musste sie nicht einmal ihre Notizen zurate ziehen, sie hatte alles im Kopf. Heute hingegen funktionierte nichts wie gewohnt. Daniele war wie ein Orkan über sie hereingebrochen und hatte alle Gedanken durcheinandergewirbelt.

Nichts war mehr wie vorher, genau wie sie es befürchtet hatte.

Bevor sie den Computer herunterfuhr und nach Hause ging, gab sie noch einmal Roccamori in die Suchmaschine ein. Wenn nämlich ihre Gedanken nicht gerade um Daniele kreisten, dachte sie an die Legende von Roccamori, die er erwähnt hatte, und versuchte sich auszumalen, wovon genau sie handelte. Das lenkte sie ein wenig von dem Trübsinn ab, der sich nach seinem Weggang über sie gelegt hatte. Erneut klickte sie auf den Button *Bilder* und scrollte sich langsam durch die Fotos. Diejenigen, die nichts mit dem Dorf zu tun hatten, übersprang sie. Wie etwa ein Motorrad, das zum Verkauf angeboten wurde, ein Rezept für Kürbissuppe und ein Blumengarten.

Ein Gedanke durchzuckte sie. Sie scrollte zurück, klickte auf das Blumenfoto und vergrößerte es. Obwohl es aus der Ferne aufgenommen und stark verpixelt war, konnte man erahnen, dass es Kamelien waren. Von welcher Webseite stammte das Bild? Der Blog nannte sich *Reisen in die Vergangenheit*. In den wenigen Zeilen, die unter dem Foto standen, erklärte die Autorin, dass sie durch Zufall in Roccamori gelandet sei und dort einen hervorragenden Tee getrunken habe. Als Elisa indes auf die Adresse des Blogs klickte, tauchte die Information auf, dass die Seite nicht mehr existiere.

»Verdammt!«, fluchte sie so laut, dass ihre Stimme durch das leere Büro hallte.

In der vagen Hoffnung, vielleicht wider Erwarten doch noch irgendetwas zu entdecken, gab sie erneut den Namen des Blogs in die Suchmaschine ein, fand aber nur Hinweise auf ein paar alte Posts, deren Links nicht mehr aktiv waren.

Elisa warf einen Blick auf die Uhr neben ihrem Schreibtisch. Sie hatte sich mit Ornella um sieben in der Wohnung ihrer Tante verabredet, um einen Teil der Kartons in den Transporter der Freundin zu packen und sie in ihrer Töpferwerkstatt zwischenzulagern. Sie musste sich beeilen, damit sie nicht zu spät kam.

Noch einen letzten Versuch wollte sie unternehmen und

tippte den Namen des einzigen Hotels, das sie vor einigen Tagen kontaktiert hatte, in das Suchfeld ein. *Hotel zur verlorenen Liebe*. Die Seite war nichts Besonderes, keine interessanten Links, lediglich Kontaktdaten und einige Fotos von der Natursteinfassade, den alten schmiedeeisernen Laternen, den Balkons mit prachtvollem Blumenschmuck. Und die Aussicht auf ein Tal inmitten sanft geschwungener Hügel.

Elisa betrachtete die grüne Fläche näher. Von Kamelien keine Spur. Ebenso wenig von Teepflanzen. War das alles nichts als Zufall?

Erneut schaute sie auf die Uhr, sie war längst viel zu spät, würde es nie und nimmer pünktlich schaffen. Seufzend schloss sie das Programm, und die Bilder des kleinen Dorfes und des Hotels verschwanden.

Trotz ihres Zuspätkommens schafften sie es, das meiste aus der Wohnung ihrer Tante in Ornellas Werkstatt zu transportieren, wo es bis auf Weiteres bleiben würde. Den Rest hatten sie sich für morgen aufgespart. Darunter ein paar Möbel, die ihr ohne die Tante beinahe unpersönlich vorkamen. Anonym.

»Sind wir fertig?«, fragte Ornella sichtlich erschöpft von der Schlepperei.

»Nicht ganz, ein paar Kartons sind noch im Auto. Ich hole sie.«

»Soll ich mitkommen?«

»Nein, die sind nicht schwer, das schaffe ich alleine«, erwiderte Elisa, rührte sich jedoch nicht vom Fleck, starrte weiter auf die Kartons.

Sie war tieftraurig.

»Elisa?«

»Entschuldige, es ist einfach alles so deprimierend. Findest du nicht?«

Ornella zuckte die Schultern, ließ sich auf einen Stuhl sinken und schaute sich in ihrer chaotischen Werkstatt um.

In dem riesigen Raum herrschte ein wüstes Durcheinander aus Keramiken, Töpferbedarf, Drehscheiben und Werkzeugen, das beherrscht wurde von einem riesigen Ofen. Wenngleich sie die Töpferei erst seit ein paar Jahren betrieb, hatte Ornella sich inzwischen einen Namen gemacht. Ihre farbenfrohen Frauenfiguren strahlten Sinnlichkeit und etwas Geheimnisvolles aus, dem man sich nicht entziehen konnte.

Im hinteren Teil der Werkstatt, wo sie die Kartons gestapelt hatten, standen in den Regalen getöpferte Puppenköpfe mit ernsten Gesichtern, auf dem Ablagetisch trockneten Vasen und Teller, künstlerische Versuche der Kinder, die Ornella nachmittags in ihren Keramikkursen unterrichtete. Alles war mit Farbflecken und Tonspritzern übersät.

»Wenn ich mich auch noch um Ordnung und Sauberkeit in der Werkstatt sorgen würde, könnte ich gleich hier einziehen«, erwiderte Ornella leicht pikiert – sie hatte offenbar die Bemerkung der Freundin auf sich bezogen.

»Um Himmels willen«, warf Elisa rasch ein. »Ich meinte nicht, dass die Werkstatt deprimierend ist, sondern das ganze Umzugszeug. Ich habe irgendwie ein schlechtes Gewissen, weil ich so vieles wegwerfen will.«

»Das ist bei dir ein Dauerzustand.« Ornella warf Elisa die Autoschlüssel zu. »Vergiss nicht abzuschließen.«

»Na ja, vielleicht sollte ich die Kartons wirklich noch mal gründlicher sortieren und genauer beschriften, damit ich leichter entscheiden kann, was damit geschehen soll. Wenn es zum Beispiel um Kleidung geht, könnte man …«

»Hol jetzt endlich die restlichen Kartons, bevor sie jemand klaut«, unterbrach Ornella sie, »das Auto ist immerhin offen.«

Seufzend verließ Elisa die Werkstatt.

Sie hätte Ornella gerne von Daniele erzählt, dann würde es ihr bestimmt bessergehen, und eine Weile rang sie mit sich, entschied sich aber am Ende dagegen. Lieber nicht. In ein paar Tagen würde er sowieso wieder weg sein. Hinzu kam, dass Diskretion nicht gerade zu den vielen guten Eigenschaften gehörte, die Ornella zweifellos besaß. Zu groß war die Gefahr, dass sie es heimlich Alessandra steckte.

Nachdem sie die letzten Kartons in der Werkstatt abgestellt hatte, spürte sie eine bleierne Müdigkeit, der Stress der vergangenen Tage forderte seinen Tribut. Sie warf einen letzten Blick auf die Kartons und begann sie umzuschichten, damit es ordentlicher aussah.

»Als du draußen warst, hat dein Telefon vibriert«, rief ihr Ornella zu, dann stutzte sie und fragte: »Was machst du denn da?«

»Ach, nichts, ich wollte ein bisschen aufräumen, das geht ganz schnell.«

»Lass das, ich kann Ordnung nicht leiden.«

Elisa lachte, ein Karton rutschte ihr aus der Hand.

»Kannst du bitte mal auf mein Handy schauen, wer es war. Vielleicht Giuliana?«

»Deine Chefin?«

»Ja, sie wollte sich melden, falls ihr noch was zu einem Tee aus Roccamori einfällt.«

»Dem, der nach Moder schmeckt?«, erkundigte Ornella sich und griff nach Elisas Handy.

»Genau.« Elisa stapelte den Karton akkurat auf einen anderen und schob einen weiteren mit der Aufschrift *Badezimmer* dichter an die Wand.

»Hast du herausgefunden, wo er herkommt?«

»Nein. Ich habe Giuliana gefragt, sie hat ebenfalls nie etwas von einem solchen Tee gehört. Dabei kennt sie im Grunde jedes einzelne Teeblatt, das in Italien verkauft wird, beim Namen. Bei meiner Internetrecherche über Roccamori habe ich lediglich ein interessantes Foto entdeckt, einen Kameliengarten. Nehme ich wenigstens an, es war ziemlich unscharf.«

Die geheimnisvolle Legende, von der Daniele gesprochen hatte, erwähnte sie nicht.

Ornella tippte auf das Handy. »Das wäre echt toll, einen Tee entdeckt zu haben, den deine Chefin nicht kennt. Damit könntest du eine Prämie herausschlagen oder befördert werden.«

»Sehr witzig. Wir sind ohnehin nur zu zweit. Sie und ich. Und sie wird mir ihren Posten kaum überlassen.« Elisa musterte erneut ihre Kartons. »Verdammt.«

»Was ist los?«

»Der eine Stapel wackelt nach wie vor, ich muss noch mal von vorne anfangen.«

»Du hast gesagt, es geht ganz schnell.«

»Ich weiß, ich weiß«, seufzte Elisa, »ich fühle mich einfach besser, wenn Ordnung herrscht. So bin ich eben.«

»Es soll Pillen geben, die gegen so etwas helfen.«

»Und ich bin sicher, du hast welche im Schrank. Ich würde dir gerne erklären, wie wichtig Ordnung für mein Leben ist, bloß fürchte ich, du verstehst es ohnehin nicht.«

»Interessieren würde es mich schon.«

Elisa schob mit dem Knie einen Karton zu den anderen.

»Ohne Ordnung gerät alles aus den Fugen, innerlich wie äußerlich. Zugegeben: Ordnung halten mag ja anstrengend sein, aber ohne versinkst du im Chaos.«

»Du hast recht«, erwiderte Ornella trocken, »das werde ich nie verstehen. Nebenbei: Du hast eine Mail bekommen, soll ich sie öffnen?«

»Ja, bitte.«

»Wahrscheinlich deine Tante, die schreibt, dass du den ganzen Plunder wegwerfen und mir die Perlen schenken sollst. Nein, Spaß beiseite. Es ist ein Hotel.«

Elisa fuhr herum. »Ein Hotel?«

»Das Hotel zur verlorenen Liebe. Sehr romantisch.«

»Es befindet sich in Roccamori. Was schreiben sie?«

*Sehr geehrte Damen und Herren, bezüglich Ihrer Reservierungsanfrage gibt es gute Nachrichten. Unsere Renovierungsarbeiten beginnen erst im nächsten Monat, und deshalb können wir Ihnen, sofern noch Interesse besteht, für das nächste Wochenende ein Einzelzimmer anbieten.*

Ornella hielt inne. »Und? Fährst du?«

»Nein.« Elisa schaute entnervt auf das Durcheinander. »Ich habe vor ein paar Tagen unverbindlich dort angefragt im Zuge der Teerecherche, und sie haben abgesagt.«

»Na und? Jetzt jedenfalls sagen sie zu.«

»Ich weiß nicht …«

»Was denn?«

»Das ist zu knapp, das kriege ich nicht mehr organisiert.«

»Himmel, du tust, als ginge es in die Mongolei! Dabei ist es nicht mehr als ein läppisches Wochenende. Ganze zwei Tage! Ich hätte in drei Stunden für zwei Monate alles gepackt.«

»Es geht einfach nicht. Weil es mit dem Geburtstag meiner Mutter zusammenfällt.«

»Ein Grund mehr, dorthin zu fahren.«

Elisa schüttelte den Kopf. »Ich habe weder Geld noch Zeit, zudem muss ich die Wohnung verkaufen, die Sachen von meiner Tante in Ordnung bringen, zur Bank und zum Notar gehen und …«

»Erspar mir die Ausreden!« Ornella winkte ab und schaute sie voller Unverständnis an. »Die Schlüssel?«

»Welche Schlüssel?«

»Meine Autoschlüssel.«

»Habe ich sie dir nicht zurückgegeben?«

»Nein.«

»Doch, klar. Ich habe sie auf den Tisch gelegt.«

Ornella zuckte mit den Schultern. »Da sind sie nicht.«

Elisa ging zu dem Tisch und entdeckte die Schlüssel sofort. Sie hingen an dem riesigen Penis einer Tonstatue.

»Es wundert mich echt, dass Eltern ihre Kinder in deine Töpferkurse schicken«, sagte sie mit tadelndem Unterton.

»Sie wissen es ja nicht. Nicht umsonst ist für Erwachsene der Zutritt zur Werkstatt untersagt. Du bist eine Ausnahme.«

Nach wie vor umklammerte Ornella das Handy, weshalb Elisa sie misstrauisch anschaute und es ihr aus der Hand riss.

»Ich glaub's nicht«, rief sie empört aus. »Du hast die Reservierung bestätigt!«

»Wenn du diesen Tee findest, will ich eine Danksagung im Jahrbuch«, erwiderte Ornella mit funkelnden Augen.

Mit einem Kopfschütteln gab Elisa klein bei. Sinnlos, noch etwas einzuwenden. Wenn sich Ornella etwas in den Kopf gesetzt hatte, dann vermochte sie nichts und niemand davon abzubringen. Im Übrigen war der Gedanke, in dieses Dörfchen zu fahren, durchaus verlockend.

Seufzend steckte sie das Handy in die Tasche. »Gut, ich mache es, die Danksagung allerdings kannst du vergessen.«

Ornellas Grinsen wurde breiter. »Genieß es, okay? Bleib nicht die ganze Zeit auf deinem Zimmer, amüsier dich.«

Dann wurde sie wieder ernst. »Erlaub es dir endlich, Spaß zu haben und glücklich zu sein. Damit schadest du niemandem, das solltest du dir immer vor Augen halten.«

Elisa nickte. Überzeugt war sie nicht.

# 16

*Neun Jahre zuvor*

Elisa nahm zwei Stufen auf einmal, ihr Herz klopfte so ungestüm und laut, dass sie fast befürchtete, alle könnten es hören und würden mitkriegen, dass sie jetzt erst nach Hause kam. Zwar hätte sie den Aufzug nehmen können, doch aus Furcht, sich beim Blick in die Spiegelflächen nicht wiederzuerkennen, ging sie lieber zu Fuß.

Eine einzige Nacht hatte ihr Leben völlig auf den Kopf gestellt.

Als sie den Schlüssel ins Schloss steckte, überkam sie das gleichermaßen beruhigende wie beklemmende Gefühl, mit einem Seil wieder in ihr altes Leben zurückgezogen zu werden. Bevor sie die Tür öffnete, hielt sie inne, gequält von der Frage, mit der sie sich bereits während der Busfahrt beschäftigt hatte. Wer war sie wirklich? War sie die Elisa, die sie an Danieles Seite erlebt hatte? Selbstbewusst, lebenshungrig und risikobereit, eine Frau, deren Augen blitzten und die am liebsten endlos gelaufen wäre, ohne jemals anzuhalten?

Zumindest hätte diese Elisa ihr im Spiegel des Aufzugs

bestimmt nicht zugelächelt, immerhin war sie auf dem Weg zurück in ihr bisheriges Leben, das geprägt war von Selbstzweifeln, Rücksichtnahme und Schweigen.

Als sie die Wohnungstür öffnete, empfing sie der vertraute Duft der Kinderzeit, die würzigen Aromen der Tees ihrer Mutter, der Geruch nach Schokolade, Vanille und geschmolzener Butter, den die Tortenkreationen ihrer Tante ausströmten, dazu ein Hauch Bohnerwachs für den Parkettfußboden. Sie wurde eingesogen, versank in einer warmen, weichen Watteschicht, kein unangenehmes Gefühl, aber ihre Bewegungen wurden träge, und ihr Körper fühlte sich seltsam schwer an. Aus der Küche waren die Stimmen ihrer Mutter und ihrer Tante zu hören.

Noch auf der Türschwelle stehend, versuchte sie, die Eindrücke der vergangenen Nacht festzuhalten, die ihr mehr und mehr entglitten zwischen aufgestapelten Kochbüchern, den auf Hochglanz polierten schwarzen Arbeitsschuhen ihrer Mutter und dem mit Mänteln und Jacken überladenen Kleiderständer. Sie atmete ganz leise, damit sie niemand hörte, und es gelang ihr, wenigstens ein paar Gefühle zurückzuholen: Danieles Finger, wie sie in Aldos Restaurant ihre Hand streichelten, sein zärtlicher Blick, als er jeden Millimeter ihres Körpers liebkost und geküsst hatte. Sein etwas verblüffter Gesichtsausdruck, als sie ihm gesagt hatte, sie wolle mit dem Bus nach Hause fahren, während er noch halb nackt und mit zerzausten Haaren an der Tür stand, gleichermaßen müde wie glücklich.

Sie tastete nach dem kleinen roten Feuerzeug in der Tasche ihrer Jeans, das sie ihm eigentlich hatte zurückgeben wollen und dann doch behielt.

Trauer überkam sie. Warum konnte sie hier nicht glücklich sein? Warum war in dieser Wohnung kein Platz für Glück? Warum erstickte es ihre Mutter, wann immer sie es nahen fühlte, als ob es ein giftiges Insekt wäre? Jedes Mal, wenn Elisas Stimme hoffnungsvoll klang, auf ihren Lippen ein glückliches Lächeln erschien, verdüsterte sich der Blick ihrer Mutter wie der Himmel bei einem Gewitter. Sie musste gar nichts sagen, dieser Blick genügte, um zu wissen, dass sie ihre Gefühle wieder unter Kontrolle bringen und verstecken musste, damit sie niemanden damit belästigte.

Aber dieses Mal nicht.

Dieses Mal würde es anders sein, dieses Mal würde sie sich nicht einschüchtern lassen. Sie würde zu dem stehen, was in dieser Nacht geschehen war. Auch wenn sie dem Gefühl noch keinen Namen geben konnte. Und trotz der Ungewissheit, wie es mit ihr und Daniele weiterging.

Das Parkett unter ihren Füßen knarrte, als sie sich wieder in Bewegung setzte, wenngleich sie das Gefühl hatte, den Boden gar nicht zu berühren. Je näher sie der Küche kam, desto langsamer wurde sie. Als sie schließlich davorstand, spähte sie durch den Türspalt.

Ihre Mutter saß auf ihrem angestammten Platz am Kopfende des Tisches, das durch das Fenster fallende Morgenlicht ließ ihr Gesicht noch blasser erscheinen als sonst. Ihre Tante hingegen wandte ihr den Rücken zu, sodass sie ihren Gesichtsausdruck nicht erkennen konnte. Trotzdem spürte

Elisa, dass etwas in der Luft lag, ahnte, dass etwas Schwerwiegendes vorgefallen sein musste. Die Tante umklammerte die Handgelenke ihrer Schwester, als ob sie sie vom Aufstehen abhalten wollte.

Prompt überfiel Elisa ein schlechtes Gewissen. Sie kam sich undankbar vor wegen ihrer negativen Gedanken, denn schlagartig wurde ihr bewusst, wie sehr diese beiden Frauen sie liebten und für sie sorgten. Nirgendwo sonst auf der Welt würde sie sich so geborgen fühlen wie bei ihnen.

»Ich kann es ihr nicht sagen«, hörte sie ihre Mutter murmeln.

Elisa erstarrte, ihr Atem stockte.

»Du kannst es ihr nicht …«

»Doch, doch, ich spreche mit ihr, nur nicht jetzt. Lass mir etwas Zeit.«

»Deine Tochter ist stärker, als du denkst«, sagte ihre Tante mit erstickter Stimme.

Elisa spürte, wie ihr die Tränen in die Augen stiegen.

»Ich weiß«, erwiderte ihre Mutter und starrte in ihre Teetasse. »Es ist auch nicht wegen ihr, sondern wegen mir. Die Zeit ist zu wertvoll, in der ich noch selbst über mich bestimmen kann …«

»Was haben denn die Ärzte gesagt?«

Ihre Mutter zuckte mit den Schultern. Seit wann sah sie eigentlich so ausgezehrt aus, fragte sich Elisa. Unter dem leichten rosa Wollpullover zeichnete sich ihr knochiger Körper ab, auf ihren zeitlos schönen Zügen lag ein melancholischer Schleier. Ihre Finger griffen nach der Hand ihrer Schwester, umklammerten sie. Eine so verzweifelte Geste, dass es Elisa den Magen zusammenzog, und als sie das Schluchzen ihrer Tante hörte, überfiel sie panische Angst.

Sie drehte sich um, schlich leise durch den Flur zur Wohnungstür und zog sie von außen hinter sich zu. Wie sollte es jetzt weitergehen mit ihr und Daniele? Eben noch hatte sie überlegt, vielleicht wirklich mit ihm nach Laos zu fliegen, sich zu überwinden, ihrer Beziehung eine Chance zu geben. Jetzt war alles anders, ihre Mutter ging vor.

Sie musste es ihm sagen, bloß wie? Kurz überlegte sie, ihm ein paar Zeilen per Post zu schicken, aber das wäre zu unpersönlich. Danach dachte sie daran, ihm einen Zettel in den Briefkasten zu stecken, was wiederum an ihrer Angst scheiterte, ihn womöglich zu treffen. Sehen nämlich wollte sie ihn nicht, das würde über ihre Kräfte gehen. Und zudem mochte sie nicht über die Krankheit der Mutter reden. Über ihren bevorstehenden Tod. Nein, das musste sie erst mal mit sich alleine ausmachen. Genauso wenig fühlte sie sich in der Lage, ihre Entscheidung, nicht mit Daniele nach Laos zu fliegen, zu diskutieren. Selbst wenn das vielleicht das endgültige Aus für ihre Beziehung bedeutete.

Es war weiß Gott ein hoher Preis, den sie für ein kurzes Glück zahlen musste, dachte sie bitter.

Elisa zermarterte sich den Kopf, wie sie es ihm auf eine für sie schonende Weise mitteilen sollte. Schließlich kam ihr die Idee, Aldo, den netten Wirt des kleinen Restaurants, in dem sie diesen wunderschönen Abend verbracht hatten, um Hilfe zu bitten.

Obwohl er um die Mittagszeit alle Hände voll zu tun hatte, eilte er sogleich mit einem strahlenden Lächeln auf sie zu, das jedoch sofort verlosch, als er ihren Gesichtsausdruck bemerkte. Mit erstickter Stimme bat Elisa ihn, Daniele etwas auszurichten. Den Tränen nahe stammelte sie zusammenhanglos etwas von widrigen Umständen, die sie zwängen, sich für eine Weile zurückzuziehen, von unvorhergesehenen Problemen – kurzum erbitte sie sein Verständnis, dass sie nicht mitfliegen könne, und es tue ihr alles unendlich leid.

»Bist du sicher?«, fragte Aldo, der sie mitfühlend ansah.

Elisa biss sich auf die Unterlippe und nickte traurig. »Ja, ganz sicher. Es geht nicht anders.«

Der Wirt war taktvoll genug, nicht weiter nachzubohren, kam stattdessen auf den gestrigen Abend zu sprechen.

»Daniele hat noch nie eine Frau mit hierhergebracht, und er wirkte so glücklich wie schon lange nicht mehr. Und ich glaube nicht, dass das an meiner Küche lag.«

»Leider war das Glück nicht von Dauer«, gab Elisa mit leerem Blick zurück.

»Und woran lag's?«, wagte sich Aldo vor. »Magst du es mir verraten?«

Elisa fühlte sich in die Enge getrieben. So nett der joviale Wirt war – ihr war einfach nicht danach, über die ganze Geschichte zu sprechen. Weder über ihre Mutter noch über ihre Beziehung zu Daniele oder ihren schwierigen Umgang mit Gefühlen. Deshalb griff sie zu einer vagen Formulierung, die alles und nichts besagte.

»Weil ich keinen Menschen glücklich machen kann, nicht einmal mich selbst.«

»Deine Liebe würde ihm reichen.«

»Nicht einmal die kann ich ihm geben. Zumindest nicht jetzt.«

»Warum?«

»Weil ich sie für jemand anderen brauche.«

Als Aldo seufzte, küsste Elisa ihn auf die Wange, verabschiedete sich mit tränenerstickter Stimme und rannte nach draußen.

In den folgenden Tagen und Wochen meldete sich Daniele wiederholt per Mail, sie las sie nicht einmal. Inzwischen hatte ihre Mutter, deren Zustand sich rapide verschlechterte, mit ihr geredet. Für Daniele war in ihrem Leben derzeit definitiv kein Platz, und sein Bild verblasste. Monate zwischen Hoffen und Bangen folgten, in denen für Elisa allein die Sorge um ihre Mutter zählte. Sie hatte nicht einmal Zeit, an sich selbst zu denken. Und wenn, dann überhäufte sie sich mit Vorwürfen, nicht rechtzeitig gemerkt zu haben, dass es ihrer Mutter schlecht ging, oder sich nicht genug um sie gekümmert zu haben. Und wie es ihrem Naturell entsprach, redete sie sich ein, schuld an dieser heimtückischen Krankheit zu sein.

Wie an allem anderen.

Ihr gewohntes Leben jedenfalls war komplett auf den

Kopf gestellt. Sie fühlte sich innerlich leer, litt unter diffusen Verlustängsten, die ihre Schuldgefühle noch steigerten. Je hinfälliger ihre Mutter wurde, desto elender fühlte sie sich.

Mittlerweile verließ Daria das Bett nicht mehr, war nur noch ein Schatten ihrer selbst. Was sie am Leben hielt, war ihr sehnlicher Wunsch, etwas nachzuholen, ihrer Tochter die Liebe zu schenken, die sie nie von ihr bekommen hatte. Und Elisa war immer für sie da und kümmerte sich hingebungsvoll um sie. Zeit für eigene Wünsche und Bedürfnisse blieb ihr nicht, ihr ganzes Denken und Handeln war einzig auf ihre Mutter ausgerichtet. Und die Zeit lief ihnen davon.

Daniele hatte noch ein paarmal angerufen, aber sie war nicht ans Telefon gegangen. Elisa verbot sich jeden Gedanken an ihn, jeden Gedanken an das vergangene Glück. Erst als ihre Mutter endlich ihren Frieden gefunden hatte und Elisas Leben wieder in einigermaßen geordneten Bahnen lief, kehrten auch die Gedanken an Daniele zurück. Sie suchte im Netz nach ihm und fand heraus, dass er inzwischen als Journalist arbeitete und wie eh und je in der Welt herumreiste. Über sein Privatleben fanden sich keine Informationen, dabei hätte sie zu gerne gewusst, ob er vielleicht verheiratet war. Gut möglich. Schließlich war seit ihrer letzten Begegnung viel Zeit ins Land gegangen.

Klar, sie hätte ihm eine E-Mail schicken können, doch für eine direkte Kontaktaufnahme fehlte ihr der Mut nach allem, was passiert war. Außerdem fürchtete sie, damit die gerade wiedergewonnene Balance in ihrem Leben erneut ins Wanken zu bringen. Manchmal kam sie sich vor wie eine Schlafwandlerin auf einem schmalen Grat, den Blick stur nach vorn gerichtet, um nicht abzustürzen und es unbeschadet über den Abgrund zu schaffen.

***Über den Tee und die Liebe***

*Bei der Zubereitung ist die Ziehzeit von besonderer Bedeutung. Als Grundregel gilt: je länger, desto intensiver der Geschmack. Weißer Tee sollte in der Regel sieben bis fünfzehn Minuten ziehen, während bei Grüntee ein oder zwei Minuten genügen. Nur echte Kenner wissen, dass gedämpftem und gemahlenem Japan-Sencha dreißig Sekunden ausreichen.*

*In der Liebe ist es nicht viel anders. Wir wissen, dass jede Geschichte ihre Zeit braucht, und sind davon überzeugt, den richtigen Moment zu erkennen, was meist indes nicht stimmt. Das Herz des Liebenden ist ungeduldig oder träge, und jeder glaubt die Ausnahme zu sein – glaubt, dass die Regeln für alle anderen gelten außer für ihn. Aber wenn ihm die Liebe entgleitet, sucht er die Schuld bei sich und seinen Unzulänglichkeiten. Dabei ist es manchmal allein eine Frage der Zeit und nicht der persönlichen Eigenschaften. Es geht um das richtige Timing. Jede Liebe hat ihre Zeit, und man kann nichts tun, außer zu warten. Und zu hoffen, den richtigen Zeitpunkt nicht zu verpassen.*

*Im Leben ist es eben wie mit dem Tee. Je wichtiger die Dinge sind, desto mehr Zeit brauchen sie. Umso größer die Teeblätter, desto länger müssen sie ziehen. Bisweilen scheint die Ziehzeit endlos zu sein. Wie die ganz große Liebe, die schon vor uns begonnen hat und niemals enden sollte. Doch auch sie hat ein Ende, selbst wenn es noch so unmöglich scheint.*

*Die große Liebe darf nicht in zeitlichen Dimensionen gemessen werden, sie ist elementar wie Luft, Wasser, Essen und Trinken. Die Aromen bleiben an den Zähnen haften wie beim Tee. Bei der großen Liebe ist es nicht nötig, über die Glücksmomente nachzudenken. Denn wenn wir damit anfangen, ist es keine große Liebe mehr.*

# 17

*Siebenundzwanzig Jahre zuvor*

Ihr erstes Teeservice bekam Elisa zu ihrem vierten Geburtstag, es war aus Porzellan und mit gelben Sonnenblumen bemalt. Sie war das einzige Kind, das etwas so Wertvolles beim Spielen benutzen durfte – andere Mädchen mussten sich mit Plastikgeschirr begnügen wie für ihr Alter üblich.

Deshalb waren die Freundinnen hin und weg, wenn sie richtigen Tee aus der Tülle kommen sahen und das verlockende Aroma schnupperten, während sie in der Küche rund um eine umgedrehte Obstkiste saßen, die als Tisch diente und auf der eine schneeweiße Leinendecke ausgebreitet war.

Zwar waren die Mütter ebenfalls fasziniert, doch gleichzeitig waren sie zunehmend von Skepsis erfüllt, beäugten das Ganze misstrauisch, und immer seltener durften ihre Kinder zum Spielen in diese merkwürdige Wohnung und zu diesen merkwürdigen Frauen kommen, die so ganz anders waren als normale Mütter und Tanten.

Sehr deutlich im Gedächtnis geblieben waren ihr deshalb die einsamen Nachmittage mit den »Herren Tee«, wie sie

sie zu nennen pflegte. Zu ihnen hatte sie eine so starke Beziehung aufgebaut, als wären sie Menschen aus Fleisch und Blut. Da war »Herr Long Jing«, der nach Kastanien duftete und ihre Tante so nervös machte, dass sie nicht schlafen konnte. Dann der elegante, selbstbewusste »Herr Assam« oder »Herr Moon Cake«, der – etwas exzentrisch nach Blumen duftend, dabei immer sanft und freundlich – nur zu ganz besonderen Anlässen ins Haus kam.

Weil diese »Herren« für sie so lebendig waren, fiel Elisa anfangs gar nicht auf, dass ihre Freundinnen kaum mehr zum Spielen kamen und sie lediglich von Erwachsenen umgeben war. Die Mütter fänden das alles komisch mit den Teezeremonien, erklärte ihr die Tante. Einige hatten sicher Mitleid mit der vaterlosen Familie, wie sie später erkannte, bloß war ihre Mutter niemand, der sich bemitleiden ließ.

Sie war eine wunderschöne Frau, irritierend perfekt, zart und fragil wie das Porzellan ihres Teegeschirrs, das blasse Gesicht makellos glatt und zart, die Nase aristokratisch schmal. Ihre Schwester verglich sie gerne mit ihren zerbrechlichen Teekannen – einmal beschädigt, ließ sich nichts wieder reparieren. Wobei sie nicht von einem äußerlichen, sondern von einem innerlichen Schaden zu sprechen schien. Und wie die Tante das sagte, klang es in Elisas Ohren, als läge das alles viele Jahre zurück.

Von frühester Kindheit an hatte sie ihre Mutter verehrt und bewundert. Wenngleich mit einer gewissen Scheu, denn die Strenge und unnachgiebige Konsequenz, mit der sie ihre Regeln durchsetzte, schufen Distanz und begrenzten ihre kleine Welt. Ihre Mutter kam ihr vor wie eine einsame Insel weit draußen im Meer, doch trotz dieser Ferne spürte Elisa bei ihr ein stummes Flehen um Hilfe, das allerdings erstickt wurde, bevor sie es aussprechen konnte.

Mit der Zeit resignierte sie und akzeptierte, dass wirkliche Nähe zu ihrer Mutter nicht möglich war. Stattdessen flüchtete sie sich in die behagliche Welt ihrer Tante, die voller Umarmungen, Torten und spontaner Ideen war. Ihr war es zu danken, dass sie sich, selbst als keine Kinder mehr zum Spielen kamen, niemals allein gefühlt hatte. Vielmehr war sie sich vom Schicksal reich beschenkt und bevorzugt vorgekommen.

In der Wohnung roch es immer nach den frisch gebackenen Kuchen ihrer Tante oder den Köstlichkeiten, die ihre Mutter aus dem Restaurant mitbrachte, in dem sie arbeitete. Sie aßen spät zu Abend, meist schweigend, aber Elisa genoss die gemeinsamen Mahlzeiten und schwelgte dabei in wilden Fantasien.

Es fiel ihr leicht, sich aus der kleinen Küche in ferne Gefilde davonzuträumen, sobald sie etwa einen Teller exotischer Pilze vor sich hatte oder sich in ihrem Mund süßer Schokoladengeschmack mit herben Zitrusaromen mischte.

Über Geld wurde nicht gesprochen, obwohl sie im Nachhinein betrachtet eher arm gewesen waren. Das mit bunten Kissen übersäte Sofa war durchgesessen, der Teppich zerschlissen, und kein Kind außer ihr spielte mit Obstkisten. Gleichzeitig hingegen gab es woanders sicherlich keine gestärkten Leinendecken auf dem Esstisch, kein hauchdünnes Porzellan und keinen teuren Tee.

Um Letzteren rankten sich die schönsten Erinnerungen an ihre Kindheit. Wenn sie Tee aus edlen Tassen trank, vergaß ihre Mutter ihre Melancholie und ihre Müdigkeit. Ein Lächeln trat dann auf ihre Lippen, ihre Augen begannen zu strahlen. Und auch Elisa war in diesen Momenten glücklich, glaubte fest daran, eine Prinzessin zu sein oder, besser noch, dass sie alle drei Prinzessinnen waren: sie, ihre Mutter und ihre Tante. Und sie bildete sich ein, dass sie im prunkvollsten Salon des Schlosses an einem Tisch saßen, den Diener für sie liebevoll gedeckt hatten. Wer außer Prinzessinnen trank schließlich Tee aus feinsten Porzellantassen – köstlichen Tee, der nach Zimt und Lakritze schmeckte und niemals nach ordinärer Zitrone. Und erst das Gebäck!

»Dafür, dass wir drei einsame Frauen sind, geht es uns wirklich gut«, pflegte ihre Tante bei diesen Gelegenheiten stets zu sagen, woraufhin ihre Mutter noch einen Schluck Tee nahm und nickte.

# 18

*Bancha Vanilla*

*Ein für jeden Anlass und jede Tageszeit geeigneter Grüntee, da er wenig Tein enthält. Die Blätter sind groß und leuchtend grün. Sein Geschmack ist harmonisch kräftig mit einer milden Süße, sodass man auf Zucker verzichten kann.*

Als Elisa in Arezzo aus dem Zug stieg, nieselte es. Melancholie hing über der Stadt, eine Tristesse, der sich niemand entziehen konnte.

Schon als sie Mailand verlassen hatte, begann das Wetter umzuschlagen. Die matten Sonnenstrahlen, die zu Beginn der Fahrt noch durch die schmutzigen Scheiben des Zuges gefallen waren, verschwanden schließlich ganz, der Himmel hatte sich zugezogen und einen bleigrauen Schleier über die Landschaft gelegt. In ihre Jacke gehüllt, hatte sie ihr Spiegelbild im Fenster betrachtet. Diese Frau, die ihr da so ängstlich und mutlos entgegenblickte, war das wirklich sie?

Ornella hatte sie bereits zweimal angerufen – erst um

sich zu vergewissern, dass sie wirklich in den Zug gestiegen war, dann um zu kontrollieren, ob sie ihn nicht am nächsten Bahnhof wieder verlassen hatte. Elisa tat so, als wäre sie beleidigt, aber in Wirklichkeit war sie ihr dankbar. Insgeheim fühlte sie sich einsam und verlassen, und das wusste ihre Freundin allzu gut. War diese Reise tatsächlich eine so gute Idee?

Ihre anfängliche Euphorie jedenfalls war merklich abgekühlt.

Sie griff in die Tasche auf ihrem Schoß und tastete nach der Dose. Immer wenn sie das kalte Metall und die abgerundeten Ecken berührte, kam ihre Mutter ihr in den Sinn, ihr Gesichtsausdruck, wenn sie den verbotenen Tee trank. Im Moment allerdings war sie einfach zu müde und zu verwirrt, um sich genau zu erinnern, und das Bild verschwamm. Vielleicht sollte sie die Dose öffnen und das Teearoma einatmen, überlegte sie, vielleicht verschaffte ihr das zumindest ein bescheidenes Glücksgefühl. Nein, das ging nicht, nicht mit der alten Frau neben sich, die sie ohnehin misstrauisch beäugte.

Hinter diesem Tee verbarg sich ein Geheimnis, das spürte sie. Und das lag nicht allein an seiner ominösen Herkunft oder an dem nie gelösten Rätsel, warum ihn niemand trinken durfte. Das Geheimnis bestand darin, dass er ihre Mutter glücklich zu machen vermochte. Elisa hatte es an ihren Augen gesehen, wenn sich die Teearomen in der Küche ausbreiteten. Plötzlich sah sie um Jahre jünger aus, ganz entspannt, ihre Gesichtszüge wurden weich, die

Augen strahlten, als ob sie in diesem Moment aufhören würde zu kämpfen und die Waffen gestreckt hätte.

Gab es wirklich einen unmittelbaren Bezug zwischen dem Roccamori-Tee und dem Ort, zu dem sie unterwegs war?

Gut, da war das Foto eines Gartens, in dem wahrscheinlich Kamelien wuchsen, ferner der Blog, der von dem einzigartigen Teegenuss berichtete, und da waren die Gerüchte um eine Legende, die sich mit diesem Dorf verband. Doch das war auch schon alles; Beweise, dass sie sich auf der richtigen Spur befand, gab es nicht.

Außerdem war das Alleinsein nichts für sie, in keiner Hinsicht. Weder was das Reisen noch eine Teezeremonie betraf. Nicht umsonst hatte sie etwa die »Herren Tee« ersonnen. Und die Vorstellung, sich allein in einem Hotel einzumieten oder in einem Restaurant allein zu Abend essen zu müssen, war ihr unangenehm – da hatte sie immer den Eindruck, von anderen scheel angeschaut zu werden. Wann war sie überhaupt das letzte Mal ohne Begleitung unterwegs? Mit Diego? Keine gute Erinnerung, denn da war sie auf der Rückfahrt ebenfalls allein gewesen.

Lieber Himmel, wie lange war das her?

Diego – ein Bild von einem Mann: stark, zupackend, entscheidungsfreudig, souverän – hatte für alles eine Lösung, auf jede Frage eine Antwort parat gehabt. Selbst wenn er eigentlich keine Ahnung hatte, wirkte er dermaßen überzeugend, dass ihm niemand zu widersprechen wagte. Als er ihr damals gestanden hatte, er sei jetzt bereit für eine ernsthafte

Beziehung, nur eben nicht mit ihr, war der Schock weniger groß gewesen als erwartet. Vielmehr war ihr wie Schuppen von den Augen gefallen, dass ihre ganze Beziehung letztlich auf einer Illusion beruhte. Sie hatte nicht Diego geliebt, sondern die Sicherheit, die sie bei ihm zu finden glaubte.

Ihre Tante hatte sie damals getröstet. Diego sei kein großer Verlust, meinte sie, er erinnere sie an ihre Lieblingsgeschichte. Die handelte von einem Mann, der seine Schlüssel in einer stockdunklen Ecke verloren hatte und dennoch lieber unter der Straßenlaterne suchte, weil es dort heller war.

Ornella wiederum hatte nicht lang um den heißen Brei herumgeredet und aus ihrem Herzen keine Mördergrube gemacht. Diesen arroganten Schönling loszuwerden sei das Beste, was ihr passieren könne, hatte sie die Geschichte kommentiert.

Nun also Arezzo. Elisa schaute sich auf dem nahezu menschenleeren Bahnsteig um. Außer einem jungen Pärchen, das Hand in Hand Richtung Bahnhofsgebäude schlenderte, entdeckte sie niemanden. Der Kiosk war geschlossen, die Bar zum Glück geöffnet. Sie ging zur Theke, hinter der eine stark geschminkte Blondine stand, die sie feindselig musterte. Witterte sie in ihr etwa eine Konkurrentin? Kaum, wahrscheinlich reagierte sie so, weil man sich häufig über sie lustig machte. Zu ihr würde ein Bancha Vanilla passen, gewöhnlich und zuckersüß, dachte Elisa süffisant.

»Guten Tag, könnten Sie mir bitte sagen, wo der Bus nach Roccamori abfährt?«

»Da vorne. Keine Ahnung, wann der nächste kommt.«

»Gibt es keinen Fahrplan?«

Die Frau zuckte mit den Schultern. »Fragen Sie am besten den Fahrer.«

»Und wie soll das gehen, wenn keiner da ist?«

»Was bekommen Sie denn?«

»Nichts, danke«, erwiderte Elisa seufzend, nahm ihre Reisetasche und ging.

Die Wolken hingen so tief, dass sie das niedrige Bahnhofsgebäude fast zu verschlucken schienen. Der Asphalt auf dem Vorplatz glänzte vom Regen. Sie ging zu der einzigen Haltestelle hinüber und stellte sich unter das Dach des Wartehäuschens. Zwar hing dort ein Fahrplan, aber die Ankunfts- und Abfahrtszeiten waren mit einem Graffito übersprüht und nicht mehr lesbar.

Der ganze Platz war in graues Licht gehüllt, die Autos fuhren langsam, hin und wieder hastete ein Passant unter einem Schirm über die Straße. Niemand, den sie fragen konnte. Elisa überlegte, wie sie Ornella überzeugend erklären sollte, warum sie sofort wieder nach Mailand zurückgefahren war. Gerade noch rechtzeitig, bevor sie umkehren konnte, tauchten die Scheinwerfer eines Busses auf, der näher kam und direkt vor ihr anhielt.

Elisa stieg ein und setzte sich auf den Platz direkt hinter dem Fahrer.

Als sie auf die Schnellstraße einbogen, hörte es auf zu regnen, und zwischen den Wolken zeigten sich blaue Lücken. Erste Sonnenstrahlen ließen die Hänge der Hügellandschaft ringsum in einem matten Licht schimmern. Elisa begann sich zu entspannen und kuschelte sich in ihren Sitz. Die Aussicht war schön, im Bus war es wohlig warm, und romantische Klänge aus dem Radio lullten sie ein, was wollte sie mehr.

Nach einigen Kilometern musterte der Fahrer sie im Rückspiegel. Es handelte sich um einen jungen Mann, der an beiden Armen tätowiert war und seine Basecap mit dem Schirm nach hinten trug.

»Sie steigen in Roccamori aus, oder?«

Elisa zuckte zusammen und nickte. »Dauert das noch lange?«

»Ein Stündchen, vielleicht weniger, wenn nicht viel Verkehr herrscht. Was wollen Sie in dem Nest?«

»Das weiß ich ehrlich gesagt selbst nicht so genau. Ausspannen, denke ich.«

»Dann sind Sie dort genau richtig.«

»Waren Sie schon mal privat in dem Dorf?«

»Ein paarmal mit meiner Ex.«

»Soll ja ein sehr romantischer Ort sein. Hält er, was die Fotos versprechen?«

Der Fahrer zuckte mit den Schultern. »Na ja. Ein bisschen friedhofsmäßig, da lebt ja kaum noch jemand. Vor dieser Sache damals war das wohl anders.«

Elisa richtete sich hellhörig geworden auf. »Was für eine Sache?«

»So genau weiß ich das nicht, da soll sich jemand, eine Frau glaube ich, aus dem Fenster gestürzt haben, das gab ganz schön Gerede. Jedenfalls blieben immer mehr Touristen aus. Ob und wie das zusammenhing, keine Ahnung. Ist lange her. Jetzt leben dort fast ausschließlich alte Leute. Die Jungen sind alle weggezogen.«

»Heißt es nicht, es sei der romantischste Ort von ganz Italien?«

»Nicht wahr, oder?«

»Zumindest hat das mal eine englische Zeitung geschrieben.«

Der Fahrer trommelte mit den Fingern auf das Lenkrad und lachte.

»Engländer sind echt komisch, für die ist alles romantisch.«

Elisa nickte und schaute wieder aus dem Fenster. Die letzten Regenwolken hatten sich verzogen, die Sonne schien, und ohne es zu wollen, sank ihr Kopf gegen die Scheibe. Kurz darauf war sie eingeschlafen und wachte erst auf, als der Fahrer sie ansprach.

»Wir sind gleich da.«

Es dauerte eine Weile, bis Elisa wusste, wo sie war. Ein Blick aus dem Fenster zeigte ihr, dass sie die Schnellstraße verlassen hatten und die Welt um sie herum völlig verändert aussah. Einsamer.

Es gab kaum noch Zeichen menschlicher Besiedlung, sanfte Hügel prägten das Bild der Landschaft, hin und wieder entdeckte sie einen einsamen Bauernhof oder die Ruinen einer Burg. Zwischendrin erstreckten sich Olivenhaine und ein tiefgrüner See, in dem sich der blaue

Himmel spiegelte. Aus der Ferne grüßten schneebedeckte Gipfel.

»Wunderschön«, murmelte Elisa vor sich hin.

Der Fahrer lächelte ihr durch den Rückspiegel zu. »Stimmt. Willkommen in Umbrien.«

Der Bus bog auf eine schmale Straße ein, auf der zwei Autos nebeneinander gerade Platz hatten. Die Vegetation rechts und links wurde üppiger, die Zweige der Bäume wölbten sich über der Straße wie ein schützendes Dach, und die durch die Blätter fallenden Sonnenstrahlen malten geheimnisvolle Muster auf den Asphalt. Elisa ließ sich erneut in ihren Sitz zurücksinken, fast bedauerte sie, die wohlige Wärme des Busses bald verlassen zu müssen.

Ein Weilchen fuhren sie noch durch den grünen Tunnel, dann wurde es schlagartig hell. Ihre Augen schmerzten regelrecht und mussten sich erst an das gleißende Licht gewöhnen, bevor sie etwas sehen konnte.

Der Anblick war atemberaubend. Zwischen zwei lieblichen Tälern gelegen, erhob sich auf einer Bergkuppe ein pittoreskes mittelalterliches Dörfchen, dessen aus Natursteinen erbaute Häuser sich eng aneinanderschmiegten, als hätten sie Angst, ins Nichts zu stürzen. Die Nachmittagssonne tauchte alles in ein rotgoldenes Licht. Von unten wirkte die Szenerie majestätisch, fast unwirklich wie eine Theaterkulisse in schwindelnder Höhe.

Der Fahrer seufzte. »Die Straße dort hinauf ist ein Albtraum, wenn man da ins Rutschen kommt …«

Elisa schaute bang auf das schmale Asphaltband, das sich in Serpentinen steil nach oben schlängelte.

»Da müssen wir hoch?«, fragte sie mit dünner Stimme.

Sie musste die Antwort nicht abwarten, denn in diesem Moment bog der Bus ab, und sie erkannte am Straßenrand ein kaum noch lesbares Schild: Roccamori.

# 19

*Huo Shan Huang Ya*

*Hochwertiger gelber Tee, manchmal auch als Grüntee klassifiziert, der aus der chinesischen Provinz Anhui stammt. Er wird in den legendären Gelben Bergen angebaut, die Maler und Poeten immer wieder zu Gemälden und Gedichten inspiriert haben. Typisch für den Huo Shan Huang Ya sind seine schmalen, pelzigen Blätter, die an Vogelzungen erinnern. Der Aufguss ist goldfarben und hat eine fast cremige Konsistenz. Er schmeckt dezent nach Kräutern mit einer leicht süßlichen, an Kastanien erinnernden Note. In der Ming- und in der Qing-Dynastie wurde er als Abgabe an den Kaiser gezahlt.*

»Komm schon, altes Mädchen, fast geschafft.« Der Fahrer tätschelte das Lenkrad und rutschte in die nächste Kurve. Die Straße wurde immer schmaler, und Elisa musste sich festhalten, um nicht jedes Mal zur Seite zu kippen.

»Manchmal fahre ich gar nicht erst hoch«, sagte der Fahrer und zwinkerte ihr zu, »aber wenn mir die Passagiere sympathisch sind, gebe ich alles.«

Elisa versuchte zu lächeln, doch es wurde nur eine verzerrte Grimasse angesichts der Gefahr, den Abhang hinunterzustürzen. Irgendwie schaffte der Bus es, vermutlich wie immer, bis ganz nach oben zu kommen – an die Rückfahrt zu denken verbot Elisa sich indes. Bergab war es bestimmt noch beängstigender.

Als sie die ersten Häuser des Dorfes sah, war sie ein wenig enttäuscht. Nett, allerdings nicht so spektakulär wie erwartet. Keine Menschenseele weit und breit. Obwohl es noch Nachmittag war, lagen die schmalen Gassen bereits im Halbdunkel, an den Wänden und auf dem noch regennassen Pflaster blitzten bläuliche Lichtreflexe.

Das romantischste Dorf Italiens hatte sie sich irgendwie anders vorgestellt: mit üppig bepflanzten Balkonkästen, herrlichen Geranientöpfen vor den Fenstern, mit alten Frauen, die plaudernd auf einem Bänkchen vor den Häusern saßen, neben sich dösende Katzen, und mit flanierenden Pärchen, die sich verliebt ansahen. Jedenfalls nicht mit diesen düsteren Gassen, die im Nichts zu verschwinden schienen. Der einzige Farbfleck im Einheitsgrau war eine geblümte Schürze, die vor einem Küchenfenster auf einer Leine zum Trocknen hing. Selbst die einstmals farbigen Holzläden waren verblasst und strahlten Feindseligkeit aus.

»Wissen Sie, wo Sie hinmüssen?«

Elisa zuckte zusammen. »Nicht wirklich, ich kenne bloß den Namen des Hotels – macht nichts, ich kann es ja auf dem Handy nachschauen.«

»Darauf würde ich mich nicht verlassen.«

Sie verstand nicht, was er meinte, erst als sie den Namen des Hotels in die Suchmaschine tippte, dämmerte es ihr.

»O nein, das glaube ich nicht.«

Der junge Mann grinste. »Tja, hier gibt's wirklich kein Netz.«

»In ganz Roccamori nicht?«

»Nirgends. Habe ich nicht gesagt, dass das Dorf stirbt?«

»Schon, aber mit so was habe ich nicht gerechnet.« Hoffentlich konnte sie wenigstens telefonieren. Wie sollte sie das Wochenende sonst überstehen, total von der Außenwelt abgeschnitten? Eigentlich hatte sie als Erstes ein Foto machen wollen, um es ihren Freundinnen zu schicken, und jetzt stellte sich heraus, dass sie offenbar in der Steinzeit gelandet war. Noch vor ein paar Stunden hätte sie das für einen Witz gehalten. Sie fühlte sich, als hätte sie einen Teil von sich im Tal an einem imaginären Kontrollposten abgeben müssen, wo sie ihn auf der Rückfahrt wieder abholen konnte.

Willkommen in der guten alten Zeit.

Der Bus rollte langsam durch einen engen Torbogen und kam auf einer quadratischen Piazza zum Stehen. Auf der einen Seite erkannte man die Kirche, auf der anderen ein paar niedrige Häuschen. Die Haltestelle befand sich direkt neben einer Bar, vor der ein paar Tische und Stühle mit verblichenen roten Sonnenschirmen standen, vor der Eingangstür hing ein bunter Plastikvorhang. So etwas hatte sie das letzte Mal als kleines Mädchen gesehen, dachte Elisa amüsiert.

Neugierig sah sie sich um. Der Platz war menschenleer,

genau wie das ganze Dorf. Was sollte an diesem tristen Steinhaufen romantisch sein? Die Schlagläden der Fenster waren geschlossen, die einzigen Zeichen menschlichen Lebens waren ein vergessener Ball in einer Ecke und eine rote Vespa, die vor einer Tür unter einem schmiedeeisernen Balkon parkte.

»Kommen Sie klar?«, fragte der Busfahrer.

Wenngleich Elisa am liebsten verneint hätte, wollte sie sich nicht lächerlich machen und nickte tapfer.

»Natürlich, danke, ich gehe einfach in die Bar und frage.« Sie nahm ihre Tasche und stieg aus. »Vielen Dank für Ihre Hilfe.«

Der Fahrer tippte sich an seine Basecap. »Kein Problem. Wir sehen uns auf der Rückfahrt, es sei denn, Sie entschließen sich hierzubleiben«, erwiderte er lachend, schloss die Tür und wendete.

Erst als der Bus aus ihrem Blickfeld entschwunden war, fiel ihr ein, dass sie vergessen hatte, den Fahrer nach der Rückfahrt am Sonntag zu fragen. Seufzend hängte sie sich die Tasche über die Schulter, ging hinüber zur Bar und setzte sich auf einen vom Regen noch feuchten Stuhl. In einer Wasserpfütze auf dem Tisch schwammen ein leeres Zuckertütchen und ein durchweichter Bierdeckel.

Auf der Piazza herrschte eine geradezu unheimliche Stille. In der Ferne waren Motorgeräusche eines Traktors zu hören, ganz kurz ertönte ein Hammerschlag. Hin und wieder fegte eine Windböe durch die engen Gassen, um sogleich wieder zu verebben.

Elisa sah auf ihr Handy. Nicht einmal das Mobilnetz schien zu funktionieren. Wie sollte sie das zwei ganze Tage lang aushalten?

Sie atmete tief ein. Intensiver Blumenduft lag in der Luft, gemischt mit etwas Süßlichem, das an gerade aus dem Ofen gezogenes Gebäck erinnerte. Ihr Magen knurrte bei der Erinnerung.

In diesem Augenblick raschelte der Plastikvorhang am Eingang, und ein stämmiger Mann mit einem runden Tablett in der Hand tauchte auf. Eine schwarze Locke hing ihm in die Stirn, was seinem Gesicht ungeachtet seiner mürrischen Miene etwas Schelmisches verlieh. Er musterte sie kritisch, als er an ihren Tisch trat.

»Was darf's sein?«

»Einen Kaffee, bitte, koffeinfrei.«

»Gut«, sagte er in gönnerhaftem Ton, als wäre es eine große Ausnahme, dass er überhaupt eine Bestellung aufnahm.

»Entschuldigen Sie«, rief ihm Elisa hinterher, »können Sie mir sagen, wo ich das Hotel zur verlorenen Liebe finde? So heißt es, glaube ich.«

Der Barbesitzer nickte und fixierte sie erneut eindringlich, als würde er darüber nachdenken, wo er sie bereits gesehen hatte.

»Die Straße hoch, direkt hier hinter der Piazza. Momentan ist es geschlossen.«

»Geschlossen?« Elisa wurde unruhig. »Das kann nicht sein, für mich ist dort ein Zimmer reserviert. Angeblich renovieren sie erst später.«

»Renovieren?«

»Ja, sie haben geschrieben, sie würden das Hotel renovieren, jedoch erst später, in ein paar Wochen.«

»Merkwürdig, eigentlich haben sie gerade erst renoviert. Das soll einer verstehen.«

Sein Ton klang fast vorwurfsvoll, als ginge ihm alles auf die Nerven.

»Wissen Sie, wo ich die Besitzerin finden kann?«, erkundigte Elisa sich etwas verunsichert.

»Natürlich.«

»Und wo?«

»Im Hotel, sofern es nicht geschlossen ist.«

Es war zum Verzweifeln. Elisa beschloss, erst mal ihren Kaffee zu trinken, eine Runde durchs Dorf zu drehen und dann am Hotel zu klingeln. Vielleicht würde ihr ja jemand aufmachen. Automatisch zog sie das Handy aus der Tasche – an den Gedanken, dass es kein Netz gab, musste sie sich noch gewöhnen.

Als kurze Zeit später der Barmann auftauchte, hatte er neben dem Kaffee einen guten Rat für sie: »Sie probieren es am besten in der Casa delle Camelie«, sagte er und stellte die Tasse vor ihr ab.

»Casa delle Camelie?«

Vergeblich wartete sie, dass er ihr erklärte, was für ein Haus das sei, und ihr den Weg beschrieb. Nichts.

»Und wo ist das?«, fragte sie entnervt.

»Unterhalb des Friedhofs, nicht zu verfehlen.«

Elisa lächelte. »Sie kennen mich nicht, ich verlaufe mich

ständig«, versuchte sie zu scherzen, aber der Mann schaute sie bloß traurig an und verschwand.

Wenn Elisa angenommen hatte, in einem Dörfchen wie Roccamori könne »unterhalb des Friedhofs« nicht weit sein, so täuschte sie sich gewaltig. Um ihr Ziel zu erreichen, musste sie einen neben dem Friedhof beginnenden Schotterweg nehmen, der abenteuerlich steil nach unten ging und zwischen mächtigen Bäumen und mannshohem Gebüsch verschwand, als hätte ihn die Natur verschluckt.

Elisa zögerte, sollte sie wirklich hier runtergehen? Ja, sollte sie, redete sie sich gut zu, nahm all ihren Mut zusammen, umklammerte den Riemen ihrer Tasche und marschierte los. Vorsichtig setzte sie einen Fuß vor den anderen. Hier auszurutschen und hinzuschlagen hätte ihr gerade noch gefehlt. Sie war fast unten, als ihr auffiel, dass hinter den üppig wuchernden Kletterpflanzen eine Begrenzungsmauer stand, die an einigen Stellen eingestürzt war. Einige Kamelienblüten am Boden zeigten ihr, dass sie auf dem richtigen Weg war.

Kurz darauf gelangte sie an ein offen stehendes schmiedeeisernes Tor, das etwas schief in den Angeln hing. Dahinter öffnete sich ein kleines Paradies: ein prachtvoller parkähnlicher Garten, etwas verwildert und dennoch zauberhaft. Unter dicht belaubten, hohen Bäumen standen überall Steinbänke, die zum Verweilen einluden. Hinter einem steinernen Torbogen erstreckte sich ein anderes Areal des Grundstücks, in dem eine hochherrschaftliche Villa stand. Man könnte beinahe von einem kleinen Schlösschen sprechen angesichts der kunstvollen Intarsien an der Eingangstür, der ziselierten schmiedeeisernen Laternen und der Schnitzarbeiten an den Fensterrahmen. Wobei nicht zu übersehen war, dass der Zahn der Zeit gewaltig an dem Gebäude genagt hatte. Die Fassadenfarbe war abgeplatzt und der Putz darunter teilweise abgebröckelt, der Sockel hatte Stockflecken, und die Sonnenuhr war so verblasst, dass man ihre Zahlen kaum noch entziffern konnte.

Elisa ging weiter, nahm das Haus näher in Augenschein. Die Haustür und die verblassten blauen Fensterläden standen offen. Ein Fenster war lediglich angelehnt, ein Stück weiße Spitzengardine wehte nach draußen, als wollte sie jemanden grüßen. Auf der Treppe räkelte sich neben einer roten Gießkanne eine rotbraune Katze, die die letzten Strahlen der Nachmittagssonne genoss. Träge beäugte sie den Eindringling und streckte sich gähnend aus.

»Ist da jemand?«, rief Elisa, doch das Rauschen der Blätter im Wind verschluckte ihre Worte.

Im Haus regte sich nichts.

# 20

*Snow Bud*

*Ein hochwertiger weißer Tee aus China, für den die Blätter aus der ersten Ernte im Frühling verwendet werden. Das olivgrüne Blatt ist von silbernen Spitzen durchzogen. Der Aufguss ist hell, mild-würzig im Geschmack mit leicht fruchtigen Noten.*

»Hallo, guten Tag!«, versuchte Elisa es erneut.

Obwohl keine Reaktion erfolgte, kam es ihr vor, als hätte sie im Haus ein Geräusch gehört. Oder war es nur der Windstoß gewesen, der gerade fauchend durch die Bäume fuhr? Elisa ging um das Haus herum und fand sich in einem nicht allzu großen, ziemlich verwilderten französischen Garten wieder, der offenbar nicht mehr gepflegt wurde. Der Springbrunnen in der Mitte war versiegt und mit Moos überzogen, die Beete, die einst mit Blumen aller Art in kunstvollen Mustern bepflanzt gewesen waren, lagen brach. Einzig die Steinstatuen, die symmetrisch angeordnet entlang der Wege standen, hatten einigermaßen unbeschadet überdauert. Und dahinter erstreckte sich eine weite, dicht bewachsene Fläche, die ein leuchtendes Spektakel an Farben in allen Schattierungen bot, überhaucht vom goldenen Licht der Nachmittagssonne.

Der Kameliengarten.

Elisa war überwältigt. Riesige Kamelien reckten sich dort in die Höhe, die fast wie Bäume wirkten, dazwischen waren Sträucher gepflanzt. Alles wirkte natürlich-harmonisch und schien dennoch planvoll angelegt. Hier war nichts dem Zufall überlassen worden. Schon gar nicht die Farben. Alle Schattierungen von zartrosa über hell- und tiefrot bis purpurfarben fanden sich in faszinierenden Mischungen, dazwischen kleine weiße Inseln. Eine Farbsinfonie, von Menschenhand komponiert. Nie zuvor hatte sie eine solche Vielfalt gesehen.

Im Vordergrund erkannte sie die leuchtend rote Royal Velvet, die ihre Mutter unter den rosarotfarbenen am meisten geliebt hatte. Weiter hinten die perlweiße Snowman oder die gefüllte rosafarbene Desire, die sie bereits als Kind fasziniert hatte, weil ihre Blätter aussahen, als hätte man sie aus Papier geschnitten. Wo immer ihr Blick hinfiel, entdeckte sie Neues, ein Kaleidoskop an Farben und Formen, das sie andächtig staunen ließ.

An der Rückseite des Gartens stand ein gemauerter Pavillon mit drei hohen Bogenfenstern. Vielleicht ein Gewächshaus? In den Fenstern spiegelte sich das Sonnenlicht, die schillernden Farben bildeten ein verwirrend schönes Mosaik.

Erst jetzt bemerkte sie, dass sie nicht allein war. Eine alte

Dame beugte sich über einen Strauch. Sie trug einen cremefarbenen Schal und einen breitkrempigen weißen Hut, beides eher für einen Fünf-Uhr-Tee als für die Gartenarbeit geeignet.

Elisa trat auf sie zu und grüßte laut und vernehmlich: »Guten Tag.«

Die Frau blickte hoch und beschirmte die tiefgrünen Augen mit einer Hand, die in einem schneeweißen Handschuh steckte, der bis zum Ellbogen reichte. Sie musterte die Besucherin aufmerksam, und in ihren Augen schien ein Erkennen aufzublitzen.

Schließlich wiegte sie nachdenklich den Kopf und fragte: »Kennen wir uns, meine Liebe?«

»Nein, Signora«, antwortete Elisa, »entschuldigen Sie, dass ich hier so reinplatze.«

»Ich vergesse nie ein Gesicht. Und Ihres kenne ich irgendwoher.«

»Das kann nicht sein, ich bin gerade erst angekommen.«

Die Hausherrin, das war sie zweifelsfrei, sah sie noch eine Weile unverwandt an, dann verschattete sich ihr Gesicht, wirkte plötzlich traurig.

»Kommen Sie näher, dann müssen Sie nicht so schreien, das mögen meine Blumen nicht.«

Elisa trat einen Schritt auf sie zu. »Entschuldigen Sie die Störung. Ich bin gerade mit dem Bus angekommen, und man sagte mir …«

»Der Bus? Ist etwa Freitag?« Als Elisa nickte, fügte sie hinzu: »Du meine Güte, wie die Zeit vergeht. Je älter man wird, desto schneller dreht sich die Uhr, wissen Sie. Was mich betrifft, so brauche ich keine Uhr und keinen Kalender, die Kamelien zeigen mir Jahreszeit und Monat an.«

»Ihr Garten ist ein Paradies, ich habe noch nie so viele Kamelien auf so engem Raum gesehen. Ist womöglich eine Camellia sinensis darunter? Eine Teepflanze?«

»Interessieren Sie sich für Tee?«

»O ja, sehr.«

»Wie heißen Sie, meine Liebe?«

Etwas in der Stimme der Frau ließ sie mit der Antwort zögern.

»Entschuldigen Sie, ich will Ihnen nicht die Zeit stehlen, ich suche nach der Besitzerin des Hotels. Dort habe ich nämlich ein Zimmer reserviert, und in der Bar sagte man mir, dass ich sie vielleicht hier finde.«

»O nein, sie sind alle längst weg. Wenn Sie mit uns Tee trinken wollen, müssen Sie um fünf Uhr kommen. Das ist die beste Zeit für eine Teegesellschaft.«

Elisa lächelte zustimmend. »Da haben Sie recht.«

Sie blickte hoch und bemerkte, dass die Sonne inzwischen sehr tief stand und die Schatten länger wurden. Fröstelnd zog sie die Schultern zusammen.

»Gut, dann werde ich jetzt zum Hotel gehen, bevor es dunkel wird.«

Die alte Dame legte Elisa ihren Schal um die Schultern. »Nehmen Sie den, meine Liebe.«

Der Schal war warm und weich, und Elisa kuschelte sich in ihn hinein.

»Vielen Dank, ich bringe ihn so schnell wie möglich zurück.«

»Kommen Sie einfach morgen früh wieder vorbei, da bin ich bestimmt im Garten. Um diese Zeit sind die Kamelien besonders schön.«

»Sehr gerne«, antwortete Elisa in der Hoffnung, vielleicht eine Camellia sinensis zu finden.

Sie war beinahe am Tor, als ihr eine Frau entgegenkam. Um die sechzig, lange silbergraue Haare, große kastanienbraune Augen. Als sie Elisa erblickte, blieb sie stehen und lächelte sie herzlich an.

Eine zeitlos schöne Frau. Als Tee wäre sie ein Snow Bud, dachte Elisa, ein weißer Tee: elegant, leger, voll milder Süße und silbrig hell.

»Sie müssen entschuldigen«, begrüßte die Frau sie. »Ich bin Alba, mir gehört das Hotel. In der Bar auf der Piazza hat man mir gesagt, dass Sie nach mir gesucht haben. Ich musste noch rasch etwas erledigen, tut mir wirklich leid.«

»Keine Ursache, ich bin ja gerade erst angekommen.«

»Hatten Sie eine gute Reise?«

»Ja, alles bestens.«

Die Frau richtete ihren Blick gedankenverloren in die Ferne und war mit einem Mal ganz weit weg, bevor sie sich wieder ihr zuwandte.

»Kommen Sie, ich bringe Sie ins Hotel.«

Gemeinsam gingen sie in Richtung Piazza und bogen am

Dorfrand in ein steil nach oben führendes Sträßchen ein. Wenngleich es allmählich dunkel wurde, konnte man die Konturen der Hügel nach wie vor erkennen. Einsame Lichter ließen einen Bauernhof oder ein abgelegenes Gehöft erahnen, die schemenhaft im aufziehenden Nebel auftauchten. Alba legte ein beachtliches Tempo vor, sodass Elisa sich anstrengen musste, um ihr zu folgen. Schließlich blieben sie vor einem sicher jahrhundealten Gebäude stehen. Alba steckte einen großen Schlüssel ins Schloss der massiven Eichentür, rüttelte ein wenig daran, drückte dagegen, und sie standen in einem düsteren Innenhof. Feuchte Kühle schlug ihnen entgegen.

»Die Verwirrung mit den Mails tut mir leid, ich hatte die Daten verwechselt. Ich hoffe, Sie mussten deswegen nicht Ihre Pläne ändern.«

»Nein, nein, das war kein Problem«, wich Elisa aus, »ich bin froh, hier zu sein. Nachdem ich die Fotos gesehen hatte, konnte ich es kaum erwarten. Das Hotel gehört Ihnen?«

Alba nickte. »Ja, inzwischen seit vielen Jahren. Vorher gehörte es meiner Mutter und davor meiner Großmutter, es ist immer in Familienbesitz gewesen.«

»Ein großes Glück, etwas so Schönes zu besitzen, das von Generation zu Generation weitergegeben werden kann.«

Traurig darüber, weil von ihrer Familie niemand mehr lebte außer ihr und kaum etwas von Wert übrig geblieben war, abgesehen von ein bisschen Teegeschirr, verstummte sie und beschloss, wenigstens dieses bescheidene Erbe in Ehren zu halten. Im Vergleich zu diesem Hotel war es natürlich ein Nichts, flüchtig und unbedeutend wie der Puderzucker auf den Torten ihrer Tante, den man mit einem Ausatmen wegpusten konnte.

Alba sah sie schweigend an.

Geschwätzig waren die Bewohner von Roccamori weiß Gott nicht, dachte Elisa.

»Ich hole Ihre Schlüssel«, sagte die Hotelbesitzerin schließlich, nahm hinter dem Empfangstresen einen Schlüsselbund vom Haken und reichte ihn ihr.

»Kommen Sie, ich zeige Ihnen das Zimmer. Es ist im ersten Stock, da müssen Sie nicht so viele Treppen steigen.«

»O wie schade«, entfuhr es Elisa.

Alba drehte sich um. »Stimmt etwas nicht?«

»Weiter oben ist wohl nichts mehr frei, oder?«

»Doch, Sie sind im Moment der einzige Gast.«

»Könnte ich dann vielleicht ein Zimmer mit Talblick haben? Die Aussicht muss herrlich sein.«

»Es gibt ein Zimmer im Dachgeschoss, es ist etwas kleiner, und das Bad ist nicht …«

»Das wäre okay. Wenn es keine Umstände macht …«

Alba dachte einen Moment nach. »Nein, Umstände macht das keine«, murmelte sie und tauschte den Schlüsselbund gegen einen anderen aus.

Eine steile Treppe führte nach oben. Im Treppenhaus roch es intensiv nach frischer Farbe und nach Holzlasur. Was gab es hier zu renovieren?

»Sie richten wahrscheinlich so langsam alles für Ostern

her?«, erkundigte Elisa sich, um das Gespräch wieder in Gang zu bringen.

»Wir haben ein paar Reservierungen, ausgebucht sind wir nicht.«

»Ich dachte, Roccamori sei ein gefragtes Touristenziel ...«

»Früher ja, heute leider nicht mehr so.«

Elisa antwortete nicht, da sie soeben einen Treppenabsatz erreichten, von dem zwei dunkle Holztüren abgingen. Alba öffnete die auf der rechten Seite.

Das Zimmer war geschmackvoll eingerichtet wie das ganze Hotel, nicht gerade groß, die Decke niedrig mit freigelegten Holzbalken. Auf dem Bett lag eine hübsche Patchworkdecke in fröhlichen Farben, orange und blau, die zu den Vorhängen und der Tischdecke passte. Was den eigentlichen Reiz des Raumes allerdings ausmachte, war die atemberaubende Aussicht. Während sich über das Tal bereits die Schatten gesenkt hatten und es wie einen dunklen Schlund wirken ließen, waren die umliegenden Hügel noch in das faszinierende Licht der allerletzten Sonnenstrahlen getaucht.

»Ist es nicht zu klein?«, fragte Alba. »Sonst nehmen Sie lieber das andere Zimmer.«

»O nein.« Elisa stellte die Reisetasche auf den Boden. »Nein, das passt wunderbar, danke.«

»Wie Sie wollen.«

»Es ist wirklich perfekt. Und dann die Aussicht ...«

»Im Schrank finden Sie eine zweite Decke, nachts wird es recht frisch, Abendessen gibt es um acht.«

»Sehr gut, ich habe einen Bärenhunger«, erklärte Elisa lächelnd.

Sobald Alba gegangen war, trat sie ans Fenster. Draußen färbte sich gerade der Himmel glutrot, bald würde sich die Dämmerung wie ein dunkler Schleier auch über die Hügel legen.

# 21

*Liebe auf den ersten Blick*

*Das Binden einer Teeblume ist eine alte chinesische Tradition – eine Kunst, die nur noch wenige Meisterbinderinnen beherrschen. Dabei werden Teeblätter zu einem winzigen Bouquet zusammengestellt, in dem Grünteeblumen getrocknete Amaranth-, Ringelblumen- und Jasminblüten umrahmen und wie durch Zauberhand erblühen, sobald das Bündel mit heißem Wasser übergossen wird. Zum Aufgießen wird eine transparente Glaskanne verwendet. Der Tee schmeckt dezent und mild-würzig.*

Elisa streckte sich auf der Patchworkdecke aus und starrte hoffnungsvoll auf das Display ihres Handys. Wie gerne hätte sie Ornella ein Foto des Hotels geschickt! Sie wusste, dass ihre Freundin ungeduldig auf eine Nachricht von ihr wartete. Und sie ihrerseits drängte es zu wissen, ob die weiße Kamelie auch dieses Jahr wieder überbracht worden war. Ornella hatte versprochen, sich darum zu kümmern und bei der alten Adresse nachzuschauen.

Solange sich Elisa zurückerinnern konnte, hatte ihre

Mutter alljährlich zum Geburtstag eine weiße Kamelie bekommen. Von wem und warum, war ein nie gelüftetes Geheimnis geblieben, eines der vielen im Leben ihrer Mutter. Vor allem hatte sie nie verstanden, warum die Kamelie selbst nach ihrem Tod noch regelmäßig abgegeben worden war. Jahr für Jahr. Bestimmt würde die Hausmeisterin sie jetzt, wo die Tante ebenfalls nicht mehr lebte, entgegennehmen und sie wie ihren Augapfel hüten und darauf achten, dass sie nicht in unbefugte Hände geriet.

Elisa dachte an den ersten Geburtstag ihrer Mutter nach ihrem Tod. Die Tante hatte einen Kuchen gebacken, und Elisa wie früher Kerzen darauf gesteckt, für jedes Jahr eine. Plötzlich war sie hinsichtlich der Anzahl unsicher geworden. Sollte sie eine mehr nehmen als beim letzten Mal zu Lebzeiten der Mutter? Oder blieb ihr Alter von nun an immer gleich, wie die Tante meinte?

Von der Tragweite dieser Entscheidung überfordert, war sie in Tränen ausgebrochen und hatte in den folgenden Jahren die Kerzen ganz weggelassen. Zwar gedachten sie der Verstorbenen nach wie vor an diesem Tag, und hin und wieder erzählte die Tante eine Anekdote aus ihrem Leben, ansonsten aber sprachen sie zunehmend weniger von ihr. Und wenn, warf die Tante ihr prüfende Seitenblicke zu aus Sorge, Elisa könne erneut zu weinen anfangen. Doch mit der Zeit vergrub Elisa die Trauer um ihre Mutter so tief in sich, dass die Tränen versiegten.

Eines hingegen hatte sich nicht verändert: die weiße Kamelie.

Pünktlich kam sie Jahr für Jahr und wurde für Elisa immer wichtiger, weil sie ihr half, die Leere zu überwinden, die ihre Mutter hinterlassen hatte. Es war ein Geschenk, das sie glücklich und traurig zugleich machte – und genauso war es bei ihrer Mutter all die Jahre gewesen. Und dieses Jahr? Allein der Gedanke, dass die Kamelie nicht kommen könnte, stimmte sie traurig.

Elisa stand auf, ging zu dem Tisch am Fenster und betrachtete versonnen den Strauß weißer Kamelien, den ihr Alba auf die Schnelle noch ins Zimmer gestellt hatte. Was mochte es mit der weißen Kamelie zum Geburtstag auf sich haben? Wer konnte der Absender sein? Eine Frage, die sie sich jedes Jahr neu gestellt hatte, von Kindheit an. Mit Argusaugen pflegte sie als kleines Mädchen zu beobachten, wie sich Mutter und Tante verschwörerische Blicke zuwarfen, wenn es klingelte und das Geschenk eintraf, wie ihre Mutter die elegante Schachtel mit zitternden Fingern öffnete. Dann der Gesichtsausdruck, mit dem sie die Kamelie betrachtete, zunächst zögerlich, fast ablehnend, um schließlich den Widerstand aufzugeben und zärtlich die Blätter zu berühren.

Was sie stets aufs Neue verblüfft hatte, war die Tatsache, dass die Kamelie stets voll aufgeblüht ankam und nach wenigen Tagen verwelkte. Ein Ritual, das sich Jahr für Jahr wiederholte, bloß hatte sie irgendwann nicht mehr nach der Herkunft dieses ungewöhnlichen Geschenks gefragt.

In ihrer Familie wurden ohnehin nicht viele Fragen gestellt und noch weniger beantwortet, alles schien in Watte gehüllt und von einem Mantel des Schweigens bedeckt zu sein. Elisa war erst spät bewusst geworden, dass dies nicht normal war und mit der weißen Kamelie zusammenhängen musste. Und dass bei ihnen nichts so gewesen war wie in anderen Familien, wo man ungezwungen miteinander sprach und lachte und keine Angst hatte, irgendeinen geheimen Zauber zu zerstören.

Ein einziges Mal hatte Elisa ihre Mutter darauf angesprochen. Damals war sie neun gewesen und wollte ihr zum Geburtstag ein selbst gemaltes Bild überreichen. Die Mutter hatte im Schlafzimmer auf der Bettkante gesessen, den Kopf vom hereinfallenden Licht umrahmt wie von einem Heiligenschein. Ihr tränennasses Gesicht wirkte verhärmt und erschöpft, in den Händen hielt sie die Kamelie. Es war das erste Mal gewesen, dass Elisa sie weinen sah, wie gelähmt verharrte sie auf der Schwelle. Sobald sie ihre Tochter bemerkte, wischte sie sich die Tränen ab, und ihr Blick wurde abweisend. Vom Verhalten der Mutter völlig verstört, näherte Elisa sich ihr zögernd und versuchte sie linkisch zu umarmen und deutete dann auf die Kamelie: »Von wem ist die?«

Als ihre Mutter schweigend weiter auf die Blume starrte, hakte sie nach: »Weißt du es?«

»Es nicht zu wissen ist die schlimmste Strafe«, flüsterte die Mutter daraufhin und stellte die Kamelie zurück in die Vase.

Daraufhin war Elisa gegangen, die Antwort hatte ihr Angst gemacht, und sie hatte nie wieder danach gefragt.

Zu sehr fürchtete sie sich, die Mutter ein weiteres Mal weinen zu sehen. In ihren Augen hatte eine unendliche Traurigkeit gelegen.

Erst als die Kamelie nach dem Tod ihrer Mutter nach wie vor pünktlich zu ihrem Geburtstag eintraf, hatte Elisa irgendwann beschlossen, der Sache auf den Grund zu gehen und im Internet zu recherchieren. Wobei sie schnell begriff, dass sie so nicht zum Ziel kommen würde. Daraufhin war sie auf die Idee verfallen, ein Foto der Kamelie an diverse Blumenhändler zu schicken. Einige hatten gar nicht erst geantwortet, andere hingegen deren einmalige Schönheit gelobt. Ein einziger war konkret auf ihr Anliegen eingegangen. Vermutlich handele es sich um eine Kreuzung, eine Spezies, die lediglich in Laos zu finden sei, in den Bergen im Norden an der Grenze zu China, in etwa tausend Metern Höhe. Ausgeschlossen, dass man sie in Italien finden könne, denn sie brauche ein tropisches Gebirgsklima.

Nach dieser Auskunft hatte Elisa die Suche aufgegeben und die weiße Kamelie einfach zur Kenntnis genommen als tröstliches Ritual, das ihr zumindest einmal im Jahr ihre Mutter zurückbrachte. Und jetzt, wo es bald nicht einmal mehr die Wohnung ihrer Tante geben würde, was jetzt?

Sie wandte den Blick von den Kamelien ab und schloss die Augen. In ihrem Kopf breiteten sich Leere und ein Gefühl der Einsamkeit aus.

Wäre die Tante nur nicht so plötzlich gestorben, dachte sie manchmal. Vielleicht hätte sie ihr ja doch noch das Geheimnis der Kamelie und das des »verbotenen Tees« verraten. Und warum er für ihre Mutter so wichtig gewesen war. Vielleicht hätte sie dadurch zugleich mehr über ihre Herkunft erfahren und ihren Platz in der Welt leichter finden können. Aber vielleicht war das alles ja genauso diffus und flüchtig wie das Aroma dieses Tees.

# 22

*Einunddreißig Jahre zuvor*

Daria rutschte auf der Steinbank etwas zur Seite, um in den Genuss des schüchternen Sonnenstrahls zu kommen, der zwischen den Ästen der Kamelie hindurchblitzte. Eine dicke Tigerkatze strich ihr um die nackten Beine und stieg dann gemütlich die Stufen zum Haus empor, streckte sich auf der Fußmatte vor der dunklen Holztür aus und räkelte sich in der Sonne.

Jedes Mal, wenn Daria dieses Haus mit seinen weiß verputzten Mauern, den blauen Fensterläden und den schmiedeeisernen Lampen neben dem Eingang betrachtete, überkam sie ein Gefühl von Sicherheit und Frieden. Die Casa delle Camelie, das Kamelienhaus, war ihr Zufluchtsort geworden, ihr Refugium, in das sie sich zurückziehen konnte. Eine Insel der Ruhe in ihrem stürmischen Leben.

Als sie vor zwei Monaten nach Roccamori gekommen war, hatte sie eine Arbeit für den Sommer und ein wenig Unabhängigkeit gesucht und nicht im Entferntesten damit gerechnet, dass sie sich hier in diesem abgelegenen Bergdörfchen heimisch fühlen werde.

Inzwischen verstand sie sogar, warum die Einwohner nicht gerade glücklich über die vielen Touristen waren, die auf ihrer Jagd nach einer heilen Welt zwar Geld, jedoch auch Unruhe in diese friedliche Idylle, in diese stille, unverfälschte Natur brachten. Zwar erfüllte Roccamori ihre Sehnsüchte, zog sich indes gleichzeitig zurück, um seine Identität zu bewahren. Es ließ sich bewundern und fotografieren, sein wahres Leben zeigte es nicht – das fand hinter den Mauern und in den schmalen Gassen statt, in die Fremde nicht vordrangen.

Für Daria war Roccamori vor allem Vittoria, die Besitzerin der Casa delle Camelie. Zwischen den beiden ungleichen Frauen war auf Anhieb etwas ganz Besonderes entstanden, eine Herzensfreundschaft, die vor allem auf gegenseitigem Verständnis und der gemeinsamen Liebe zum Tee beruhte.

Vittoria war vor vielen Jahren mit ihrem Mann ins Dorf gekommen und nach seinem frühen Tod mit ihrem Sohn geblieben. Manchmal fühlte sie sich isoliert wie eine Gefangene, alles war so bedrückend eng. Obwohl sie nie darüber gesprochen hatten, spürte Daria, dass Vittoria in Roccamori nie wirklich heimisch geworden war. Die Frauen im Dorf behandelten sie mit Respekt, einige sogar mit freundlicher Zuneigung, trotzdem war offensichtlich, dass sie nicht wirklich dazugehörte.

Irgendwann hatte Vittoria ihr anvertraut, dass sie sich einzig und allein dann hier zu Hause fühle, wenn das Aroma des Tees die Küche erfülle. Ihre Worte entlockten Daria ein Lächeln, denn ihr erging es ebenso. Eines allerdings war merkwürdig, stellte sie fest, seit sie regelmäßig die nachmittägliche Teezeremonie besuchte: Sobald Vittoria den Tee serviert hatte, entfernte sie sich und verschwand im Haus, in einem Raum, zu dem niemand Zutritt hatte.

Die Gäste der Zeremonie störte es nicht. Sie hatten ja Daria. Nachdem sie ihr anfängliches Misstrauen abgelegt hatten, wussten sie es zu würdigen, dass die Fremde für jede Situation stets den passenden Tee zur Hand hatte. Zunächst waren sie skeptisch, dann neugierig gewesen, und inzwischen waren sie fest davon überzeugt, dass Darias Teezauber tatsächlich funktionierte. Und nicht allein, wenn es um körperliche Probleme ging. Vor allem bei Herzensangelegenheiten, glaubten sie, erweise sich seine Magie.

Mit dem Ergebnis, dass im Dorf ihre Fähigkeit mehr und mehr zum Tagesgespräch wurde. Überall begann man über sie zu tuscheln: in den engen Gassen, von Fenster zu Fenster oder beim Bäcker. Manche schwärmten sogar davon, dank Jasmin-Ingwer-Tee die Liebe ihres Lebens gefunden zu haben – eine Mischung, die, um es mit Darias Worten zu sagen, den Blick freimache für die wahren Gefühle.

Und manch ein Ehemann staunte nicht schlecht, dass das Mittagessen plötzlich nicht mehr zur gewohnten Zeit auf dem Tisch stand, weil seine Frau etwa ihre Leidenschaft für die Malerei entdeckt hatte, was angeblich der

Wirkung des Minze-Lakritz-Tees zu verdanken war, der, so Daria, das Selbstbewusstsein fördere und Mut mache.

Insofern war es nicht übertrieben zu behaupten, dass mit dem Tee ein neues Denken in Roccamori eingezogen und die Casa delle Camelie mit ihren Teegesellschaften das Zentrum dieser Veränderungen war.

Heute allerdings war weniger los im Garten. Viele Frauen waren auf der Stoffmesse im Nachbardorf, wo Händler aus ganz Italien ihre kostbaren Seiden- und Satinstoffe ausstellten, sodass im Schatten der Bäume eine seltsame Stille und Leere herrschte. Umso mehr wunderte sich Daria über die zierliche Gestalt, die zögerlich auf sie zukam.

Sie erkannte sie sofort. Es war Magda, die geschwätzige Verkäuferin aus der Bäckerei, die in der Regel ein wenig verdrossen dreinblickte. Jetzt hingegen hatte sie ein für ihre Verhältnisse geradezu strahlendes Lächeln aufgesetzt, als sie sich auf den schmiedeeisernen Stuhl neben der Steinbank setzte und die Hände faltete. Schweigend schaute sie sich um.

»Wir sind allein«, beruhigte sie Daria, während ein Windstoß ihr durch das goldbraune Haar fuhr und ihren Pferdeschwanz wippen ließ. »Was hast du auf dem Herzen?«

Magda beugte sich zu ihr: »Ich bin gekommen, um einen deiner … Tees zu trinken«, begann sie und straffte die Schultern.

Daria lächelte, erwiderte jedoch nichts. Manchmal war Schweigen besser als jedes noch so wohlmeinende Wort.

Und tatsächlich fasste Magda Mut. »Gibt es einen Tee, der jemand anderen verliebt macht?«

Daria biss sich auf die Unterlippe, um die Antwort, die ihr auf der Zunge lag, zurückzuhalten. Meist redete sie nicht lange um den heißen Brei herum, das ersparte Zeit und Missverständnisse. Bloß wollte sie Magda nicht vor den Kopf stoßen. Ihre Frage überraschte sie nicht, alle im Dorf wussten schließlich, dass sie ein Auge auf Antonio, den Bäcker, geworfen hatte. Sie wunderte sich vielmehr über ihre Scheu, denn normalerweise trug Magda ihr Herz eher auf der Zunge, redete, wie ihr der Schnabel gewachsen war, und konnte sogar ganz schön boshaft sein.

»Nein, dafür gibt es keinen Tee.«

»Ich wusste es! Der ganze Zauber ist völlig nutzlos, alles Lüge«, empörte sich die junge Frau prompt.

»Tut mir leid, ich habe keinen Tee, der bewirkt, dass sich Antonio in dich verliebt« fuhr Daria fort, »höchstens einen, der ihm hilft zu bemerken, dass du ihn liebst. Der Rest wird sich finden.«

»Und was hilft mir das?«

»So wie du dir das vorstellst, funktioniert es mit der Liebe nicht«, antwortete Daria, »zur Liebe braucht es immer zwei. Sonst ist es keine Liebe, sondern Bewunderung oder Schwärmerei. Und wenn du sowieso nicht daran glaubst, wirst du auch nicht schrecklich enttäuscht sein, wenn es nicht klappt. Im Grunde hast du also nichts zu verlieren, wenn du es ausprobierst. Zumindest verschwendest du nicht unnötig Zeit.«

Magda dachte nach, die Stirn in Falten gelegt, als würde sie ein gerade aus dem Ofen gezogenes Brot begutachten. Daria war sicher, dass das Wort *verschwenden* die junge Frau überzeugt hatte, und sie behielt recht.

»Gut. Und welcher Tee ist für mich der richtige?«

Daria lachte, ihre kristallklare Stimme war weithin zu hören. »Gewürztee mit Zimt und Anis.«

»Ich mag keinen Anis.«

»Das macht nichts, trink ihn dennoch. Er wird dir helfen, dich anderen zu öffnen.«

»Ich bin offen, sehr sogar«, protestierte Magda.

Elisa ignorierte ihren Einwand. »Und hin und wieder würde dir zudem ein Kamillen-Lindenblüten-Tee guttun, damit die Angst nicht über das Herz siegt. Und wenn …«

Die Worte erstarben auf ihren Lippen, als sie jemanden im Garten entdeckte, den sie unter Tausenden an seinem schaukelnden Gang erkennen würde.

»Und wenn …«, hakte Magda nach.

Daria hörte gar nicht mehr zu. »Ich hoffe, dass alles so wird, wie du es dir wünschst«, sagte sie und erhob sich, eine unverhohlene Aufforderung, sich zu verabschieden.

Magda schien beleidigt, aber Daria achtete gar nicht mehr auf sie und durchquerte mit raschen Schritten den Garten, verharrte lediglich kurz, um eine auf einem schmiedeeisernen Tisch stehende, mit Ranken verzierte Teetasse mitzunehmen.

Sie hatte ihn um die Hausecke biegen sehen und wollte ihn erreichen, bevor er im Gewächshaus verschwand.

Bei der Arbeit nämlich, das wusste sie, wollte er auf keinen Fall gestört werden. Blindlings eilte sie auf ihn zu, ohne nach links und rechts zu schauen, stolperte und stieß prompt mit ihm zusammen, wobei der Tee auf ihr Kleid schwappte.

Renato sah sie überrascht und verlegen an, während der Teefleck sich ausbreitete und Daria in eine Duftwolke aus Lakritz und Ingwer hüllte.

»Ich wollte Ihnen eine …«

»Ich bin gekommen, um …«

Sie hielten inne und schauten sich an, auf Darias Gesicht erschien ein strahlendes Lächeln, das ihn von seiner Verlegenheit befreite.

»Sie haben sich Tee auf Ihr Oberteil geschüttet«, sagte er und deutete mit dem Zeigefinger auf den Fleck, hätte ihn fast berührt. Erschrocken über seine Kühnheit zuckte er zusammen und zog rasch die Hand zurück. Daria griff nach ihr und legte sie auf ihre Brust, wo sich der Teefleck ausgebreitet hatte. Bei dieser Berührung durchlief ein Zittern ihren Körper, und ihr entfuhr ein tiefer Seufzer.

Renato versuchte erneut seine Hand wegzuziehen, dieses Mal eher halbherzig, zumal Daria es ohnehin nicht zuließ. In diesem Moment war es um seine Beherrschung geschehen. Er zog sie an sich, und seine Lippen fanden ihren Mund.

Es war ein sanfter, fast schüchterner Kuss, jedenfalls am Anfang. Dann loderte Verlangen in ihm auf, er suchte ihre Zunge, fordernd und sehnsüchtig. Ihre Lippen öffneten sich, sie war zu allem bereit, erzitterte in seinen Armen, trotzdem zögerte er immer noch. Die Finger ihrer freien Hand krallten sich in seinen Haaren fest, so groß war die Angst, er könnte sie sonst loslassen. Die Teetasse entglitt ihrer Hand und zerschellte klirrend am Boden.

# 23

*Darjeeling Monteviot*

*Ein qualitativ hochwertiger Tee, der aus der ersten Pflückung im Frühjahr stammt. Angebaut wird er in Monteviot, einem der kleinsten und ältesten Teegärten Indiens. Obwohl der Monteviot ein schwarzer Tee ist, ähnelt er dem Grüntee, auch was die Farbe der Blätter angeht. Der Aufguss ist bernsteinfarben mit hellen Reflexen, das Aroma duftig und an Zitrusfrüchte erinnernd.*

Am Samstagmorgen saß Elisa ganz allein auf der Hotelterrasse, blickte ins Tal und frühstückte. Die Farben der Landschaft leuchteten unter dem blank geputzten blauen Himmel. Vor ihr erstreckten sich grüne Hügel, durchsetzt mit rechteckigen Feldern und Weingärten, sodass das Ganze wirkte wie eine riesige Patchworkdecke. Im Sonnenlicht wirkte Roccamori deutlich freundlicher als am Tag zuvor, wenngleich es nach wie vor Melancholie ausstrahlte, als ob es von Gott und der Welt verlassen worden wäre.

Elisa strich Butter auf das Toastbrot und warf einen hoffnungsvollen Blick auf ihr Handy. Nicht einmal im Hotel gab es ein Netz.

Alba erschien auf der Türschwelle in einer weißen Seidenbluse, die silbergrauen Haare zu einem Zopf geflochten, und fragte: »Noch etwas Tee?«

Obwohl sie überaus bemüht war, machte sie nicht den Eindruck, als würde sie gerne Gäste bedienen. Sie schien eher zu den Frauen zu gehören, die sich bedienen ließen. Ihre Gesten drückten Stil und perfekte Umgangsformen aus, ihr Ton war verbindlich und bestimmt. Elisa fühlte sich in ihrer Gesellschaft seltsam unbehaglich, ohne zu wissen, warum. Ihr kam es vor, als stünde sie unter ständiger Beobachtung oder müsste sich einer Prüfung unterziehen.

»Nein, danke. Das Frühstück war ausgezeichnet. Ich mache mich jetzt auf den Weg, Signora Vittoria hat mich in ihren Garten eingeladen.«

Alba nickte: »Ich weiß nicht, wie lange sie sich noch allein darum kümmern kann. Hin und wieder kommt ein junger Mann und hilft ihr, was meines Erachtens nicht reicht. Ich fürchte, dass sie sich übernimmt.«

»Verstehe ich gut«, sagte Elisa automatisch und hielt inne, denn ihr lag etwas ganz anderes auf dem Herzen. »Wurde hier eigentlich früher Tee angepflanzt? Das klingt absurd, ich weiß«, fügte sie sofort hinzu, als Alba die Stirn runzelte.

»Nein, das ist es nicht. Hier in Roccamori hat Tee seit jeher eine wichtige Rolle gespielt. Solange ich mich zurückerinnere, haben sich die Frauen des Dorfes nachmittags zum Teetrinken getroffen, fast jeden Tag. Dass Tee angebaut wurde, davon ist mir hingegen nichts bekannt.«

»Vielleicht Signora Vittoria?«

»Nicht dass ich wüsste. Vielleicht hat sie mal mit dem Gedanken gespielt, darüber gesprochen hat sie jedenfalls nicht. Nein, eher nicht, wie ich sie einschätze.«

»Und warum?«

Alba ließ den Blick über das Tal schweifen. »Für sie sind die Kamelien Blumen, sie pflegt sie liebevoll, sieht sie wachsen, blühen und vergehen. Sie liebt die makellose Schönheit der Blüten, ihre Vielfalt und ihre Wandlungsfähigkeit, jede einzelne ist perfekt und jede anders. Dass sie unter solchen Voraussetzungen die Blätter der Camellia sinensis nutzen würde, um Tee zu produzieren … Nein, das vermag ich mir nicht vorzustellen.«

Elisa tupfte sich mit der Serviette die Lippen ab. »Und früher?«

Alba zögerte und antwortete fast ein wenig widerwillig: »Vor langer Zeit gab es hier im Dorf eine junge Frau, die ein besonderes Gespür für Tee hatte. Sie fand stets für alle Lebenslagen die richtige Sorte. Wenn jemand in Roccamori ein Problem hatte, ging er oder sie zu ihr.«

Elisa bemerkte die roten Flecken an Albas Hals und schloss daraus, dass das Thema sie irgendwie aufwühlte.

»Aber selbst Tee herstellen?«, fuhr die Hotelbesitzerin fort. »Nein, das wollte sie nicht.«

»Und lebt diese Frau nach wie vor hier?«

»Nein, schon lange nicht mehr. Sind Sie hier, weil Sie sich für Tee interessieren?«

Verständnislos runzelte Elisa die Stirn und fragte sich, warum Alba das wissen wollte.

»Nein, zwar interessiere ich mich für Tee, hergekommen bin ich jedoch, um mal auszuspannen. Ich brauchte einfach Luftveränderung.«

Einen kurzen Augenblick hatte sie darüber nachgedacht, die Wahrheit zu sagen, und Alba die Dose mit dem geheimnisvollen Tee ihrer Mutter zu zeigen und zu fragen, ob sie Näheres darüber wisse, war dann durch Albas argwöhnische Frage indes stutzig geworden.

Irgendetwas kam ihr nicht normal vor an dieser ungewöhnlichen Vorliebe des ganzen Dorfes für Tee. Vielleicht stammte der verbotene Tee ja tatsächlich aus Roccamori, was aus irgendwelchen Gründen nicht publik gemacht werden sollte. Aber woher kam Albas Misstrauen? Warum glaubte sie ihr nicht, dass sie rein zufällig nach Roccamori gekommen war wie andere Touristen?

»Möchten Sie noch ein Stück Kuchen?«

»Nein danke. Gibt es wirklich nirgendwo hier ein Netz?«, fragte sie mit einem verzweifelten Blick auf ihr Handy.

Alba lachte. »Die Urlauber begreifen das alle nicht, leider ist es wirklich so. Natürlich können Sie gerne unser Festnetztelefon benutzen.«

»Danke. Mir geht es eher darum nachzuschauen, ob ich Anrufe verpasst oder Nachrichten bekommen habe.«

»Wir drängen seit Jahren darauf, dass in der Nähe ein Sendemast aufgestellt wird, bislang ohne Erfolg, wie Sie sehen. Hin und wieder klappt es in der Bar, eine Verbindung herzustellen, eine sehr schlechte allerdings. Am besten funktioniert es auf der Telefonterrasse.«

»Telefonterrasse?«

»Sie wird so genannt, weil man an dieser Stelle meist ins Netz kommt. Alle gehen dorthin, wenn sie telefonieren wollen.«

»Und wo ist das?«

»Oh, das ist leicht zu finden. Wenn Sie das Hotel verlassen, biegen Sie nach rechts ab und folgen dem Weg ins Tal. Bis zu der alten Bäckerei.«

»Alte Bäckerei?«

»Ja, sie ist längst geschlossen, doch das Schild hängt nach wie vor dort und ist nicht zu übersehen, obwohl es inzwischen ein bisschen verblasst ist.« Sie unterbrach sich, als das Hoteltelefon klingelte. »Entschuldigen Sie, ich erwarte die Reservierungsbestätigung eines Gastes.«

Erst als Alba weg war, fiel ihr ein, dass sie sich wieder nicht nach der Abfahrtszeit des Busses nach Arezzo erkundigt hatte. Wollte sie vielleicht noch gar nicht nach Mailand zurück und verdrängte den Gedanken? Auf eine unerklärliche Art und Weise fühlte sie sich hier heimisch. Gestern Abend war sie todmüde ins Bett gefallen und sofort eingeschlafen. Und kein einziges Mal aufgewacht. Sie konnte sich kaum daran erinnern, wann das zum letzten Mal vorgekommen war.

Elisa drückte das Messer so fest auf das Toastbrot, dass es zerbröselte. Eine rotbraune Katze tauchte auf und leckte die Krümel vom Boden. Elisa streichelte sie, ließ dann ihren Blick erneut über das Tal wandern, das Roccamori vom Rest der Welt trennte.

Als sie bei der Casa delle Camelie ankam, fürchtete sie bereits, zu früh zu sein, denn auf ihr Rufen erhielt sie keine Antwort. Suchend ging sie um das Haus herum und entdeckte die schmale Silhouette der Hausherrin inmitten der Kamelien. In diesem Blütenmeer wirkte sie noch zerbrechlicher als gewöhnlich.

Wenngleich der Garten fast noch komplett im Schatten lag, war der Anblick atemberaubend. Selbst ohne Sonne. Vittoria war es gelungen, die ganze Farbpalette der Weiß-, Rosa- und Rottöne zu einem harmonischen Ensemble zu vereinen. Ton in Ton ineinander übergehend, sahen sie aus, als hätte ein Maler seine Gefühle mit Pinsel und Farbe auf Leinwand gebannt. Ein Wunder der Natur, so etwas hatte Elisa nie zuvor gesehen.

»Guten Morgen«, rief sie ein weiteres Mal, ohne dass Vittoria sie hörte.

Vorsichtig, um sie nicht zu erschrecken, näherte Elisa sich ihr, bemüht, keine am Boden liegende Blüte zu zertreten oder einen Zweig zu knicken. Erst jetzt fiel ihr auf, dass im Kameliengarten die Farben die Gestaltung bestimmten. Es waren bezaubernde Blumeninseln, zwischen denen sich schmale Wege schlängelten, die gerade so breit waren, dass man mit einer Schubkarre hindurchkam. Sonst nichts. Weder andere Pflanzen noch Skulpturen oder irgendwelcher Schnickschnack, nichts, was die Dominanz der Kamelien stören konnte. Diese Gartenanlage war ein Spiegelbild von Vittorias Persönlichkeit: kreativ, gradlinig und schnörkellos.

Als Elisa nah heran war, hob Vittoria den Kopf.

»Guten Morgen, meine Liebe«, grüßte sie mit einem herzlichen und leicht überraschten Lächeln. »Schön, dass Sie da sind. Ich dachte schon, es sei Pietro. Er sollte längst hier sein – er hilft mir bei der Gartenarbeit, wissen Sie.«

Wie gestern trug Vittoria weiße Handschuhe, was Elisa ein leichtes Lächeln entlockte.

»Kann ich Ihnen helfen?«

»Nun ja, vielleicht könnten Sie diesen Sack ins Gewächshaus bringen?«

»Natürlich, gerne.« Elisa wollte ihn hochheben und geriet ins Schwanken. »Sie haben den hoffentlich nicht selbst hierhergeschleppt?«

»Nein, ich habe ihn hinter mir hergezogen. Fast hätte ich dabei den Zweig einer Snippet abgebrochen.«

»Einer Snippet?«

Elisas Blick wanderte in die Richtung, in die Vittoria deutete, zu einem rosa Farbenmeer in allen Nuancen.

Vittoria nickte und streckte Elisa ihre Hand entgegen. »Kommen Sie, ich stelle sie Ihnen vor.« Nach ein paar Schritten blieben sie stehen. »Darf ich vorstellen, mein besonderer Liebling, die Snippet«, sagte Vittoria und deutete auf eine pastellrosa Kamelie, deren Blüten so zart wirkten, als könnte der Wind sie im nächsten Moment forttragen, und so zerbrechlich wie sie selbst. »In diesem Jahr blüht sie etwas früher als sonst.« Sie ließ Elisas Hand los. »Gefällt sie Ihnen?«

»Sehr, sie ist wunderschön.«

»Schauen Sie nicht allein auf die Blüten, betrachten Sie die ganze Pflanze, wie die Japaner es tun. Die Blätter der Kamelie sind genauso wichtig wie die Blüten, oft machen sie den Unterschied. Bei der Snippet ist das zum Beispiel der Fall.«

Elisa folgte ihrem Beispiel. Vittoria hatte recht. Die pastellrosa Blüten hoben sich von den saftig dunkelgrünen Blättern besonders anmutig ab, ein perfekter Kontrast, der die Snippet einmalig machte.

»Das stimmt, darüber habe ich nie nachgedacht – mein Augenmerk galt bisher lediglich den Blüten.«

Vittoria lächelte. »Wir suchen die Schönheit stets da, wo sie am leichtesten zu finden ist, nicht wahr?« Sie schaute zum Haus hinüber. »Ich weiß nicht, was heute mit Pietro los ist. Wahrscheinlich ist er anderweitig beschäftigt, das passiert manchmal.«

»Kommt er jeden Tag?«

»Nein, das geht gar nicht, er hat ja seine Arbeit. Er kommt, wenn er Zeit hat, meistens am Wochenende.«

Elisa sah sich um in dem riesigen Garten. Wie sollte Vittoria das alleine bewältigen?

»Können Sie nicht jemanden anstellen, der regelmäßiger kommt?«

Vittoria sah sie eindringlich an, als hätte Elisa eine indiskrete Frage gestellt, und seufzte.

»Ja, früher oder später muss ich das wohl. Aber ich glaube nicht, dass das meinem Mann gefallen würde.«

»Ihrem Mann?«, hakte Elisa verwundert nach, da sie geglaubt hatte, Vittoria lebe allein in dem Haus.

Die alte Dame, die ihr Erstaunen bemerkte, lächelte.

»Nicht dass Sie mich falsch verstehen: Er ist seit vielen, vielen Jahren tot. Doch da er zeitlebens ein alter Brummbär war, der sich höchst ungern helfen ließ, halte ich mich an sein Vorbild. Renato war genauso.«

»Renato?«

»Mein Sohn. Er lebt leider ebenfalls nicht mehr, vor drei Jahren ist er gestorben.«

Bei diesen Worten musste Elisa an ihre Probleme mit den Hinterlassenschaften der Tante denken und wusste genau, was Vittoria meinte. Im letzten Moment hielt sie sich zurück zu erwidern, dass es ihrem Mann sicher noch weniger gefallen hätte, wenn der Garten verwilderte.

»Ich verstehe Sie sehr gut«, sagte sie stattdessen.

»Tatsächlich?«, fragte Vittoria.

Elisa dachte nach und erkannte, dass sich, was sie bislang nicht hatte wahrhaben wollen, im Laufe des Lebens zwangsläufig manches veränderte und man irgendwann vielleicht sogar etwas opfern musste, das einem ans Herz gewachsen war.

»Ja, meine Tante ist vor Kurzem gestorben, und ich kann mich nicht von ihren Sachen trennen. Bei jedem einzelnen Teil widerstrebt es mir. Allerdings ist das Beispiel falsch: Sie müssten sich schließlich von nichts trennen, der Garten bliebe weiterhin Ihr Eigentum.«

»Das sehe ich anders. Die Dinge gehören den Menschen, die sich um sie kümmern. Nicht denen, die sie besitzen. Wie auch immer. Jedenfalls haben Sie recht, dass die Arbeit für mich zu schwer wird. Pietro ist ein guter Junge, etwas verträumt vielleicht, nur hat er neuerdings eine Freundin und somit ganz andere Dinge im Kopf. Nun, zum Glück muss ich jetzt in der Blütezeit weniger gießen.«

»Ich bringe den Sack zurück.«

»Danke, meine Liebe. Passen Sie mir ja auf Ihren Rücken auf.«

Elisa vermochte sich ein Lächeln nicht zu verkneifen. Wenn die mindestens doppelt so alte Vittoria den Sack hierhergezogen hatte, dann sollte sie ihn eigentlich ins Gewächshaus zurücktragen können. Sie irrte sich. Nachdem sie ihn mühsam auf die Schulter gehievt hatte, gab sie nach ein paar Metern auf, setzte ihn ab und schleifte ihn über den Weg. Fast schämte sie sich ein bisschen.

Beim Gewächshaus angekommen, stellte sie den Sack an einem der Betonpfeiler ab, die die hohen Bogenfenster flankierten. Sie versuchte einen Blick hineinzuwerfen, aber die Fenster waren zu schmutzig, um viel zu sehen. Sie konnte lediglich ein paar herumliegende Blumentöpfe erkennen.

Gerade wollte sie kehrtmachen, um zurück zu Vittoria

zu gehen, als sie plötzlich wie angewurzelt stehen blieb. Das konnte nicht sein, das musste eine Sinnestäuschung sein. Sie schloss die Augen und öffnete sie wieder. Das Bild blieb.

»Eine weiße Kamelie mit goldgelben Staubblättern«, murmelte sie.

Die alte Dame kam näher und schaute erst Elisa, dann die Kamelie an.

»Wunderschön, nicht wahr?«, sagte sie. »Auf die bin ich besonders stolz.«

»Dazu haben Sie wirklich allen Grund.«

Genauer betrachtete sie jetzt die Kamelie. Die Blütenblätter waren schneeweiß, etwas kleiner als bei anderen Sorten, und schienen regelrecht zu strahlen. Die intensiv grünen Blätter waren von hauchfeinen grauen Adern durchzogen. Kein Zweifel: Sie war es.

»Ein Traum«, flüsterte Elisa, in ihrer Stimme lag tiefe Rührung.

»Eine ganz seltene Sorte. Sie blüht bloß einmal im Jahr, und die Blüten öffnen sich höchstens für ein paar Tage, bevor sie welken. Immer in der letzten …«

»… Woche im März«, vollendete Elisa den Satz.

Erst sah Vittoria sie erstaunt an, dann glitt ein Lächeln über ihr Gesicht.

»Genau.« Ihr Blick wanderte zurück zu der Kamelie. »Ich bin die Einzige, die sie in Italien kultiviert. Man hat sogar ein paarmal versucht, sie zu stehlen, zum Glück ohne Erfolg.«

Elisas Herz begann wie wild zu klopfen. Sie schaute auf die strahlend weiße Blüte, die gerade im Begriff war, sich zu öffnen, eine Pracht, die in wenigen Tagen bereits wieder Vergangenheit sein würde. Einmal in jedem Jahr tat sie das, um den Geburtstag ihrer Mutter zu feiern.

Sie biss sich auf die Unterlippe, musste die Tränen unterdrücken. Eine Welle der Gefühle drohte sie zu überrollen, einige sehr vertraut, andere seit langer Zeit verdrängt. Es kam ihr mit einem Mal vor, als gehörte sie hierher, als wäre sie hier verwurzelt wie die Kamelien. Panik ergriff von ihr Besitz. In diesem Garten schien alles von besonderer Intensität zu sein, selbst die Gefühle. Hoffnungslos, sich dagegen zu wehren.

Die Geburtstagskamelie ihrer Mutter stammte von hier, von diesem Strauch. Doch wie hing das alles zusammen? Rätselhaft.

Sie betrachtete die alte Dame, ihre anmutigen Bewegungen, ihre weißen Handschuhe und ihren abwesenden Blick. Irgendwo miaute eine Katze, und der Zauber zerbrach. Elisa schüttelte sich.

»Kann ich Ihnen sonst noch helfen?«, fragte sie, wollte plötzlich nur weg. Weg von den freundlichen Augen dieser Frau und den Geheimnissen ihres Gartens. Und weg von dieser merkwürdig strahlenden Kamelie.

»Nein, meine Liebe, gehen Sie ruhig«, antwortete Vittoria und unterstrich ihre Worte mit einer graziösen Bewegung ihrer weiß behandschuhten Hand, »ich hoffe, Sie heute Nachmittag wiederzusehen.«

»Heute Nachmittag?«, wiederholte Elisa verwirrt.

In ihrem Kopf drehte sich alles, die Farben tanzten vor ihren Augen, bis sie ineinander verschwammen.

»Um fünf, zum Tee. Bei einer Tasse Tee findet man immer die richtige Antwort.«

»Das hat auch meine Mutter immer gesagt«, flüsterte Elisa.

»Wie recht sie hatte. Der Tee zeichnet die Wege des Herzens nach. Und die Wege des Herzens bringen uns näher zu uns selbst.«

# 24

## *Earl Grey*

*Dieser leicht mit Bergamottöl aromatisierte Schwarztee wurde nach dem britischen Premierminister Charles Grey benannt. Unter den zahlreichen Legenden, die sich um diesen Tee ranken, gibt es eine, die besagt, dass man das Aroma der Bergamotte brauchte, um den schalen Geschmack des kalkhaltigen Wassers im Haushalt des Earls zu überdecken. Und dass ein chinesischer Mandarin ihm das Rezept dafür geschenkt habe. Der Geschmack dieses Tees ist unverkennbar würzig und zitrusfrisch.*

Von der Casa delle Camelie bis ins Dorf war es nicht weit. Elisa schlenderte durch die engen, verwinkelten Gassen, unter niedrigen Bögen hindurch, die zu einer verwunschenen Märchenkulisse gehören konnten, stieg dann eine steile Treppe hinauf, um auf deren oberster Stufe festzustellen, dass sie an einem Hauseingang endete. Dafür wurde sie hier oben, als sie sich umdrehte, mit einer atemberaubenden Aussicht belohnt.

Sie schien sich im Kreis zu drehen, im Nirgendwo zu

landen, wusste nie, wo sie letztendlich ankam. Bei ihrem Irrweg durch das Gassenlabyrinth versuchte sie sich markante Punkte einzuprägen, an denen sie am häufigsten vorbeigekommen war, blieb hin und wieder stehen und sah sich um. Schon bald gab sie diese Strategie wieder auf, überließ sich stattdessen dem Zufall und der Obhut des Dorfes, wanderte ziellos durch die Gassen nach überall und nirgendwo. Selbst wenn Roccamori sich nach wie vor nicht als das romantische Fleckchen Erde präsentierte, das sie erwartet hatte, war sie trotzdem fasziniert von allem, was sich ihren Augen darbot. Ein seltsames, weil unerwartetes Gefühl von Geborgenheit breitete sich in ihr aus, als würde sie hier und sonst nirgendwo hingehören.

Um den Zauber des Ortes zu erkennen, musste man zwar genau hinschauen, dann aber fühlte man sich in eine andere Zeit versetzt, über der ein Hauch von Melancholie und Schwermut hing. Schämte sich Roccamori möglicherweise für seine Schönheit und mochte sie deshalb nicht zeigen? Warum sonst putzte es sich nicht heraus wie andere Dörfer mit üppigem Blumenschmuck, bemalten Hausfassaden und Lichterketten? Hier überließ man es den Besuchern, sich ein Bild zu machen, hinter die düsteren Mauern zu blicken und den Schleier, der die Schönheit verhüllte, zur Seite zu ziehen.

Ohne recht zu wissen, wie sie dort hingelangt war, fand sie sich vor einem Schaufenster wieder, in dem nichts außer einem leeren Weidenkorb stand. Ein verwittertes Schild, das im Wind hin und her schwang, wies den Laden als

Bäckerei aus. Hier also musste sich irgendwo die Stelle befinden, wo man mit dem Handy ins Netz kam.

Elisa schaute sich um und entdeckte über sich den Felsvorsprung, der den Dorfbewohnern einen bescheidenen Kontakt zur Außenwelt ermöglichte: die Telefonterrasse.

»Mein Gott«, rief sie laut aus und schüttelte sich vor Lachen, »das ist ja wirklich wie im Mittelalter oder in grauer Vorzeit, als man auf Felsen kletterte, um sich durch Rauchzeichen zu verständigen!«

Rasch stieg sie nach oben, zog das Handy aus der Tasche und tatsächlich: Es meldete sich an, wenngleich es bei dem geringsten Positionswechsel immer mal wieder streikte. Unglaublich. Es dauerte eine ganze Weile, bis alle Nachrichten und Anrufe geladen waren. Nichts Besonderes: ein paar Mails, eine Nachricht von Ornella, die wissen wollte, wie das Hotel war, und eine von Alessandra, die ihr ein schönes Wochenende wünschte und sie bat, den geheimnisvollen Tee mitzubringen, sofern sie fündig werde.

Keine Nachricht, kein Anruf von Daniele. Vielleicht war er inzwischen abgereist, war es leid, ihr hinterherzulaufen.

Seufzend schickte Elisa eine SMS an die beiden Freundinnen und hängte ein Foto von Roccamori an.

*Ob ihr's glaubt oder nicht: Ich bin tatsächlich in diesem Dorf, die Zeit scheint im Mittelalter stehen geblieben zu sein, und es gibt kein Netz. Ich rufe an, sobald ich kann. Ansonsten alles gut, ihr könnt beruhigt sein.*

Sie machte noch ein Foto von der Landschaft, dem Tal und den angrenzenden Bergen, die im Dunst am Horizont verschwanden, und schickte es mit der Dorfansicht ohne jeden Kommentar an Daniele. Wollte sie ihm beweisen, dass das Leben sehr wohl ohne ihn weiterging? Oder dass es so viel Schönes gab, für das sich jede Mühe lohnte?

Elisa wusste es selbst nicht.

Sobald sie festgestellt hatte, dass die Mail mit den Bildern gesendet worden war, schaltete sie das Handy aus und verließ die Telefonterrasse. Erneut wanderte sie ziellos durch die Gassen. Sie entdeckte eine Boutique mit kunstgewerblichen Glasarbeiten, für die Ornella sich begeistern würde, einen heruntergekommenen Souvenirladen und ein Lebensmittelgeschäft, das Ostereier in allen Größen und Farben anbot, dazu Pasta und getrocknete Hülsenfrüchte.

Unentwegt dachte sie an die weiße Kamelie.

Das konnte kein Zufall sein, unmöglich. Vielleicht hatte die alte Dame ja recht, wenn sie sagte, dass der Tee den Weg zum Herzen wies – schließlich war es der Tee ihrer Mutter gewesen, der sie nach Roccamori und damit zu der ungewöhnlichen Kamelie geführt hatte. Einmal mehr war sie überzeugt, dass sich hinter den Mauern dieses Dorfes ein sorgsam gehütetes Geheimnis versteckte. Nur welches? Und was hatte das alles mit ihrer Mutter zu tun?

Lauter Fragen, die sie so viele Jahre verdrängt hatte, kehrten mit Macht zurück und verlangten nach einer Antwort. Wenn diese Pflanze wirklich ausschließlich hier in Roccamori wuchs, wie Vittoria behauptete, dann könnte der Absender der Geburtstagskamelie sehr wohl von hier stammen und die Blüte von jenem Kamelienstrauch, den sie mit eigenen Augen gesehen hatte.

Sie musste der Sache unbedingt auf den Grund gehen. Doch wo anfangen? Naheliegend war die Poststelle. Von dort musste die Kamelie Jahr für Jahr am Vortag abgeschickt worden sein, um pünktlich zum Geburtstag ihrer Mutter in Mailand einzutreffen. Und zwar in voller Blüte.

Nachdem sie eine halbe Stunde umhergeirrt war, über holpriges Kopfsteinpflaster, steile Treppen hinauf und hinunter und durch Torbögen, die so eng waren, dass sie sich hindurchzwängen musste, gab sie es auf. Roccamori schien keine eigene Poststelle zu besitzen. Sie würde sich erkundigen müssen, wo sich die nächste befand.

Als sie zur Piazza kam, beschloss sie, eine kleine Pause einzulegen, und setzte sich wie gestern an einen der Tische vor der Bar. Draußen war nichts los, drinnen dafür umso mehr, denn man hörte erregte Männerstimmen, offenbar gab es eine hitzige Diskussion.

Kurze Zeit später tauchte der Barbesitzer auf und musterte sie ungnädig, warum auch immer. Hier war einfach alles komisch, dachte Elisa.

»Hat Alba Sie gestern gefunden?«

»Ja, danke, dass Sie ihr Bescheid gesagt haben.«

Der Mann nickte. »Was darf es sein?«

»Einen Kaffee, bitte. Und noch etwas: Ich will ein paar Ansichtskarten verschicken und weiß leider nicht, wo sich die Post befindet.«

Er deutete auf einen roten Briefkasten an der Wand eines gegenüberliegenden Hauses.

»Sie können sie dort einwerfen.«

»Und wenn ich ein Päckchen hätte, wohin müsste ich dann?«, fragte sie.

»Na, zur Post.«

»Gibt es hier denn eine?«

»Natürlich.«

»Ich habe den ganzen Morgen gesucht und nichts gefunden.«

»Die Poststelle ist dort«, erklärte der Mann und deutete auf den Tabakladen neben der Bar, dessen Rollläden heruntergelassen waren.

»Neben der Tabaccheria?«

»Nein, in der Tabaccheria.«

Elisa schaute ihn verblüfft an, entschied sich aber, nicht weiter nachzufragen, der Mann war genervt genug. Wenn der Barbesitzer ein Tee wäre, dann sicher ein klassischer Earl Grey, streng mit Bitterorangennote.

»Der Laden ist ja geschlossen.«

»Stimmt.«

»Macht er heute noch auf?«

»Klar.«

Elisa wartete einen Augenblick, ob er weitersprechen würde, dann fragte sie: »Und wann?«

»Heute Nachmittag.«

»Sicher? Normalerweise hat die Post Samstagnachmittag zu.«

»Tabakläden nicht.«

Er blieb noch einen Moment stehen, als würde er auf eine weitere Frage warten, bevor er in die Bar zurückkehrte.

Elisa betrachtete das Haus, in dem sich die Tabaccheria befand. Die schmiedeeisernen Balkone an der Natursteinfassade glänzten in der Sonne. In diesem Moment wurde der Rollladen ein Stück nach oben geschoben, ein junger Mann schlüpfte durch den Spalt, schwang sich auf die rote Vespa und fuhr los. Das knatternde Motorengeräusch durchbrach kurz die Stille, bevor sich erneut bleierne Ruhe über die Piazza senkte. Selbst das laute Streiten in der Bar war verstummt. Elisa schloss die Augen und hielt ihr Gesicht in die Sonne. Der Himmel war tiefblau, lediglich ab und zu zogen dünne Wolken vorüber und ließen die Sonne matter werden.

Wie würde es weitergehen? Würde sie heute Nachmittag in der Casa delle Camelie dem Geheimnis um den Tee und die rätselhafte Kamelie näherkommen?

# 25

*Roi du Yunnan*

*Ein exzellenter chinesischer Schwarztee. Der Aufguss ist bernsteinfarben, sein Geschmack vollmundig und sanft zugleich mit einer unerwartet fruchtigen Note. Ein Gaumenschmeichler für besondere Momente und desgleichen ideal für den Fünf-Uhr-Tee.*

Kurz vor fünf stieg Elisa die ausgetretene Treppe des Hotels nach unten. Alba saß auf der Terrasse und trank eine Tasse Kaffee, als wäre sie ein Gast und nicht die Hotelbesitzerin. Diesen Eindruck hatte Elisa inzwischen mehr als einmal gehabt.

»Machen Sie einen Spaziergang?«

»Nein, eigentlich bin ich auf dem Weg zur Casa delle Camelie. Signora Vittoria hat mich zum Tee eingeladen.«

Obwohl sie es nicht offen zugab, war sie fasziniert von der Aussicht, umgeben von blühenden Kamelien mit anderen Frauen Tee zu trinken. Sie stellte sich das Bild vor: kleine Tische mit weißen Leinentischdecken, kostbares englisches Teegeschirr, in der Sonne funkelndes Silberbesteck, eine Etagere mit feinstem Gebäck und kleinen Köstlichkeiten. Sie würde Fotos machen, zur Telefonterrasse gehen und die Bilder an ihre Freundinnen schicken.

»Kommen Sie ebenfalls?«, fragte sie Alba.

»Nein, ich kann heute nicht. Es treffen neue Gäste ein. Morgen vielleicht, vor Ihrer Abreise.«

Elisa war schon fast am Tor, als sie innehielt. Gut, dass Alba ihre Abreise erwähnt hatte, sonst hätte sie wieder vergessen, nach dem Bus zu fragen.

»Wann fährt überhaupt der Bus nach Arezzo ab?«

»Um zwölf.«

»Oh, so früh?« Elisa war enttäuscht, sie hatte gehofft, noch den ganzen Sonntag hier verbringen zu können. »Dann klappt's morgen für mich nicht mit dem Tee bei Vittoria.«

»Der Bus fährt am Dienstag, nicht am Sonntag«, klärte Alba sie auf.

»Am Dienstag erst?« Elisa konnte es nicht glauben.

Alba zuckte mit den Schultern. »Seitdem nicht mehr so viele Touristen kommen, haben sie den Fahrplan ausgedünnt.«

Kein Wunder, dachte Elisa, wenn immer weniger Touristen nach Roccamori kamen.

»Wie soll das gehen, ich muss am Montag zur Arbeit«, warf sie ratlos ein.

»Nehmen Sie sich einfach ein paar Tage frei! Ich kann Ihnen preislich entgegenkommen …«

Elisa sah sie entgeistert an. »Nein, darum geht es nicht.

Es ist einfach so, dass mir zwei Tage reichen. Immerhin bin ich ja ganz allein hier.«

»In Roccamori ist man nie allein, glauben Sie mir«, erwiderte Alba mit einem bedeutungsvollen Lächeln.

Während sie nachdenklich den Schotterweg zur Casa delle Camelie hinunterging, überkam sie erneut das Gefühl, seit einer Ewigkeit in diesem winzigen Bergdorf zu sein. Sie hatte es von dem Augenblick an gehabt, als sie zum ersten Mal in dem Kameliengarten gewesen war. Kurz blieb sie stehen, um das Bild der Landschaft in sich aufzunehmen. Einsame Bauerngehöfte grüßten aus der Ferne, auf dieser Seite des Dorfes wirkte die Landschaft lieblicher. Sie ertappte sich bei dem Gedanken, dass sie sich hier sogar heimischer fühlte als in ihrer Wohnung in Mailand, und die Vorstellung, den Nachmittag mit ein paar schrulligen Damen fortgeschrittenen Alters zu verbringen, erschien ihr ganz und gar nicht unangenehm.

Plötzlich hörte sie hinter der Natursteinmauer, die das Grundstück zum Weg hin begrenzte, Frauenstimmen und Gelächter.

Elisa hielt inne. Fand da etwa ein Fest statt? Verblüfft ging sie noch einige Schritte weiter, bog um die Ecke und schaute durch das offen stehende Tor auf die weite Rasenfläche. Mindestens fünfzehn Frauen standen dort herum oder saßen im Schatten an kleinen Tischen.

Sobald sie sich näherte, verstummten die Gespräche, und das Gelächter erstarb. Einige der Besucherinnen starrten sie an, als hätten sie ein Gespenst gesehen, andere tuschelten hinter vorgehaltener Hand.

»Tut mir leid, ich wollte nicht stören. Signora Vittoria hat mich zum Tee eingeladen, ich wusste ja nicht, dass so viele Gäste anwesend sein würden ...«

Eine etwas jüngere Person mit kurz geschnittenen silbergrauen Haaren, die in ihrem orangefarbenen Kaftan recht exotisch anmutete, kam auf sie zu.

»Kommen Sie, meine Liebe. Kümmern Sie sich gar nicht um diese vergreisten Blaustrümpfe, die benehmen sich immer so seltsam.«

Sie reichte ihr die Hand. »Ich bin Fernanda. Und Sie sind Elisa, nicht wahr? Vittoria hat mir von Ihnen erzählt. Wollen wir nicht Du sagen?«, schlug sie vor und sah ihr fest in die Augen.

»Ja, gerne«, antwortete Elisa, die nicht wusste, wie ihr geschah, ein wenig verlegen.

Fernanda musste um die fünfzig sein, in ihren wachen Augen spiegelten sich gleichermaßen jugendliche Neugier wie Lebensklugheit. Wenn sie ein Tee wäre, dann ein Rooibusch mit Zimt, dachte Elisa sofort. Kraftvoll, mit würzigfrischer Süße.

»Komm näher. Vittoria bereitet gerade den Tee zu und will nicht gestört werden, die Küche ist Sperrgebiet.«

Elisa ließ sich zu einer Steinbank im Kameliengarten geleiten, die von rosa Blütenblättern übersät war. Hatte sie nicht irgendwo gelesen, dass Kamelien keine Blütenblätter verloren, sondern ganze Blüten abwarfen, überlegte sie.

Nicht zuletzt deshalb galten sie den Chinesen als Symbol für Einheit und ewige Treue. Das hatte sie kurz nach dem Tod ihrer Mutter entdeckt, und seitdem schien ihr diese Symbolik der Grund dafür zu sein, dass über den Tod hinaus alljährlich eine weiße Kamelie zu ihrem Geburtstag eintraf. Später lernte sie allerdings noch eine andere Deutung kennen: Die Japaner nämlich betrachteten die Kamelie als Symbol der Zerstörung. Auch eine Möglichkeit, wenn sie an die Leere dachte, die ihre Mutter in ihrem Leben hinterlassen hatte.

Durch den Garten wehte ein köstlicher Duft nach frisch gebackenem Brot und reifen Früchten. Elisa entspannte sich und konnte es kaum erwarten, bis Vittoria den Tee servierte. Wie sehr wünschte sie sich, dass Ornella und Alessandra hier sein könnten, um diesen Augenblick mit ihr zu teilen. Sie fühlte sich wie in einem alten Film und stellte sich vor, dass sie mit graziös abgespreiztem kleinem Finger eine hauchzarte Porzellantasse in der Hand hielt, vielleicht mit einem Familienwappen versehen, die von Generation zu Generation weitervererbt wurde. Und wenn zum Tee noch Gebäck gereicht würde, wäre alles perfekt.

Erwartungsvoll sah sie Fernanda entgegen, die mit einem Tablett voller Tassen zu jedem einzelnen Gast ging. Welch ein Schock. Statt feinsten Porzellans war auf dem Tablett ein Sammelsurium aus Formen, Farben und Dekors versammelt, einige Tassen waren sogar gesprungen oder angeschlagen, andere schienen aus einem Secondhandshop zu stammen. Auf einer Tasse war ein Bild der Casa delle

Camelie, und als Henkel diente eine stilisierte Kamelienblüte, wahrscheinlich ein Schnäppchen aus dem Souvenirladen.

Einige der Frauen schienen ihre eigene Tasse mitgebracht zu haben. Wie etwa die mit den blau getönten Haaren, farblich abgestimmt mit einem für diesen Frühlingstag viel zu warmen blauen Kostüm. Gerade zog sie eine Tasse mit Goldrand und blauem Blumendekor aus ihrer Tasche und stellte sie behutsam auf den rauen Natursteintisch, auf dem sie vorsorglich eine Papierserviette ausgebreitet hatte.

Ganz in der Nähe saß eine Frau mit altmodischem Hut und einer zweireihigen Perlenkette und packte, für die anderen unsichtbar, unter dem Tisch ein in Alufolie eingewickeltes Stück Kuchen aus, von dem sie immer wieder ein Stückchen abbrach und zum Mund führte.

Elisa suchte sich eine bauchige orangerote Milchkaffeetasse aus mit einem aufgedruckten Bären, der ein Herz in der Hand hielt, auf dem *I love you* zu lesen war. Fassungslos drehte sie die Tasse zwischen ihren Fingern hin und her.

»Du fragst dich bestimmt, wo du hier gelandet bist, oder?«, fragte Fernanda mit leisem Spott.

»Nein, das glaube ich nicht«, mischte sich eine missmutige Frau ein, bei der es sich, wie sie gesprächsweise mitbekommen hatte, um die ehemalige Bäckersfrau handelte, die noch in dem Haus bei der Telefonterrasse wohnte. »Ihr ist durchaus klar, wo sie gelandet ist. Direkt im Mittelalter. Hat sie selbst gesagt.«

Wie das? Elisa schaute sie völlig verdattert an. Das klang ja fast, als hätte die Alte gelesen, was sie von wegen Mittelalter an ihre Freundinnen geschrieben hatte. Dann aber fiel ihr ein, dass sie beim Anblick der sogenannten Telefonterrasse einen Lachanfall bekommen und ihre Verwunderung laut in die Gegend gebrüllt hatte. Ja, und da hatte sie irgendwie einen Vergleich mit dem Mittelalter und vorsintflutlichen Kommunikationsformen gezogen. Und das musste diese Frau offenbar gehört haben. Vermutlich belauschte sie dort alles und jeden und dürfte somit die bestinformierte Person von Roccamori sein.

Schon giftete sie weiter: »Es wird ja niemand gezwungen, hierherzukommen.«

»Lass sie in Frieden, Magda, so behandelt man keine Gäste, das solltest selbst du wissen«, versuchte Fernanda das zänkische Weib zu beschwichtigen.

Vergeblich, die Frau lenkte nicht ein. »Wenn es ihr nicht gefällt, soll sie gleich wieder abhauen.«

»Wieso … es gefällt mir ja, das Dorf und die Umgebung sind wunderschön«, stammelte Elisa, was die verkniffene Miene der Bäckersfrau indes nicht freundlicher werden ließ.

Zum Glück tauchte in diesem Moment Vittoria auf, einen quietschenden Teewagen vor sich herschiebend, der auf dem Kies immer wieder umzukippen drohte. Elisa drehte sich um und traute ihren Augen nicht. Was war denn das?

Auf dem Teewagen stand keine Teekanne, sondern ein verbeulter Suppentopf mit einem zu großen Deckel. Im

Kontrast dazu war Vittoria mit ihrem schicken Kleid die Eleganz in Person. Schlagartig verstummten die Gespräche. Und als der Servierwagen unter einer roten Kamelie zum Stehen kam, näherten sich die Gäste und hielten Vittoria ihre Tassen hin. Mit einer Schöpfkelle füllte sie Tee hinein.

Elisa seufzte und zwang sich, ihre Enttäuschung zu verbergen. Einfach schrecklich. Wie konnte man Tee so stillos kredenzen? In einer so zauberhaften Umgebung? Als wäre man in der Mensa irgendeiner Uni! Nun gut. Irgendwie würde sie es überstehen, anstandshalber eine Tasse dieser Brühe trinken und umgehend ins Hotel zurückgehen.

Sie wartete geduldig, bis sich der Ansturm gelegt hatte, dann erst ging sie zu Vittoria hinüber und hielt ihr die Tasse mit dem Bären hin. Mit erstaunlich sicherer Hand goss die alte Dame das dampfende Gebräu hinein und zwinkerte ihr zu.

Was war denn das für ein Duft? Elisa hielt sich die Tasse unter die Nase und atmete tief ein. Unglaublich, würzigsüß und fruchtig zugleich. Auf der Zunge glaubte sie ein Prickeln zu spüren, dabei hatte sie nicht einmal an dem Tee genippt. Sie führte die Tasse an die Lippen und nahm einen vorsichtigen Schluck, dann einen größeren.

Es war ein Erlebnis, der pure Genuss, einen besseren Tee hatte sie nie zuvor getrunken. Und sosehr sie sich bemühte, die Sorte vermochte sie nicht herauszuschmecken. Am ehesten ein weißer Tee, vollmundig und geschmacksintensiv, doch dazu gesellte sich eine würzig-pikante Note, die sie an bestimmte Schwarztees erinnerte.

»Einfach köstlich. Was ist das für eine Sorte?«

Vittoria legte den Kopf schief. »Die grüne Dose, glaube ich.«

»Die grüne Dose?«

»Ja, die mit den Matrosen drauf, ganz oben auf dem Küchenschrank.«

»Ich meinte die Teesorte.«

Die alte Dame zuckte mit den Schultern. »Eine gute, denke ich. Eine gute Sorte.«

»Natürlich.«

Elisa gab es auf und setzte sich zu den anderen unter die rote Kamelie.

Während sie den Tee genoss – in winzigen Schlucken, damit sie möglichst lange etwas davon hatte –, drang das Aroma bis in ihr Innerstes und löste dort etwas aus, das seit vielen Jahren blockiert worden war. Ein besitzergreifendes Gefühl, das sie zutiefst verwirrte. Sie war nicht imstande, sich dagegen zu wehren, also ließ sie es zu in der Hoffnung, den Weg zurück zu ihren Wurzeln zu finden.

»Weißt du, welcher Tee das ist?«, fragte sie leise Fernanda, die ihr zumindest wohlgesonnen schien.

Der sanfte und dennoch entschiedene Blick ihrer dunklen Augen flößte ihr Vertrauen ein. In jungen Jahren hatte sie die Männer bestimmt reihenweise um den kleinen Finger wickeln können.

»Der gleiche wie letzten Mittwoch. Oder, Gemma?«

»Ist das nicht der von Donnerstag?«, fragte die Frau im blauen Kostüm.

»Nein, der hatte einen Hauch von Vanille, dieser schmeckt mehr nach Kastanie.«

Gemma nahm noch einen Schluck. »Ja, vielleicht hast du recht.«

Elisa resignierte, sie würde nie erfahren, um welche Sorte es sich handelte, und vielleicht war das auch gar nicht so wichtig. Ein Teil von ihr vermutete, dass der Tee nur in dieser Umgebung so gut schmeckte, hier im Garten der Casa delle Camelie, aus einem verbeulten Suppentopf serviert und aus einer Milchkaffeetasse getrunken. Zu Hause wäre sie wahrscheinlich enttäuscht.

Zum ersten Mal seit Monaten fühlte sie sich wirklich entspannt. Im Schatten der mächtigen roten Kamelie, umgeben von heiterem Geplauder und Frauenlachen, allein sie und der Tee.

In ihrer Hochstimmung merkte sie zunächst nicht, dass Fernanda sie ansprach.

»Wie lange bleibst du, Elisa?«

Sie schreckte hoch. »Wie bitte?«

»Ich fragte, ob du noch eine Weile bleibst.«

»Bis Dienstag, fürchte ich.«

»Fürchtest du? Gefällt es dir in Roccamori nicht?«

»Schon, sehr sogar. Dennoch muss ich nach Mailand zurück. Man hat mir gesagt, der Bus fährt erst am Dienstag wieder.«

»Ach so, der Bus. Er kommt nicht mehr so oft wie früher, das stimmt.« Fernanda tätschelte ihr die Schulter, an der Hand trug sie einen großen Ring aus buntem Glas, der die Sonnenstrahlen einfing und sie in allen Farben des Regenbogens reflektierte. »Nun, sehen wir es positiv. Dann kannst du morgen wieder zum Tee kommen.«

»Morgen? Trefft ihr euch jeden Tag?«

»Natürlich, der Tee im Kameliengarten ist eine Tradition in Roccamori, und zwar seit langer Zeit.«

»Wirklich?«

Fernanda trank einen Schluck, stellte die Tasse ab und drehte sich zu ihr um.

»Sag bloß, du kennst die Legende der Casa delle Camelie nicht?«

Elisa schüttelte den Kopf, dachte sofort an Danieles Worte. *Die schönste Geschichte, die ich jemals über den Tee gehört habe …* Gespannt richtete sie sich auf.

»Wer diese Geschichte nicht gehört hat, wird Roccamori nicht verstehen, nicht wahr, Gemma?«

»Mach es kurz, Fernanda, nicht so ausufernd wie beim letzten Mal.«

»Hat die Geschichte wirklich mit diesem Haus zu tun?«, erkundigte sich Elisa und sah sich suchend nach Vittoria um.

»Und der Fluch genauso«, mischte sich die missgünstige Magda ein, was ihr tadelnde Blicke der anderen Frauen einbrachte.

»Was für ein Fluch?«, hakte Elisa nach.

Fernanda setzte sich auf ihrem Stuhl zurecht und begann zu erzählen.

»Die Casa delle Camelie wurde vor Jahrhunderten von

einem Marquis aus der Gegend gebaut und diente als Versteck für eine junge Araberin, die er auf einer seiner Reisen kennengelernt hatte. Es war Liebe auf den ersten Blick. Nach seiner Heimkehr hielt er Ausschau nach einem geeigneten Ort für sie, der nicht weiter als fünf Stunden zu Pferd von seinem Schloss entfernt sein durfte, und fand ihn schließlich in Roccamori. Er brachte sie erst in einem Gasthaus unter und erbaute dann ein Haus für sie mit Blick ins Tal. Und er ließ einen Weg zum Dorf anlegen, damit er mit seinem Gefolge bequem zum Haus reiten konnte. Die Araberin war eine wunderschöne Frau mit langen schwarzen Haaren …«

»Sie war blond.«

»Ach was, blond, sie kam aus Arabien.«

Elisa lächelte und war gespannt, wie die Geschichte weiterging.

»Die Dorfbewohner mieden sie, ihre exotische Sinnlichkeit machte ihnen Angst. Die Frauen hielten sie für eine Sünderin, waren insgeheim aber neidisch auf ihre Schönheit, während die Männer die Eifersucht des Adligen fürchteten. Deshalb war die junge Frau oft allein und verbrachte die Tage im Garten inmitten von Blumen und Vogelgezwitscher.«

Fernanda hielt inne und nippte an ihrem Tee. Kein Laut war zu hören, alle hingen wie gebannt an ihren Lippen.

»Als der Marquis sich eines Tages mit seiner Geliebten amüsierte, bemerkte ein Wächter, wie ein Mädchen durch die Felder zum Haus hinaufging. Warum nicht ein bisschen Spaß haben, dachte er. Doch als er nach ihr griff, wehrte sie sich und begann zu schreien. In seiner Panik presste er ihr die Hand auf den Mund und ließ nicht los, bis sie leblos zu Boden sank. Er hatte sie erstickt. Die Schreie waren bis nach Roccamori zu hören gewesen. Ob sie auch durch die dicken Steinmauern des Hauses drangen, blieb hingegen ungeklärt. Jedenfalls waren, als der Marquis das Haus verließ, die Wächter verschwunden, und als er nach Roccamori kam, versperrten ihm die Männer des Dorfes den Weg. Sie hatten die Wachen ermordet und forderten ihn auf, niemals wieder zurückzukommen, sonst erwarte ihn das gleiche Schicksal.

Einige drohten sogar damit, aus Rache für den Tod des Mädchens die Araberin umzubringen, ein besonnener Dorfbewohner indes hielt sie davon ab: Sie sei eine Hexe, behauptete er, und man solle sich lieber von dem Haus fernhalten.« Fernanda legte eine dramatische Pause ein, bevor sie weitersprach. »In den folgenden Wochen wartete die junge Araberin vergeblich auf ihren Geliebten. Eines Tages war sie so verzweifelt, dass sie beschloss, ins Dorf zu gehen und nach ihm zu fragen. Niemand gab ihr eine Antwort, alle wandten wortlos den Kopf ab. Die Diener des Marquis, die im Haus geblieben waren, waren zu feige, ihr die Wahrheit zu sagen, und so wartete und wartete sie vergeblich, dass ihr Geliebter zurückkam.

Eines Morgens dann schlich sich ein vorwitziges junges Mädchen von der Feldarbeit weg und stieg den Weg zum Haus hoch. Als sie hinter der Begrenzungsmauer ein Schluchzen hörte, betrat sie den Garten, wo sie ein verlockender, fremder Duft umfing. Die Araberin wischte sich die Tränen ab und bot dem Mädchen eine Tasse des wohlriechenden Getränks an. Dabei erfuhr sie, was wirklich passiert war. Und dass der Marquis, obwohl er sie immer noch liebe, nie wieder seinen Fuß in die Casa delle Camelie setzen dürfe.«

Elisa schauderte und verschränkte die Arme vor der Brust.

»Da die Araberin nicht wusste, wohin sie gehen konnte, blieb sie in Roccamori, verfluchte aber das Haus, in dem sie zur Einsamkeit verdammt worden war …«

»So einsam war sie ja gar nicht«, unterbrach sie die Frau im blauen Kostüm.

»Ruiniere mir meine Geschichte nicht«, brauste Fernanda auf.

Gemma zuckte mit den Schultern und trank einen Schluck Tee.

»Ich wollte lediglich sagen, dass sie nicht ganz allein war. Immerhin war sie schwanger.«

Einen Augenblick schwieg Fernanda pikiert, bevor sie mit ihrer Geschichte fortfuhr.

»Einige Tage später stellte die Araberin fest, dass sie schwanger war und das Kind des Marquis unter dem Herzen trug. Wichtiger indes war, dass das Dorfmädchen seiner Mutter von dem Besuch bei der Araberin und von dem wundersamen Getränk erzählt hatte. Daraufhin wurden die Frauen von Roccamori neugierig und wagten sich zum Haus, um dieses Getränk ebenfalls zu probieren. So entstand die bis heute bestehende Tradition, sich im Garten zu treffen, zu plaudern und …«

»… Kaffee zu trinken«, vollendete Gemma den Satz. »Du hast versprochen, dich kurz zu fassen.«

»Eine Sache habe ich nie verstanden«, schaltete sich eine andere Frau ein. »Wie konnten sie sich verständigen? Sie kam immerhin aus dem Orient.«

»Wahrscheinlich hat der Marquis ihr unsere Sprache beigebracht«, gab die nächste zu bedenken.

»Natürlich, gelegentlich müssen die beiden ja zur Abwechslung mal miteinander geredet haben«, spottete eine andere Matrone, und alle lachten.

Fernanda hüstelte: »Egal wie es gewesen sein mag, seit diesem Tag war die Araberin nie mehr allein und lebte glücklich und zufrieden bis an ihr Lebensende.«

»Jedenfalls so lange, bis ihr Sohn ein gut aussehender junger Mann geworden war …«, funkte Gemma erneut dazwischen.

»Eine wunderschöne Geschichte«, flüsterte Elisa, »vor allem, weil die Tradition sich bis heute erhalten hat.«

»In der Tat. Eins hat sich allerdings geändert: Als das Anwesen Ende des 19. Jahrhunderts von einem englischen Adligen gekauft wurde, dessen Frau sich unsterblich in den Kameliengarten verliebt hatte, wurde aus dem Morgenkaffee der Nachmittagstee.«

»Sonst alles unverändert, genau wie Roccamori«, brummelte Gemma, was ihr einen weiteren vorwurfsvollen Blick von Fernanda eintrug.

»Frauen sind eben etwas Wunderbares«, scherzte Vittoria, die sich inzwischen zu ihnen gesellt hatte. »Mit unserem Geplauder helfen wir uns gegenseitig, den Alltag zu überstehen.«

»Zwei Erdbeben später wurde das Haus ein weiteres Mal verkauft, bis es schließlich in den Besitz der Familie von Vittorias Ehemann gelangte.« Fernanda schaute auf die alte Dame und fuhr zögernd fort. »Und noch heute treffen sich die Frauen von Roccamori in der Casa delle Camelie, unterhalten sich und trinken gemeinsam Tee.«

Elisa ließ den Blick in die Runde schweifen. Stolz stand in den Augen der Frauen – Stolz darauf, Erben einer seit Jahrhunderten gepflegten Tradition zu sein.

»Die Teezeremonie ist im Übrigen keineswegs das Einzige, was sich über die Zeit hinweggerettet hat«, begann Fernanda wieder. »Irgendwann fand die englische Lady heraus, dass ihr Mann sich auf einer seiner Reisen in eine andere Frau verliebt hatte, und als die Frauen eines Nachmittags zum Tee eintrafen, lag sie leblos im Garten. Sie hatte versucht sich zu vergiften.«

Elisa zuckte zusammen, und in der Runde war es jetzt mucksmäuschenstill.

»Sie konnte gerettet werden, und der Ehemann schwor, ihr ab sofort treu zu bleiben und die andere nicht mehr zu sehen. Doch seine Frau, die um die schöne Araberin und ihren Fluch wusste, erkannte die Parallelen zu ihrer eigenen Situation: Ihr Mann liebte die Frau, die er für sie aufgab, nach wie vor.«

»Und was hat das mit dem Fluch zu tun?«, wollte Elisa wissen.

Fernanda zögerte. »Der Fluch besagt, dass alle Besitzer der Casa delle Camelie auf ihre wahre Liebe verzichten müssen und dass das Dorf darüber wacht. Weshalb man auch von der Geschichte der verlorenen Liebe spricht.«

»Daher der Name des Hotels«, warf Elisa ein.

Eine bleierne Stille breitete sich mit einem Mal im Kameliengarten aus, als hätte sich ein Schleier über all die ausgesprochenen und nicht ausgesprochenen Geheimnisse von Roccamori gelegt. Elisa blickte in die angespannten Gesichter der Frauen und erkannte in ihren verunsicherten Augen, dass der Fluch immer noch allgegenwärtig war, wenngleich niemand wirklich darüber sprechen mochte.

Nach und nach standen die Gäste auf und verließen den Garten, Elisa blieb sitzen, um die Melancholie und die vielen Fragen abzuschütteln, die Fernandas Geschichte bei ihr hinterlassen hatte.

Dann erhob sie sich ebenfalls, stellte ihre Tasse auf den Wagen und wandte sich an Vittoria.

»Der Tee war wunderbar, vielen Dank.«

Die alte Dame tätschelte ihre Hand. »Ich habe zu danken. Es wäre schön, wenn Sie mich vor Ihrer Abreise noch einmal besuchen wurden.«

»Sehr gerne.« Elisa dachte an die schneeweiße Kamelie mit den goldgelben Staubblättern und ließ den Blick durch den Garten schweifen. »Haben Sie keine Angst, dass Ihnen jemand die wertvollen Kamelien stiehlt?«

»Aber nein, hier kennt jeder jeden, das würde bestimmt auffallen. Und was sollte der Dieb damit anfangen?«

»Er könnte sie verkaufen, es sind einzigartige Exemplare, das haben Sie selbst gesagt.«

»So ein Plan wäre von Anfang an zum Scheitern verurteilt. Diese Kamelien wachsen nirgendwo anders. Einige Baumschulen haben es versucht, doch die Stecklinge sind alle eingegangen.« Vittoria drückte ihre Hand. »Meine Kamelien sind sicher, keine Sorge. Abgesehen von den Teedamen kommt nur Pietro in den Garten. Und manchmal eine Touristin, die ihr Hotel nicht findet«, fügte sie lächelnd hinzu und sah ihr fest in die Augen. »Wir beschützen immer das, was wir lieben. Bloß übertreiben dürfen wir nicht, dann besteht die Gefahr, dass es vor lauter Einsamkeit stirbt.«

Elisa empfand einen tiefen Frieden und mochte gar nicht in die Einsamkeit ihres Hotelzimmers zurückkehren. Sie fragte sich, ob es den Frauen des Dorfes genauso ging und der Nachmittagstee im Kameliengarten eine Art Zuflucht war, wo sie die Sorgen und den Alltag für ein Stündchen vergessen konnten.

# 26

*Gunpowder*

*Ein chinesischer Grüntee, den man leicht daran erkennen kann, dass seine Blätter zu winzigen Kügelchen gerollt werden. Einer der ersten nach Europa exportierten Tees. Vor der langen Reise wurden die Blätter gerollt, um sie gegen Witterungseinflüsse zu schützen. Gunpowder-Tee wird häufig mit Pfefferminz und Zimt veredelt. Sein vollmundiger Geschmack ist intensiv grasig mit einer rauchigen Note. Er ist ein guter Durstlöscher und wirkt entwässernd. Beste Qualitäten werden bis heute per Hand gerollt.*

Elisa beschleunigte ihre Schritte, hoffentlich hatte der Tabakladen noch nicht geschlossen. Über die Piazza wehte ein kalter Wind, die letzten Sonnenstrahlen waren verschwunden. An einem der Tische vor der Bar saß ein Paar und trank einen Kaffee, sie schwiegen, hielten sich jedoch an den Händen. Elisa ging rasch an ihnen vorbei.

Als sie die Tür zur Tabaccheria öffnete, bimmelte ein Glöckchen, drinnen roch es nach Tabak und Klebstoff, der sie an ihre Poesiealben aus der Kindheit erinnerte, in die nostalgische Bildchen neben sinnigen Versen eingeklebt wurden. Es war ziemlich düster in dem kleinen Laden, aber in den überquellenden Regalen gab es nichts, was es nicht gab: Ordner und Hefte in allen Größen und Farben, Kalender, Umschläge, Schachteln und, und, und. Auf der Ladentheke standen Boxen mit Bleistiftspitzern in Form von Comicfiguren und Schneekugeln in allen Größen. Ein junger Mann um die zwanzig tauchte auf: sportliche Figur, kräftige Schultern, kurz geschnittene blonde Haare, rechteckige Brille. Er wirkte ein wenig linkisch, dabei durchaus attraktiv. Als er die junge Kundin sah, leuchtete sein Gesicht auf.

Elisa erwiderte sein Lächeln und sah sich weiter um. Auf einem Drehständer waren Taschenbücher aufgereiht, darunter sogar einige Klassiker. Sie nahm eines heraus und betrachtete den vergilbten Umschlag. Plötzlich hörte sie ein Scheppern, dem ein Fluchen folgte. Der junge Mann kniete hinter der Theke und sammelte offensichtlich etwas vom Boden auf: Die Schachtel mit den Bleistiftspitzern war runtergefallen. Er stellte sie auf die Theke zurück und schaute die Comicfiguren warnend an, als wollte er sagen: *Das macht ihr nicht noch mal!*

Dann blickte er hoch und fragte: »Kann ich Ihnen helfen?«

»Ich brauche eine Information«, begann Elisa betont sachlich, als würde sie Details für den neuen Teekatalog erfragen. »Ich möchte einer Freundin eine Blume schicken und weiß nicht genau, wie ich das machen soll. Geht das von hier aus? Man hat mir gesagt, dass Sie eine Art Poststelle sind.«

»Wir sind ein offizielles Postamt«, stellte der junge Mann klar, »natürlich können Sie hier alles Mögliche verschicken, sofern es richtig verpackt ist. Ich betone das deshalb, weil es eine Zeit gab, zu der alle möglichen Formen und Größen in Mode waren, herzförmige Schachteln etwa – Sie wissen schon, das romantischste Dorf Italiens und so. Und die in Canneto haben dann alles zu uns zurückgeschickt.«

»Aha, da haben Sie im Laufe der Zeit sicher so einiges Spezielle auf den Weg gebracht, oder?«, meinte Elisa mit einem kumpelhaften Grinsen.

»O ja, das können Sie laut sagen, und das meiste in Rosa.«

»Auch gelegentlich eine Kamelie?«

»Nein, Blumen bisher nicht. Früher, als hier im Ort noch mehr los war, kümmerte sich meine Mutter um die Post, ich mache das erst seit Kurzem.« Als Elisa sich suchend umblickte, fügte er hinzu: »Im Moment ist sie nicht da. Samstagnachmittag schmeiße ich den Laden, vormittags bin ich bei Signora Vittoria.«

»Die von der Casa delle Camelie?«

»Genau, ich helfe ihr im Garten.«

»Dann müssen Sie Pietro sein.«

»Kennen wir uns?« Verwundert riss er die Augen auf.

»Nein, die Signora hat mir heute Morgen von Ihnen erzählt. Dass Sie ihr hin und wieder bei der Gartenarbeit zur Hand gehen …«

Pietro wirkte mit einem Mal verlegen. »Heute habe ich das leider verpeilt, deshalb war ich nicht da, sonst hätten wir uns gesehen. Ich war … nun ja, ich war verhindert. Am Montag gehe ich wieder hin.«

Warum druckste er so herum, wunderte sich Elisa. Schließlich wäre nichts dabei, wenn er seine Freundin erwähnt hätte. Wie auch immer. Elisa überspielte seine Verlegenheit.

»Das ist sehr nett von Ihnen, ich wüsste nicht, was die Signora ohne Sie machen würde.«

»Ich ebenfalls nicht, zumindest nicht wirklich.«

Elisa versuchte ernst zu bleiben, dieser junge Mann schien alles wortwörtlich zu nehmen.

»Ich helfe ihr bei den schweren Sachen, sonst macht sie noch alles selbst«, setzte er wieder an.

»Der Garten ist ein wahres Paradies – besonders diese prachtvollen Kamelien haben es mir angetan. Ich würde gerne einen Zweig an eine Freundin schicken. Meinen Sie, das geht?«

Der junge Mann runzelte die Stirn. »Ich glaube nicht, dass Signora Vittoria damit einverstanden wäre.«

»Warum nicht?«

»Das ist keine Gärtnerei, sie verkauft ihre Blumen nicht.«

»Na ja, bestimmt verschenkt sie gelegentlich welche.«

»Nicht dass ich wüsste.«

Gerade wollte sie aufgeben, als ihr der Kamelienstrauß in ihrem Hotelzimmer einfiel.

»Und für das Hotel? Macht sie da eine Ausnahme?«

»Vielleicht, das weiß ich nicht so genau.«

Elisa musterte ihn kritisch. Komischer Zufall, dass gerade er und seine Mutter sich um die Post kümmerten. Hatte er etwa all die Jahre die Kamelie geschickt? Für ihn wäre es ein Leichtes, einen Zweig abzuschneiden und unbemerkt zu versenden. Dagegen sprach, dass Pietro gerade mal zwanzig war, zu jung, um seit so vielen Jahren diesen speziellen Geburtstagsgruß zu verschicken. Und außerdem: Was hatte er mit ihrer Mutter zu tun?

»Gut, dann keine Kamelie, sondern eine andere Blume, kein Problem, sofern sie morgen in Mailand ist.«

»Sonntags ist das schwierig, da kommt das Postauto nicht.«

»Und wenn es dringend ist, was mache ich da?«

»Vielleicht eine Speditionsfirma in Arezzo anrufen?« Pietro zuckte mit den Schultern.

Elisa griff nach einer Schneekugel, in deren Innerem ein Mädchen im roten Mantel Schlittschuh fuhr. Wenn man sie umdrehte, begann es zu schneien.

»Schön, oder?«, fragte Pietro.

Elisa wünschte sich an der Stelle dieses Mädchens zu sein, nicht unbedingt in Eis und Schnee, aber unter einer schützenden Glaskuppel. Abgeschirmt von allen Gefahren in einer kleinen heilen Welt.

»Wie viel kostet sie?«, erkundigte sie sich, nachdem die letzte Flocke den Boden berührt hatte.

»Zwanzig Euro.«

»Wie bitte? Zwanzig Euro?«

»Ja, sie ist handgefertigt, eine Frau aus dem Dorf stellt diese Kugeln her.«

»Ein stolzer Preis«, murmelte Elisa und zog einen Zwanzigeuroschein aus dem Portemonnaie.

»Sie ist sehr stolz auf ihre Kunstwerke, wissen Sie.« Der junge Mann nickte und ordnete die restlichen Schneekugeln auf der Ladentheke neu an, dabei stieß er mit dem Ellbogen gegen einen Stapel blaues Papier, sodass die Blätter einzeln zu Boden flatterten.

»O verdammt!«

»Falls ich eine Blume für meine Freundin finde, welche Schachtel soll ich dann zum Verschicken nehmen?«

»Keine Ahnung, jedenfalls keine in Herzform.«

»Danke für den Hinweis«, erwiderte Elisa und hielt ihm den Schein hin.

»Sie können im Hotel nachfragen«, rief ihr der junge Mann nach, als sie fast an der Tür war.

»Wie bitte?«

»Wegen der Lieferung, fragen Sie Alba, sie hat öfter mal in Arezzo zu tun.«

Die Dämmerung senkte sich über das Dorf, aus einigen Fenstern fiel bereits Licht, die engen Gassen und lauschigen Plätze waren menschenleer. Das gelbe Licht der Straßenlaternen, das einen Stich ins Orangefarbene hatte, wurde von dem glänzenden Kopfsteinpflaster reflektiert. Elisa begann zu verstehen, warum man Roccamori das romantischste Dorf Italiens nannte. Es war das harmonische Zusammenspiel von atemberaubender Landschaft und einem pittoresken, fast musealen Dörfchen, in dem die Zeit irgendwie stehen geblieben war. Ein Bild von Frieden und Poesie. Wer wollte sich diesem melancholischen Zauber entziehen.

Sie beschleunigte ihren Schritt, um nicht im Strudel der Gefühle unterzugehen, nicht von der Einsamkeit verschluckt zu werden.

Rasch überquerte sie die Piazza, wo das klackernde Geräusch ihrer Absätze von den Wänden widerhallte, passierte das Reiterstandbild und die Tische vor der Bar und kam schließlich zu einem Torbogen, an dem ein vergessenes Kinderfahrrad lehnte.

Um diese Zeit lag der Felsvorsprung der Telefonterrasse in orangerotem Licht des Sonnenuntergangs, der Himmel schien zu brennen. Schwer atmend rannte Elisa den Hang hinauf, ihre Gefühle drohten sie zu ersticken. Mit wild klopfendem Herzen starrte sie auf das Display und wartete. Die Nachricht, auf die sie gehofft hatte, war nicht dabei. Ornella und Alessandra hatten ihr geantwortet, das war's.

Kein Lebenszeichen von Daniele.

Enttäuscht und traurig schaltete sie das Handy wieder aus, ohne die Nachrichten ihrer Freundinnen zu lesen. Auf dem Weg zurück traf sie Pietro, der Händchen haltend mit einer zierlichen jungen Frau spazieren ging und ihr schüchtern zuwinkte. Wenn die Tabaccheria inzwischen geschlossen hatte, musste es später sein, als sie gedacht hatte. Elisa winkte zurück und eilte zum Hotel.

Ohne das Licht anzumachen, setzte sie sich in ihrem

Zimmer an den Tisch mit dem Kamelienstrauß und schaute durchs Fenster hinaus auf das Tal, das sich gegen den Abendhimmel schemenhaft abhob. Ringsum herrschte Stille, die lediglich durch vereinzelte Vogelrufe unterbrochen wurde. Zerstreut massierte sie sich mit den Fingerspitzen ihre Stirn.

Welche Rolle spielte sie eigentlich in diesem großen Ganzen, das sich Leben nannte? Wo gehörte sie hin? Immer wenn sie glaubte, irgendwo eine Heimat gefunden zu haben, wurde die Tür zugeworfen, und sie stand wieder draußen. Ein Gefühl, das sie seit ihrer Kindheit verfolgte und quälte. Etwa wenn sie damals vom Fenster ihres Zimmers aus die anderen Mädchen beim Spielen beobachtete und sich ausgeschlossen vorkam. Und heute war es Daniele, der sie auf Distanz hielt und sie spüren ließ, dass sie nicht zu ihm gehörte. So sah Elisa das.

Sie hatte es satt, nur ein Teil im Leben anderer zu sein, hin und her geschoben wie eine Schachfigur. Wie sehr hatte sie sich als Kind gewünscht, dass jemand sie an der Hand nehmen, sie umarmen würde. Wie hatte sie die anderen Kinder beneidet, wenn der Vater ihren platten Fahrradreifen geflickt hatte, sie aufhob, wenn sie gefallen waren, sie beruhigte, wenn sie Angst hatten.

Sie roch an dem Strauß, ohne daran zu denken, dass Kamelien keinen Duft verströmten. Ein weiteres Geheimnis dieser rätselhaften Pflanze. Kein Wunder, dass sie die Lieblingsblume ihrer Mutter gewesen war. Sinnbild eines gebrochenen Lebens.

Vielleicht hatte sie recht gehabt, wenn sie sagte, die Dinge seien nie perfekt, nie so, wie man sie sich wünsche. Und dass das nicht immer an uns selbst liege. Doch selbst wenn, warum vermochte nicht einmal sie, die Tochter, das Gefühl abzuschütteln, stets am falschen Ort zu sein, ein Puzzleteil, das zu keinem anderen passte?

Natürlich stellte sich Elisa bisweilen die Frage, ob das wirklich stimmte. Konnte es nicht genauso gut ein Vorwand sein, um sich von den anderen fernzuhalten? Ein Schutz vor sich selbst? War sie vielleicht das Spiegelbild ihrer Mutter? Hatte sie dieses ständige Distanzhalten zu anderen Menschen, diesen Sicherheitsabstand zum Leben womöglich bei ihr abgeschaut? War das ihr eigentliches Problem? Und war es das, was Ornella zum Ausdruck bringen wollte, wenn sie ihr vorwarf, immer im letzten Moment vor dem Glück davonzulaufen? Und was Daniele meinte, wenn er sagte, dass sie es sei, die flüchte, und nicht er? Falls das alles zutraf, dann hätte sie die zweite Chance, die das Schicksal ihr geben wollte, nicht genutzt.

Erneut betrachtete sie, von Zweifeln zerrissen, den Kamelienstrauß. War sie vor ihren Gefühlen davongelaufen, weil sie Angst hatte, sich zu verlieren?

# 27

*Golden Yunnan*

*Einer der hochwertigsten chinesischen Schwarztees mit goldenen Blattspitzen. Der rotbraune Aufguss ist vollmundig und leicht pfeffrig, zugleich aber süß-malzig mit Kakao-, Karamell- und Haselnussnoten. Trotz seiner Geschmacksintensität ist der Golden Yunnan harmonisch und schmeichelt dem Gaumen.*

Das durch das Fenster einströmende Licht wurde immer schwächer, blauschwarze Schatten legten sich über die Landschaft. Das Tal wirkte wie ein schwarzer Schlund, die dunklen Silhouetten der Berge schienen das Dorf erdrücken zu wollen.

Vergeblich versuchte Elisa das Fenster zu öffnen, es klemmte, hatte sich vermutlich durch die Feuchtigkeit verzogen. Sie fühlte sich plötzlich unbehaglich, als würde eine Gefahr auf sie lauern. Wahrscheinlich jedoch spielten ihr angesichts der unheimlichen Dunkelheit draußen einfach die Nerven einen Streich.

Ja, das war es wohl, denn als sie das Licht anknipste,

wirkte das Zimmer schlagartig freundlich und einladend. Elisa nahm einen Pullover aus der Tasche, zog ihn über und begab sich nach unten. Sie hoffte auf der Terrasse essen zu können, wurde indes enttäuscht.

»Heute Abend ist es ziemlich kühl und windig, ganz typisch für die Gegend. Manchmal pfeift es hier richtig um die Ecken. Deshalb habe ich einen Tisch im Restaurant für euch gedeckt«, empfing sie Alba.

»Für euch?«

»Ach, das habe ich ganz vergessen. Vittoria wird heute Abend hier sein, da dachte ich, ihr könntet gemeinsam essen.«

»Vittoria?«

»Ist Ihnen das unangenehm?«

»Nein, ganz im Gegenteil. Ich esse sowieso lieber in Gesellschaft.«

»Umso besser, sie ist schon da. Kommen Sie, ich zeige Ihnen euren Tisch.«

Alba ging voran, zuerst durch den kleinen Aufenthaltsraum, öffnete dann eine mit Intarsien verzierte Glastür zum Speiseraum, in dem ein Kaminfeuer brannte. Durch ein riesiges Panoramafenster konnte man auf die Terrasse und ins Tal blicken.

An einem Tisch in der Ecke saß Vittoria, dieses Mal ohne Handschuhe. Sie trug einen dezenten beigefarbenen Pullover und eine schlichte Perlenkette. Auf den ersten Blick wirkte sie etwas abwesend, was aber täuschte, wie Elisa beim Näherkommen merkte, denn die Augen der alten

Dame waren hellwach. Wenn sie ein Tee wäre, dann vielleicht ein Schwarztee, ein Golden Yunnan, energisch und dennoch sanft.

Kaum hatte Vittoria sie erkannt, erhellte sich ihre Miene.

»Ich hoffe, es stört Sie nicht, wenn ich Ihnen heute Abend Gesellschaft leiste. Alba war so freundlich, mich an Ihren Tisch zu setzen.«

»Es stört mich überhaupt nicht, im Gegenteil, ich bin erfreut.«

Vittoria wiegte nachdenklich den Kopf. »Ich sollte mich eigentlich daran gewöhnt haben, alleine zu essen. Allerdings fürchte ich, dass man sich an die Einsamkeit nie gewöhnt.«

Elisa nickte zustimmend.

»Das ist der Preis, den man zahlt, wenn man die Menschen überlebt, die man liebt«, fuhr Vittoria fort. »Und Sie, warum sind Sie allein hier?«

Einen Augenblick dachte Elisa nach. »Vielleicht weil ich auch eine Überlebende bin.«

»O nein, meine Liebe«, widersprach Vittoria, »Sie sind viel zu jung, um eine Überlebende zu sein. Und zu jung, um allein zu sein.«

»Vor allem im romantischsten Ort Italiens, wie es heißt«, warf Elisa spöttisch ein. »Nein, im Ernst, Roccamori ist wirklich ein verzauberter Ort.«

»Wie schön, dass es Ihnen bei uns gefällt. Was hat Sie überhaupt hierhergeführt?«

Alba trat an den Tisch, in der Hand ihren Block, um die

Bestellung aufzunehmen, wartete jedoch diskret, ohne das Gespräch zu unterbrechen.

»Oh, ich habe zufällig ein Foto von Roccamori gesehen«, redete Elisa sich heraus. »Und um mal völlig abzuschalten, schien mir das der perfekte Ort zu sein. Schließlich gibt es nicht mal Handyempfang.«

»Ja, man kann tatsächlich das Gefühl haben, sich am Ende der Welt zu befinden. Das war nicht immer so.« Vittoria drehte sich zu Alba um. »Was empfiehlst du denn heute?«

Alba las die Karte vor. Elisa entschied sich für Gnocchetti mit Kichererbsen und Grillgemüse. Vittoria bestellte ebenfalls Gnocchetti, allerdings mit Kaninchenragout und als Dessert eine Käseauswahl.

»Früher waren mehr Touristen hier, oder?«, fragte Elisa, sobald Alba in der Küche verschwunden war.

»Manchmal sogar zu viele.«

»Was ist passiert?«

Vittoria seufzte, ihr Blick ging ins Leere, ihre Worte klangen wie düstere Prophezeiungen.

»Die Dinge nehmen ihren Lauf, nicht wahr? Wir müssen uns vor unseren eigenen Wünschen schützen, dann werden sie vielleicht wahr.«

Weil Elisa absolut nichts damit anzufangen wusste, wechselte sie das Thema.

»Ihr Kameliengarten ist eine wahre Pracht, so etwas habe ich noch nie gesehen, nicht mal auf Fotos.«

»Vielen Dank, ich bin sehr stolz darauf. Leider ist er nicht mehr das, was er einmal war.«

»Ich finde ihn wunderschön.«

»Früher war er nicht nur eine Schönheit, er hatte zudem etwas Besonderes …« Vittoria suchte nach den richtigen Worten. »Etwas Ehrfurchtgebietendes, fast Heiliges. Man hatte den Eindruck, eine Kathedrale zu betreten, eine Kirche im Freien, und die Blüten seien die kunstvollen bunten Bleiglasfenster. Ich bekam jedes Mal eine Gänsehaut, wenn ich den Garten betrat.« Vittoria schüttelte den Kopf. »Was man heute sieht, ist nicht mehr als ein Abglanz der einstigen Schönheit. Vielleicht weil der Garten seine Lebendigkeit verloren hat, seine Seele, genau wie das Dorf.«

Die alte Dame schwelgte in Erinnerungen, ihre Augen blickten versonnen bei dem Gedanken an bessere Zeiten. Elisa war fasziniert von ihrer hoheitsvollen Ausstrahlung, gepaart mit anmutiger Leichtigkeit, hinter der sich allerdings eine eiserne Willenskraft verbarg.

»Haben Sie und Ihr Mann die Kamelien gepflanzt?«

»Nein, die gibt es, seit es das Haus gibt, deshalb heißt es ja Casa delle Camelie. Renato hat den Garten lediglich erweitert und neu gestaltet.«

Alba brachte den Wein.

»Ihr Sohn, nicht wahr?«, sagte Elisa und dachte an das morgendliche Gespräch im Garten zurück.

Vittoria nickte. »Ja, mein einziges Kind. Und Albas Ehemann. Er hat sich bis vor einigen Jahren um den Garten gekümmert.«

»Die Kamelien waren seine Leidenschaft«, warf Alba ein, während sie Wein einschenkte. »Bisweilen denke ich, dass er mich allein wegen meines Vornamens geheiratet hat, denn eine der ersten Sorten, die nach Europa gelangten, hieß Alba Plena.«

Elisa zeigte sich nicht sonderlich verwundert, von einer verwandtschaftlichen Beziehung zu hören, sie hatte von Anfang an gespürt, dass diese beiden Frauen in einer besonderen Beziehung zueinander standen. Jetzt wusste sie, warum.

»Mein Sohn hatte Asthma, seit frühester Kindheit, ein normales Leben war unmöglich für ihn«, erklärte Vittoria. »Er war fast immer zu Hause, der Garten wurde seine Welt. Andere Kinder spielten mit Autos oder Bauklötzen, er hingegen widmete sich voll und ganz den Pflanzen und Blumen, in ihrer Umgebung fühlte er sich geborgen.« Vittoria nippte an ihrem Glas. »Er war ein ruhiges, einsames Kind. Manchmal frage ich mich, ob ich einen Fehler gemacht habe, Renato aus Angst, es könnte ihm etwas geschehen, dermaßen zu isolieren, ihn vom Leben fernzuhalten.«

Alba streckte die Hand aus, ohne dass Vittoria sie ergriff.

»Du hast einen wunderbaren Mann aus ihm gemacht«, murmelte sie.

»Man liebt nie richtig oder falsch, ist es nicht so?« Vittorias Blick wanderte zu Elisa. »Die Liebe ist wie eine offene Wunde, die nicht heilen will. Und erst wenn sie endlich heilt, werden wir uns der Fehler bewusst, die wir gemacht haben.«

Elisa strich sich bei diesen Worten instinktiv über die Narbe auf ihrer Hand, die von einer Verbrennung rührte.

»Ohne die Krankheit Ihres Sohnes wäre der Garten niemals so außergewöhnlich geworden«, versuchte Elisa das Gespräch in eine positive Richtung zu lenken. »Es gibt nicht viele Orte in Italien, die ein solches Juwel ihr Eigen nennen können.«

Alba räusperte sich. »Das stimmt«, bestätigte sie, »der Garten der Casa delle Camelie ist ein Unikat, eine solche Vielfalt kultivierter Kameliensorten gibt es sonst nirgendwo in unserem Land.«

»Ist eigentlich eine Camellia sinensis dabei?«, erkundigte sich Elisa hoffnungsvoll.

Alba wischte sich die Hände an der Schürze ab. »Ich denke schon.«

»Dann könntet ihr sogar selbst Tee produzieren, in diesem Mikroklima würde das funktionieren.«

»Tee? Daran mangelt es in Roccamori wirklich nicht, oder was meinst du, Vittoria?«

Der Wind hatte aufgefrischt, kräftige Böen ließen die Fensterscheiben erzittern.

Mit einer anmutigen Bewegung führte Vittoria das Glas zum Mund, nahm einen Schluck Wein und tupfte die Lippen mit der cremefarbenen Stoffserviette ab, ohne die Frage nach der Camellia sinensis zu beantworten.

»Kommen Sie morgen wieder zum Tee? Oder hat Sie unser Geschwätz gelangweilt?«

»O nein, ganz im Gegenteil, ich komme sehr gerne, danke.«

Sie sehnte sich regelrecht danach, Vittoria und den Kameliengarten wiederzusehen. Dieses zierliche, betagte Energiebündel strahlte etwas aus, das sie faszinierte, bei ihr fühlte sie sich gut aufgehoben. Zumal sie das Angenehme mit dem Nützlichen verbinden konnte: Vielleicht kam sie dem rätselhaften Roccamori-Tee ja doch noch auf die Spur. Auch wenn sie nicht wusste, wie.

***Über den Tee und die Liebe***

*Eine der am wenigsten beachteten Regeln bei der Teezubereitung ist der zweite Aufguss. Manchmal empfiehlt es sich sogar, den ersten wegzugießen und den zweiten zu trinken. Das trifft besonders bei hochwertigen Sorten zu, vor allem beim Pu Erh oder beim Oolong. Je älter ein Pu Erh ist, desto geschmacksintensiver werden die Aufgüsse, und es wäre eine Schande, sich mit dem ersten zufriedenzugeben. Die Blätter brauchen Zeit, um sich zu öffnen und ihr volles Aroma zu entfalten. Es heißt, der beste Aufguss des vollreifen Pu Erh sei der dritte, aber möglich seien bis zu zehn – man sollte den Tee allerdings bei jedem weiteren Aufguss länger ziehen lassen. Natürlich ist diese Meinung subjektiv, jeder Teetrinker wird seinen persönlichen Lieblingsaufguss für sich entdecken. Beim Oolong gibt es das Phänomen, dass der erste Aufguss intensiv schmeckt, der zweite sanfter und der dritte überraschenderweise wieder intensiver. Auch der Lapsang Souchong eignet sich für mehrere Aufgüsse, bis zu fünf sind hier möglich.*

*Beim Tee ist es bisweilen wie beim Geschichtenerzählen,*

*jedes Mal kommt etwas anderes heraus. Wir lassen etwas weg, fügen etwas hinzu, fangen anders an, finden einen anderen Schluss. Je häufiger wir eine Geschichte erzählen, desto mehr weichen die einzelnen Varianten voneinander ab, und es kann sein, dass die ersten und die letzten kaum noch etwas gemeinsam haben.*

*Bei genauerem Nachdenken gilt das ebenfalls für die Liebe.*

*Wenn man in der Lage ist, die erste Liebe abzuhaken und nicht mehr über sie nachzugrübeln, ist die Chance groß, dass die zweite noch schöner wird. Wenngleich die erste vielleicht die größte Rolle spielt. Möglicherweise indes gelingt es uns beim ersten Mal nicht, den wahren Geschmack zu spüren, weil es unserem Gaumen noch an Erfahrung fehlt, weil wir zu ungeduldig sind und zu hastig trinken. Vielleicht ist die erste Liebe auch bitter oder allzu süß. Und wenn wir dann den ersten Aufguss wegschütten und einen zweiten zubereiten, dann schmeckt dieser oftmals besser.*

*Aber wie beim Tee und bei den Geschichten birgt diese Regel gleichermaßen in der Liebe Gefahren. Einmal zu viel, und der Genuss ist dahin. Und am schlimmsten ist danach die Erkenntnis, dass man das Beste bereits weggeschüttet hat.*

# 28

*Lapsang Souchong*

*Dieser chinesische Tee ist ein Rauchtee, das heißt, die Blätter werden über brennendem Zedernholz geräuchert, was ihm seinen unverwechselbaren, an Trockenfrüchte, Harz und Lagerfeuer erinnernden Geschmack verleiht. Das Aroma ist vollmundig, intensiv und durchdringend, die Farbe des Aufgusses erinnert an Bernstein.*

Auch am Sonntag saß Elisa im Hotel wieder allein beim Frühstück. Die neuen Gäste waren offenbar noch nicht eingetroffen. Der nächtliche Wind hatte den Himmel blank geputzt, sodass er in einem tiefen Blau erstrahlte.

Alba kam mit einem Stück Apfelkuchen an ihren Tisch. »Selbst gebacken. Ich hoffe, er schmeckt.« Dann fügte sie zögernd hinzu: »Ich habe mich gar nicht erkundigt, wie es gestern beim Tee war.«

»Nett, allerdings war ich überrascht, dass so viele Frauen dort waren. Ist das immer so?«

»Nein, Samstagnachmittag ist besonders viel los. Normalerweise sind es zehn bis zwölf.«

»Gestern waren es fast zwanzig. Und es kommen immer nur Frauen?«

»Meist. Es passiert eher selten, dass sich mal ein Mann dorthin verirrt, Gianni zum Beispiel.« Als sie Elisas fragenden Blick bemerkte, erklärte sie: »Der Barbesitzer. Seine Frau ist vor ein paar Jahren gestorben, und seitdem ist er ab und zu aufgetaucht. Er sitzt dann in einer Ecke und macht kaum den Mund auf.«

Elisa lächelte: »Na ja, er scheint mir nicht gerade der Fünf-Uhr-Tee-Typ zu sein.«

»Ehrlich gesagt, kommen die Frauen auch nicht wegen des Tees«, flüsterte Alba ihr geheimnisvoll zu.

»Warum dann? Ich habe selten so guten Tee getrunken.«

»Das stimmt schon. Doch wer zur Casa delle Camelie geht, der sucht nach interessanten Geschichten, schließlich hat man hier am Ende der Welt sonst wenig Abwechslung.«

Unwillkürlich vergegenwärtigte Elisa sich die Szenerie: die auf Steinbänken und schmiedeeisernen Stühlen sitzenden Frauen, die mit ihrer Tasse in der Hand gebannt lauschten, als Fernanda die Legende von Roccamori erzählte, die vermutlich immer wieder neu und anders ausgeschmückt oder durch Spitzfindigkeiten hinterfragt wurde.

Während sie den Kuchen probierte, der frisch aus dem Ofen kam und köstlich süß-säuerlich schmeckte, sprach Elisa ein heikles Thema an.

»Fernanda hat mir gestern die Geschichte der Casa delle Camelie erzählt und dabei einen Fluch erwähnt, der auf dem Haus liegt«, tastete sie ich vor. »Warum haben Sie das Hotel danach benannt?«

Alba zuckte zusammen. »Es heißt so, seit ich denken kann. Ich weiß nicht einmal, warum. Man sagt, das Haus wurde wohl zu der Zeit erbaut, als die junge Araberin hier in Roccamori lebte. Warum man ihm diesen Namen gab, weiß ich nicht.«

»Haben Sie keine Angst, dass der Name die Gäste abschrecken könnte?«

»Nein, absolut nicht. Im Gegenteil, es gibt Leute, die gerade deswegen kommen. Wir alle haben schließlich mal eine Liebe verloren.«

Elisa dachte an das Strahlen in Albas Augen, als sie von Renato gesprochen hatte.

»Sie nicht, oder? Immerhin haben Sie den Mann geheiratet, den Sie geliebt haben.«

»Ja, ich habe Renato sehr geliebt, aber ...« Alba zögerte. »Ich glaube, es stimmt, was Vittoria gestern Abend gesagt hat. Erst wenn die Wunden der Liebe heilen, werden wir uns bewusst, welche Fehler wir gemacht haben.«

Schweigen machte sich breit, vom Tal wehte Glockengeläut herauf.

»Und Vittoria?«, fragte Elisa.

»Was ist mit ihr?«

»Hat der Fluch sie getroffen? Gab es in ihrem Leben eine verlorene Liebe?«

Sie erhielt keine Antwort. Glaubte die Hotelbesitzerin etwa im Ernst an einen Fluch? Elisa hielt das Ganze eher für eine Legende, die sich gut machte, weil sie dem Ort eine geheimnisvolle Aura verlieh.

»Waren die Dorfbewohner schuld, dass Vittoria ihre große Liebe verlor?«, bohrte sie weiter. »Hat der frühe Tod ihres Mannes etwas damit zu tun?«

»Nein, mit ihrem Mann hat das nichts zu tun«, erwiderte Alba kurz angebunden und wandte den Blick ab.

Da Elisa ihr Unbehagen spürte, wechselte sie das Thema.

»Als Kind wollte ich unbedingt wissen, wie eine Waschmaschine von innen aussieht. Meine Mutter erklärte mir, das sei ein großes schwarzes Loch und man dürfe auf keinen Fall hineinschauen, sonst würde die Waschmaschine nie wieder funktionieren. Wie sollte der Mechaniker sie dann reparieren, fragte ich damals. Und einen ähnlich falschen Eindruck vermittelte man mir unausgesprochen hinsichtlich der Liebe. Ich bin in dem Glauben aufgewachsen, dass die große Liebe genau wie das Innere einer Waschmaschine im Dunklen bleiben müsse – dass man nicht über sie sprechen dürfe, da sie sonst für immer verloren sei.«

Alba schien mit ihren Gedanken ganz weit weg. »Und Ihre Eltern? War es bei ihnen genauso?«

»Meinen Vater habe ich nie kennengelernt, und meine Mutter war eine in sich gekehrte Frau. Sie hat still gelebt und geliebt, ich habe lange gebraucht, um das zu verstehen.«

»Das geht uns genauso.«

»Euch?«

»Uns hier in Roccamori. Vor vielen Jahren, von einem Tag auf den anderen, haben wir erkannt, dass Schweigen besser ist als Geschichtenerzählen. Worte können sehr wehtun. Vielleicht hatte Ihre Mutter recht, dass man über die große Liebe nicht sprechen sollte, weil sie sonst für immer verloren ist.«

»Ihr seid hier im Ort offenbar eine verschworene Gemeinschaft. Zwischen euch scheint eine besondere Verbindung zu bestehen.«

Alba nickte. »Könnte man so sagen. Allerdings haben mit dem Schweigen gleichzeitig Langeweile und Eintönigkeit Einzug gehalten.«

»Und deshalb sind die Touristen ausgeblieben?«

»Unter anderem. Es war ein schleichender Prozess. Das Dorf versank nach und nach in Melancholie, die jungen Leute sind in die Stadt oder ins Ausland gezogen, und die Touristen wurden immer weniger. Bis fast keine mehr kamen.«

»Das Hotel wurde trotzdem nicht geschlossen, und Sie sind im Gegensatz zu anderen geblieben.«

In Albas Blick lagen Härte und Trauer. »Ich bin oft gegangen und immer wieder zurückgekommen.« Abrupt wechselte sie das Thema. »Und Sie bleiben bis Dienstag?«

»Entschuldigung, das habe ich Ihnen noch gar nicht mitgeteilt. Ja, ich habe umdisponiert und reise erst am Dienstag ab.«

»Das freut mich«, erwiderte Alba automatisch, ohne dass es wirklich ehrlich klang, und kam unvermittelt auf vorher Besprochenes zurück. »Sie hatten als kleines Mädchen recht. Ich habe nie darüber nachgedacht.«

»Über was?«

»Es ist genau wie bei der Waschmaschine. Um eine Liebe zu reparieren, muss man den Mut haben, in ihr Inneres zu schauen.«

# 29

*Zweiundzwanzig Jahre zuvor*

Elisa war acht, als der Unfall passierte.

Andere Kinder kamen schon lange nicht mehr zu ihr nach Hause. Die wenigen Freundinnen, die sie noch hatte, luden sie zu sich zum Spielen ein.

Manchmal, wenn es gar nicht anders ging, nahm ihre Mutter sie mit in das Restaurant, in dem sie arbeitete. Elisa liebte diese Stunden. Dicht an eine Wand gedrückt, saß sie in einer Ecke neben der Rezeption des vornehmen Restaurants und tat so, als würde sie malen. In Wirklichkeit beobachtete sie die kommenden und gehenden Gäste. Hier in dieser noblen Umgebung verwandelte sich ihre Mutter in die Prinzessin, die sie für Elisa immer gewesen war. Im dunklen Kostüm, diskret geschminkt, bewegte sie sich selbstsicher und zuvorkommend, ihr Lächeln schien den ganzen Raum zum Strahlen zu bringen. Die männlichen Gäste warfen ihr bewundernde Blicke zu, während die Frauen misstrauisch darauf achteten, dass Distanz gewahrt blieb.

Von ihrer Tante wusste Elisa, dass ihre Mutter eine wichtige Position im Restaurant innehatte, da sie für den Belegungsplan und die Tischzuweisung zuständig war. Stets bestrebt, die hochgesteckten Erwartungen ihrer Gäste zu erfüllen, präsentierte sie sich mit einer gleichbleibenden Freundlichkeit und hatte immer ein Lächeln auf den Lippen. War das der Grund, warum sie zu Hause so traurig aussah? Opferte sie sich für das Glück der anderen, sodass für das eigene Glück und das Glück ihrer Familie in ihrem Herzen kein Platz war?

Meist allerdings blieb Elisa zu Hause bei ihrer Tante. Sie tauchte gerne in ihre Welt ein, die ohne strenge Regeln und Verbote auskam. Bei ihr durfte sie Kind sein, beim Backen im Teig herummatschen, die Farbe der Torte bestimmen und die Schüssel auslecken. Ihre Tante und ihre Mutter waren so verschieden, dass niemand, der es nicht wusste, sie für Schwestern hielt.

Am Tag des Unfalls war Elisa ausnahmsweise allein, da ihre Tante eine bestellte Torte ausliefern musste.

Elisa hatte Angst vor dem Alleinsein und malte sich unwillkürlich aus, wie es wäre, wenn ihre Tante nicht bloß zwanzig Minuten wegbleiben würde, sondern nie wiederkäme. Je mehr Zeit verstrich, desto stärker steigerte sie sich in die Vorstellung hinein, man habe sie vergessen oder es sei etwas Schreckliches passiert.

Gebannt starrte sie auf die Tür, durch die ihre Tante hereinkommen musste, und ihre Angst verwandelte sich in Panik. Was sollte sie tun?

Elisa beschloss, sich einen Tee zu kochen, der sie hoffentlich beruhigen würde.

Mit der ganzen Entschlossenheit ihrer acht Jahre machte sie sich ans Werk – systematisch, Schritt für Schritt, wie sie es bei Mutter und Tante abgeschaut hatte.

Sie nahm die Teetassen und die Silberlöffel aus dem Schrank, deckte den Tisch mit der weißen Leinendecke und strich sie sorgfältig glatt. Nach einigen Versuchen gelang es ihr sogar, den Gasherd anzuschalten, indem sie den Knopf gedrückt hielt, bis zischend und fauchend die blaue Flamme zum Leben erwachte. Anschließend füllte sie Wasser in den roten Topf mit dem weißen Kirschmuster, stellte ihn auf die Flamme und wartete.

Plötzlich kam ihr in den Sinn, dass es bestimmt schöner wäre, nicht allein zu sein, also holte sie ihren Teddybären sowie die Puppe mit den roten Zöpfen und setzte beide auf den Tisch. Als sie ein Brodeln hörte, rannte sie wieder zum Herd, schaltete ihn aus und brachte den Topf an den Tisch.

Es war gar nicht so einfach, das kochend heiße Wasser in die Teekanne zu gießen, ohne einen Tropfen zu verschütten. Welchen Tee sollte sie nehmen? Zum ersten Mal musste sie die Entscheidung treffen. Earl Grey wäre perfekt, dachte sie – ein würdiger Herr, der ihre Mutter und ihre Tante vertreten konnte.

Dann aber fiel ihr Blick auf das oberste Regalbrett, wo die Dose mit dem verbotenen Tee ihrer Mutter stand, den niemand außer ihr trinken durfte.

»Psst!«, sagte sie zu ihren Gästen, kletterte auf die Küchenbank, holte die Dose herunter und gab die Teeblätter in die Kanne. Sogleich fühlte sie sich deutlich weniger einsam, denn das süßliche Aroma des verbotenen Tees hüllte sie ein wie eine Umarmung. Alles würde gut werden.

Sie wusste, dass sie auf die Ziehzeit achten musste, und starrte konzentriert auf die Wanduhr. Nachdem der Sekundenzeiger drei Runden gemacht hatte, goss sie den Tee in die Tassen. Als sie dem Teddybären die Tasse reichen wollte, schätzte sie den Abstand nicht richtig ein, und sie rutschte ihr aus der Hand.

Der Tee war kochend heiß, Elisa spürte einen nie gekannten Schmerz, es war, als würde ihre Hand in Flammen stehen. Gellend schrie sie auf, die Puppe stürzte zu Boden, der Bär bekam es mit der Angst zu tun und versteckte sich unter der Tischdecke.

Trotz ihrer Schreie drang lediglich ein einziges Geräusch wirklich an ihr Ohr: das Tropfen des Tees auf den Fußboden. Und ihr wurde bewusst, dass sie ganz allein war und ihr niemand helfen konnte.

Erst später würde Elisa verstehen, was Einsamkeit bedeutete, nämlich vom Rest der Welt abgeschnitten zu sein. Dennoch begriff sie in diesem Augenblick bereits, dass Einsamkeit ein Teil von ihr war. Das Gefühl, von allen verlassen zu sein, war an diesem Nachmittag viel schlimmer als der Schmerz auf der Hand. Eine Verbrennung würde heilen, die Furcht vor der Einsamkeit für immer bleiben.

Immerhin war sie so geistesgegenwärtig, die Kühlschranktür aufzureißen und die verbrühte Hand hineinzustecken. So fand sie schließlich ihre Tante: ein vor Kälte und Angst zitterndes Wesen, das tränenüberströmt mit der gesunden Hand ihren Bären fest umklammert hielt.

»Ich wollte nur Tee trinken«, jammerte sie, bevor sie sich, von Schluchzern geschüttelt, in die Arme der Tante sinken ließ.

Nachdem sie in der Notfallambulanz versorgt worden war, durfte sie wieder nach Hause, wo sie sogleich zu Bett gebracht wurde.

Sie wollte einen Tee trinken, weil sie sich so einsam gefühlt habe, erklärte sie später ihrer Mutter in der Hoffnung, dass sie nicht böse sein werde – immerhin war sie es ja, die alle Probleme mit Tee kurierte.

Tatsächlich lächelte ihre Mutter, wenngleich angespannt und besorgt. Und als sie sich über sie beugte, um ihr einen Kuss auf die Stirn zu drücken, roch Elisa ihr blumiges Parfum und sah, dass sie nach wie vor sorgfältig geschminkt war. So bekam Elisa ihre Mutter zu Hause höchst selten zu Gesicht.

Inzwischen war der Abend hereingebrochen, diffuses bläuliches Dämmerlicht drang ins Zimmer.

»Du darfst noch eine Tasse von meinem Tee trinken, weil du so tapfer gewesen bist. Ausnahmsweise, lediglich dieses eine Mal, verstanden?«

Elisa nickte verwirrt.

»Du erinnerst mich an deinen Vater«, murmelte ihre Mutter und versuchte ein Schluchzen zu unterdrücken. »Genauso entschlossen und dickköpfig, genauso gradlinig und korrekt. Er hat sich in dem Moment in mich verliebt, als er gesehen hat, mit welcher Sorgfalt ich den Tee zubereitet habe«, fügte sie wehmütig lächelnd hinzu. »Das hat ihm gefallen.«

Obwohl Elisa so müde war, dass ihr fast die Augen zufielen, zwang sie sich wach zu bleiben, um kein Wort über ihren Vater zu verpassen. Es kam ihr vor, als würde sie einem Märchen lauschen – dem Märchen, das sie immer hatte hören wollen und über das ihre Mutter bisher so beharrlich geschwiegen hatte.

»Er hat sich in dich verliebt, weil du ihm Tee gemacht hast?«, fragte sie kaum hörbar.

»In gewissem Sinne schon. Dass ich dabei feste Regeln befolgt habe, hat ihm imponiert. Er liebte Präzision. Wenn du konzentriert die Stirn runzelst, siehst du genauso aus wie er.«

Ihre Augen füllten sich mit Tränen. Zum ersten Mal hörte sie etwas über ihren Vater, und außerdem stimmte es sie irgendwie traurig, dass sie nicht ihrer Mutter ähnelte, die sie so sehr bewunderte.

Nach einer Weile griff ihre Mutter behutsam nach ihrer verbundenen Hand.

»Jetzt hast du eine Narbe, vergiss das nicht. Makellosigkeit ist nichts als eine Illusion, die uns das Leben schwer macht. Es gibt Dinge, die werden nie so sein, wie man sie sich wünscht, und das ist nicht unsere Schuld. Sie passieren eben.« Sie musterte ihre Tochter eindringlich. »Dein Vater hat das nie begriffen, dich hingegen wird deine Narbe tagtäglich daran erinnern. Lass nicht zu, dass das Streben nach Perfektion dein Leben ruiniert, Elisa. Weder deines noch das eines anderen.«

Sie nickte, obwohl sie die Bedeutung der Worte nicht verstand, sie vertraute einfach darauf, dass ihre Mutter recht hatte. Dann setzte sie sich auf und trank einen Schluck Tee aus der gelben Porzellantasse, die ihre Mutter ihr reichte. Er war köstlich, noch besser, als der Duft versprach, und erinnerte sie an Wiesenblumen oder an den Puderzucker, mit dem die Tante ihre Torten bestäubte. Ganz am Ende indes hatte er einen bitteren Nachgeschmack.

War das eine Warnung?

Elisa schloss die Augen und glitt in den Schlaf. Nicht im Entferntesten wäre ihr der Gedanke gekommen, dass sie zweiundzwanzig Jahre warten musste, um dieses bittersüße Aroma noch einmal auf der Zunge zu spüren.

# 30

*Rooibos mit Zimt und Orange*

*Wer Rooibos-Tee mag und den Geschmack mit einer besonderen Note bereichern möchte, wählt diese Sorte. Die Orangenschale unterstreicht die Süße der Rotbuschblätter, und der Zimt verleiht dem Tee einen einzigartig würzigen Geschmack sowie einen leicht exotischen Duft. Man kann ihn kalt oder warm und zu jeder Tageszeit trinken. Er ist gut bekömmlich und entgiftend.*

Elisa streifte durch die Gassen und begab sich auf Entdeckungsreise. Neben einem steinernen Torbogen fiel ihr eine Miniaturwindmühle ins Auge, die als Briefkasten diente. Vor vielen Häusern gab es Ziehbrunnen, die noch in Betrieb waren. Eine Frau in Pantoffeln, die eine blau karierte Schürze vorgebunden hatte, wässerte gerade die Blumenkübel neben ihrem Haus.

Kurz danach kam sie an dem Kunstgewerbeladen vorbei, der ihr bereits bei ihrem ersten Spaziergang durchs Dorf aufgefallen war. Trotz des Sonntags hatte er geöffnet. Sie betrachtete die Auslagen im Schaufenster, darunter viele

Schneekugeln, ähnlich der mit der Schlittschuhläuferin im roten Mäntelchen, die sie im Schreibwarenladen gekauft hatte. Sie konnte ihren Blick kaum von den Miniaturwelten lösen, als plötzlich eine Hand im Schaufenster erschien und eine Kugel umdrehte.

Elisa hob den Blick und sah Fernanda, die sie anlächelte und hereinwinkte.

Etwas verlegen betrat sie den kleinen Laden, ein dezenter, dabei markanter Geruch empfing sie, vielleicht Zimt oder Melasse. Im hinteren Bereich stand ein kleiner Tisch aus dunklem Holz mit einer Glasplatte, und in die Natursteinwände waren Nischen eingelassen, in denen Figuren und abstrakte Gebilde aus buntem Glas ausgestellt waren.

»Willkommen in meiner Zauberhöhle«, empfing sie Fernanda, »hier hause ich zusammen mit meinen Glaswesen.«

Elisa sah sich fasziniert um.

Die Schneekugeln waren in der Tat kleine Kunstwerke. Ein Mädchen spielte mit einem Hund vor einer Hütte, ein Schloss schmiegte sich an eine Bergwand. In einer Kugel war ein Kind zu sehen, das sich die Nase an der Fensterscheibe platt drückte, während draußen der Schnee vom Himmel fiel.

»Machst du das schon lange?«, erkundigte Elisa sich.

»Vom Gefühl her eine Ewigkeit, davon leben kann ich allerdings erst seit ein paar Jahren.«

»Wirklich?«, wunderte Elisa sich. »Ich meine, das sind richtige Kunstwerke und dennoch …«

Kopfschüttelnd schaute sie sich um, weit und breit war kein Kunde zu sehen.

Fernanda, die eine auffällige Kette aus blauen und orangefarbenen Glasperlen aus eigener Produktion um den Hals trug, lächelte.

»Ich verkaufe fast alles online. Der Laden ist hauptsächlich Lager und Werkstatt. Und Rückzugsort.«

»Und warum ist er am Sonntag geöffnet?«

»Wie gesagt, er ist mein Rückzugsort. Und man weiß ja nie, ob nicht plötzlich ein Kunde vorbeikommt«, erwiderte sie verschmitzt.

»Viele sind es nicht, oder? Das Dorf wirkt total ausgestorben. Auf meinem Rundgang habe ich gerade mal eine Handvoll Leute getroffen.«

Fernanda setzte sich an den Tisch und deutete auf einen Stuhl ihr gegenüber.

»Im Sommer kommen mehr Touristen. Trotzdem ist Roccamori nicht mehr das, was es mal war.«

»Das sagen mir alle, ohne dass mir klar geworden ist, warum und seit wann.«

Fernanda ließ ihre Kette durch die Finger gleiten. »Damals war ich noch ein Kind. Es muss Anfang der Achtziger gewesen sein.«

»War das zu der Zeit, als die junge Frau hier war, die einen Tee für alle Lebenslagen parat hatte?«

Fernandas Blick verdunkelte sich. »Wer hat dir von ihr erzählt?«, erkundigte sie sich argwöhnisch.

»Die Besitzerin des Hotels.«

»Alba?«

Elisa nickte. Hatte sie etwas Falsches gesagt, fragte sie sich. So kumpelhaft Fernanda, die ihr gleich das Du angeboten hatte, sein mochte – auch sie wahrte bei aller vordergründigen Spontaneität wie alle anderen eine seltsame Distanz, als wäre sie auf der Hut. Warum?

»Ja, das muss zur gleichen Zeit gewesen sein«, räumte sie nach einer Weile ein.

»Gab es damals bereits diese besondere weiße Kamelie?«

»Die Camellia sinensis?«

Elisa zuckte zusammen. »Das ist eine Camellia sinensis?«

»Die Teepflanze, ja«, bestätigte Fernanda. »Genau das ist sie.«

»Das ist unmöglich, die Blüten der Teepflanze sind viel kleiner und die Blätter ganz anders.«

Fernanda nestelte nervös an ihrer Kette herum. »Diese Camellia sinensis ist einzigartig, soweit ich weiß. Sie wächst ausschließlich hier in diesem Garten, sonst nirgendwo auf der Welt. Damals gab es sie noch nicht, sie wurde erst später gezüchtet.«

Sie hielt inne, als ob sie schon zu viel gesagt hätte.

Sonnenstrahlen fielen durch das Schaufenster, entfachten bunte Lichtspiele auf der Glasplatte des Tisches und auf den Glasfiguren, sodass der Laden sich in ein funkelndes Farbenmeer verwandelte. Aber nur für einen Moment, dann verschwand die Sonne erneut hinter den Wolken, und das Spektakel war vorbei.

»Meine Mutter hat jedes Jahr eine Kamelienblüte bekommen«, sagte Elisa nach kurzem Zögern, und sie sah, wie sich Fernandas Gesicht verschattete. »Eine weiße Kamelie, genau wie die im Garten von Vittoria.«

»Jedes Jahr?«

Elisa nickte. »Ja, seit ich denken kann. Immer an ihrem Geburtstag – und der ist heute.«

Fernanda wandte den Blick ab und ballte die Hände zu Fäusten. Als sie Elisa wieder anschaute, glänzten ihre Augen feucht.

»Was ist los? Habe ich etwas gesagt, das dich traurig stimmt?«

»Nein, ich bin einfach eine alte Romantikerin, Liebesgeschichten rühren mich regelmäßig zu Tränen.«

Als sie sich erhob und zu einer Wandnische ging, um fahrig ein paar Ringe umzuräumen, blickte Elisa ihr nachdenklich nach.

»Wieso Liebesgeschichte?«, hakte sie nach. »Ich habe keine erwähnt und weiß nicht mal, ob es eine war.«

»Bestimmt war es eine«, beharrte Fernanda. »Welch anderen Grund könnte es geben, zu jedem Geburtstag eine Kamelie zu verschicken? Hast du mal recherchiert, welche Symbolik sie hat?«

»Ja, habe ich, ohne jedoch etwas zu finden, das mir weitergeholfen hätte. Es geht um ewige Treue, Verlangen, geheime Wünsche, Opfer, Verzicht … Und wenn es wirklich um eine Liebesgeschichte ging, wie du meinst, dann hätte meine Mutter den Absender kennen müssen. Tat sie aber nicht, soweit ich das mitgekriegt habe.«

Elisa musste an die Worte ihrer Mutter von vor vielen Jahren denken. *Es nicht zu wissen ist die schlimmste Strafe von allen.*

Fernanda drehte sich um, und beim Anblick des Rings an ihrer Hand blieb Elisa die Luft weg. Ein wunderschönes Stück aus weißem Glas, das im Licht wie ein Edelstein funkelte.

»Gefällt er dir?«

»Er ist märchenhaft schön.«

»Eines meiner Lieblingsstücke. Ich verkaufe ihn nicht, obwohl man mir schon viel Geld dafür geboten hat. Warum, weiß ich nicht, er ist schließlich bloß aus Glas.« Sie hielt ihr den Ring hin. »Hier, für dich.«

»O nein, das geht nicht, ich kann mir eine solche Ausgabe nicht leisten.«

»Es sollte ein Geschenk sein«, stellte Fernanda lächelnd klar, und bevor Elisa protestieren konnte, streifte sie ihn ihr über den Finger. »Er passt perfekt, wie für dich gemacht.«

»Danke«, hauchte Elisa überwältigt und bewegte die Finger hin und her. »Vielen, vielen Dank. Warum willst du ihn mir überhaupt schenken?«

»Ist heute für dich nicht ein besonderer Tag?« Fernanda wischte sich eine Träne aus dem Augenwinkel. »Überdies kann ich mich nicht erinnern, wann ich das letzte Mal beim Tee bei Vittoria so viel Spaß hatte wie gestern. Das ist dein Verdienst. Die Stimmung war besser als sonst – und wenngleich es dir nicht aufgefallen ist, du hast uns gutgetan.«

»Wirklich?«

»Sehen wir uns heute Nachmittag dort?«

»Ja, ich freue mich drauf.«

Erneut dankte sie Fernanda und war fast zur Tür hinaus, als sie sich noch einmal umdrehte.

»Hast du zufällig mal von einem in Roccamori produzierten Tee gehört?«

»Tee aus Roccamori? Nein, nie. Warum?«

»Reine Neugier. Vittorias Tee ist so außergewöhnlich, dass ich mich gefragt habe, ob sie ihn selbst herstellt.«

»Nein, ausgeschlossen. Ich weiß zwar nicht, woher sie ihren Tee bezieht, doch selbst produzieren? Sicher nicht. Sie ist ja bereits mit dem Garten und dem Gewächshaus völlig überfordert – seit Renatos Tod verkommt alles.«

»Und wenn ihr jemand hilft?«

Fernanda schüttelte den Kopf. »Nein, das wüssten wir, hier bleibt nichts verborgen.«

# 31

*Einunddreißig Jahre zuvor*

Auf dem Weg zum Gewächshaus versuchte Daria die Tasse ruhig zu halten, aber ihre Hände zitterten so sehr, dass sie auf dem Unterteller klirrte. Bevor sie hineinging, blickte sie verstohlen durch eines der großen Glasfenster und entdeckte ihn zwischen den Blumenkübeln am Schreibtisch sitzen. Langsam schob sie die Tür auf, die beim Öffnen laut quietschte, was er indes nicht zu hören schien.

Leise betrat sie den Pavillon und tauchte nach ein paar Schritten in eine andere Welt ein: Umhüllt von feuchtwarmer Luft und von erdigem, wurzig-sußem Duft, sah sie nichts als Kamelien, soweit das Auge reichte. Auf dem Boden, in den Regalen und in Ampeln von der Decke hängend. Ein Feuerwerk der Farben. Renatos Reich. Seine Visitenkarte.

Hinter der reservierten, unterkuhlten Fassade verbarg sich nämlich ein leidenschaftlicher Mensch. Daria wusste das. Und sie wusste zugleich, dass Renato seine wahren Gefühle unterdrückte – und zwar aus Angst, dass etwas passieren könnte, das außerhalb seiner Kontrolle lag.

Lediglich hier im Gewächshaus, inmitten seiner Blumen, ließ er seinen Gefühlen freien Lauf. Jede Kamelie war ein Teil von ihm, jede Farbnuance ein Mosaiksteinchen. Seine Kreativität inspirierte ihn zu immer neuen Züchtungen, die nur in seinem Kosmos überleben konnten. Sie waren Ausdruck seiner Persönlichkeit, offenbarten, wie er wirklich war.

Und das war so augenscheinlich, dass Daria nicht verstand, warum außer ihr niemand das erkannte. Und außer Vittoria natürlich. Sie wusste es nicht zuletzt deshalb, weil Renato sie beide genauso behandelte wie seine Kamelien. Mit dem gleichen Respekt und der gleichen Fürsorge, als wären sie aus Glas.

Als der Kies unter ihren Schuhen knirschte, drehte er sich um, und sogleich überzog ein strahlendes Lächeln, das einzig für sie reserviert war, sein Gesicht. Er legte den Stift auf den Tisch und sah sie an.

»Ich habe dir Tee gebracht«, sagte Daria mit zitternder Stimme, und wieder klirrte die Tasse auf dem Unterteller.

Renato erwiderte nichts, streckte ihr schweigend die Hand entgegen. Daria schaute ihn überwältigt an, war wie immer hingerissen von seiner Erscheinung – so ein schöner Mensch war ihr nie zuvor begegnet. Niemand sonst hatte dieses fein geschnittene Gesicht, diese melancholischen Augen, diese schmalen, sinnlichen Lippen, diese schwer zu bändigenden Haare.

Er nahm ihr die Tasse aus der Hand und schnupperte daran. »Welche Sorte?«

»Lindenblüten und Ginseng. Lindenblüten, damit das Herz über die Angst siegt.«

»Und der Ginseng?«, fragte Renato so bedeutungsvoll, dass Daria errötete.

Nachdem er die Tasse auf dem Tisch neben dem ledergebundenen Notizbuch abgestellt hatte, zog er Daria an sich, versteifte sich jedoch, als sie ihre Finger in seinen Haaren vergrub, und löste sich von ihr.

»Du schaust mich an, als würde ich dir Angst einflößen«, flüsterte sie.

Ein Lächeln umspielte seinen Mund, und er streichelte ihr über den Rücken.

»Das stimmt. Ich habe Angst, dich zu zerbrechen.«

»Ach was, ich bin nicht so zart und zerbrechlich wie deine Kamelien, du musst dir keine Sorgen machen.«

»Du irrst dich«, murmelte er mit rauer Stimme und streichelte sie weiter. »Du bist genau wie eine Kamelie, wunderschön, sinnlich und voller Überraschungen. Und du bist das Einzige, was ich mehr liebe als sie.«

Daria beugte sich zu ihm hinunter, nahm sein Gesicht in ihre Hände und küsste ihn, ungestüm zog er sie auf seinen Schoß und erwiderte ihren Kuss voller Leidenschaft und Zärtlichkeit.

Von draußen rief jemand nach ihr, sie horte es nicht.

»Ich liebe dich so sehr«, raunte Renato ihr zu, als er sich endlich von ihr gelost hatte, »mehr als alles auf der Welt.«

Aber trotz dieser Beteuerung hörte Daria eine gewisse

Unsicherheit heraus, erkannte in seinen Augen hinter der Leidenschaft seine ganze Zerbrechlichkeit.

»Ich habe mich entschlossen, nicht länger im Hotel zu arbeiten, ich muss hier weg, sonst hat unsere Liebe keine Chance.«

Renato griff nach ihrer Hand und küsste sie sanft.

»Warum, ich dachte, du seist glücklich in Roccamori und hättest hier deinen Platz gefunden.«

»Glücklich bin ich allein mit dir. Wir können irgendwo neu anfangen, egal wo, und suchen uns ein Haus mit einem Garten, in dem du deine Kamelien züchten kannst …« Sein Gesicht war so voller Zweifel, dass ihre Stimme ins Stocken geriet. »Ich gehe zuerst, dann kannst du in Ruhe mit ihr sprechen, und sobald alles geklärt ist, kommst du nach. Versprich mir, dass du nachkommst. Das wirst du doch, oder?«

Statt zu antworten, zog er sie erneut auf seinen Schoß, und in der Abgeschiedenheit des Gewächshauses liebten sie sich leidenschaftlich. Einzig die Kamelien sahen ihnen zu.

# 32

*Dian Hong Feng Qing*

*Einer der feinsten chinesischen Schwarztees aus der Bergregion Yunnans, der fast nur aus Knospen und goldenen Blattspitzen gewonnen wird. Die qualitativ hochwertigsten Sorten stammen von Teepflanzen, die mehr als sechzig, manchmal sogar achtzig Jahre alt sind. Der Geschmack ist vollmundig und harmonisch, mit Anklängen von Rohrzucker und Berghonig.*

Elisa konnte es nicht fassen, dass sie nicht früher daran gedacht hatte, dort zu suchen, wo das Ganze angefangen haben könnte.

An diesem Sonntagnachmittag waren wieder so viele Frauen zum Tee in den Garten der Casa delle Camelie gekommen wie am Tag zuvor, und sie hoffte, dass der Trubel ihren Plan begünstigte. Zwar meldete sich ihr schlechtes Gewissen, dass sie Vittorias Vertrauen missbrauchte, aber diese Chance musste sie nutzen.

Jetzt oder nie.

Sie wartete, bis Vittoria mit ihrem Teewagen auftauchte.

Die alte Dame sah heute noch erschöpfter aus als am Vortag, servierte mit großer Mühe den Tee und zog sich anschließend ins Haus zurück. Elisa trank hastig ihren Becher leer, erhob sich dann unauffällig und schlich sich in den Kameliengarten.

Die hohen Bogenfenster des Gewächshauses glitzerten in der Nachmittagssonne, das Licht brach sich in einem Kaleidoskop von Farben. Elisa war hingerissen und überlegte, in welcher Weise das Wandern der Sonne die Wirkung im Verlauf des Tages ändern würde. Und sie stellte sich vor, wie Vittorias Sohn sich vor langer Zeit hier hingebungsvoll um seine Kamelien gekümmert hatte. Ein einsamer junger Mann, der sich mit diesem Gewächshaus seine eigene Welt geschaffen hatte, sein Reich und sein Refugium. Vielleicht hatte er nicht mal eine Uhr gebraucht, sondern sich am Stand der Sonne orientiert, die er den ganzen Tag durch die riesigen Fenster sehen konnte. Genau wie Vittoria, die ebenfalls die Stunden von der Sonnenuhr ablas.

Was aus der Ferne idyllisch, ja verzaubert aussah, wirkte aus der Nähe vernachlässigt und schmutzig. Es war ihr schon aufgefallen, als sie den schweren Sack für Vittoria dorthin geschleppt hatte. Daher wusste sie auch, dass das Gewächshaus, in dem dieser Renato früher Kamelien gezüchtet hatte, inzwischen bestenfalls als Lagerschuppen diente.

Als sie sicher war, nicht beobachtet zu werden, öffnete sie vorsichtig die Tür und schlüpfte hindurch. Feuchte Wärme schlug ihr entgegen, sodass sie die Tür offen stehen ließ, damit frische Luft hineinkonnte, und sie schaute sich um.

Ein Bild des Jammers. Die Regale waren leer, bedeckt von einer dicken Staubschicht, bloß hier und da erkannte man noch Abdrücke von Blumentöpfen. An der Decke baumelten leere Ampeln, überall hingen Spinnweben, ein penetranter, modriger Geruch nahm ihr fast den Atem. Lieber versuchte sie sich nicht vorzustellen, woher der rührte.

Mit einem Mal überkam sie ein unangenehm beklemmendes Gefühl.

Ihr Herz klopfte bis zum Hals, sie begann zu schwitzen und klammerte sich an einem Pfosten fest. Wo sollte sie anfangen zu suchen? Was hoffte sie in einem seit langer Zeit aufgegebenen Gewächshaus noch zu finden? Sie wollte gerade den Rückweg antreten, als sie in einer Ecke einen kleinen Schreibtisch entdeckte.

Wie elektrisiert ging sie darauf zu, ihre Resignation war wie weggeblasen. Zwei Schreibtischschubladen waren da, an einer befand sich noch ein schöner vergoldeter Griff. Sie zog daran, ruckelte eine Weile hin und her, bis sie sich endlich öffnen ließ und eine große Spinne herauskrabbelte. Elisa begann den Inhalt zu inspizieren und herauszunehmen. Lauter alte Sachen, Renato schien den Schreibtisch seit vielen Jahren nicht mehr benutzt zu haben. Von der Luftfeuchtigkeit gewellte Gartenkataloge, vergilbte Bestellbestätigungen und Rechnungen, ein paar handgeschriebene Briefe, einige in Englisch oder Deutsch, vermutlich Korrespondenzen mit Gärtnern oder Blumenhändlern, und ein ledergebundenes Notizbuch.

Bevor sie dazu kam, einen Blick hineinzuwerfen, waren von draußen Geräusche zu hören, als würde sich jemand dem Gewächshaus nähern.

Da die schmutzigen Fenster ihr keinen klaren Blick nach draußen erlaubten, legte sie rasch alles wieder in die Schublade zurück. Dabei kam ihr ein gefalteter Zettel in die Hände, den sie vorher nicht bemerkt hatte. Erwartungsvoll und mit zitternden Fingern klappte sie ihn auf, das Papier war vergilbt, die Schrift verblasst. Bevor sie ihn lesen konnte, wurde das Geräusch lauter, sodass sie ihn hastig in ihre Tasche steckte zusammen mit dem kleinen Lederband.

Es war eine völlig unnötige Aktion gewesen, wie sie beim Verlassen des Gewächshauses erkannte, denn bei dem Störenfried handelte es sich lediglich um Vittorias Kater, der mit irgendwelchen Sachen spielte und sie vorwurfsvoll musterte.

»Psst«, flüsterte Elisa, legte den Zeigefinger auf die Lippen und kehrte in den Garten zurück.

Dort schien man ihre Abwesenheit gar nicht bemerkt zu haben oder tat jedenfalls so. Also winkte sie kurz Fernanda zu und machte sich auf den Weg ins Hotel. Sie wollte so schnell wie möglich ihre Fundstücke anschauen. Allein. Heimlich. Schließlich hatte sie sich Schriftstücke angeeignet, die ihr nicht gehörten. Zur Sicherheit schloss sie zweimal die Tür ab.

Auf dem Bett sitzend, holte sie tief Luft und faltete den Zettel erneut auf. Würde sie das Geheimnis der Geburtstagskamelie vielleicht doch noch lösen?

Es waren lediglich wenige Zeilen, die Handschrift stammte eindeutig von einer Frau, eine Unterschrift fehlte allerdings. *Ich warte auf dich. Tu mir das nicht an. Tu uns das nicht an. Antworte wenigstens, damit ich weiß, dass du meinen Brief mit der neuen Adresse bekommen hast. Ich liebe dich. Du weißt, wie sehr.*

Sie las den Text mehrere Male und spürte einen Stich in der Brust, denn Verzweiflung und Einsamkeit sprachen aus diesen Zeilen. Elisa vermutete, dass sie von Alba stammten, mit der Vittorias Sohn verheiratet gewesen war, für sie hingegen schienen sie keinerlei Relevanz zu haben. Keine Spur, die zu der geheimnisvollen Kamelie und dem Rätsel ihrer Herkunft führte.

Vielleicht war das Notizbuch ja ergiebiger. Als sie es öffnete, löste sich die Bindung, und einige Blätter fielen heraus. Es schien, als hätte Renato in diesem Büchlein seine Züchtungsversuche dokumentiert. Beim Durchblättern entdeckte sie Auflistungen von Kameliensorten, Namen und Adressen von Großhändlern, Anmerkungen zur Qualität der Pflanzenerden, zu den Farbnuancen der Blüten sowie lange Zahlenreihen, mit denen sie nichts anfangen konnte. Alles akkurat und sorgfältig niedergeschrieben, nicht ein einziges Mal war etwas durchgestrichen.

Elisa widmete sich den Kameliensorten: Variegata, Pomponia, Emilia Coppola, L'Innominata, Ferruccio,

Regina Elena ... Als sie irgendwann auf den Namen Alba Plena stieß, lächelte sie. Sie wollte gerade weiterlesen, als sie Schritte auf der Treppe hörte, und schob rasch Zettel und Notizbuch unter ihr Kopfkissen.

Es war ein falscher Alarm. Einen Augenblick später hörte sie Alba mit jemandem auf dem Flur reden, offenbar waren die neuen Gäste angekommen. Ohne bei ihr nach ihren Wünschen zu fragen, entfernte sich die Hotelbesitzerin kurz darauf wieder.

Elisa stand vom Bett auf. Sie war enttäuscht. Im Notizbuch stand nichts, was ihr bei der Suche nach der Herkunft der weißen Kamelie weitergeholfen hätte. Erneut ein Fehlschlag. Sie sollte besser aufgeben mit dieser sinnlosen Recherche.

# 33

*Pai Mu Tan*

*Dieser weiße Tee stammt aus der chinesischen Provinz Fujian. Die Knospen und jungen Blätter werden bei höheren Temperaturen getrocknet, was dem Aufguss seinen besonderen, leicht stechenden Geschmack verleiht. Das Aroma ist vollmundig und fruchtig mit einer leichten Honignote. Der Legende nach war es ein junger Mann, der in der Hoffnung, seine kranke Mutter heilen zu können, den Tee das erste Mal gepflückt hatte. Am Ufer eines Sees, der von weißen Pfingstrosen bewachsen war. Daher sein Name: »Weißer-Pfingstrosen-Tee«.*

Die Lampe über der Hotelterrasse tauchte die Umgebung in einen goldfarbenen Schein, in der Luft lag noch die Wärme des scheidenden Tages. Der Gedanke, an diesem romantischen Ort alleine das Essen einnehmen zu müssen, stimmte Elisa melancholisch. Die Wolken am Himmel waren in orangerotes und violettes Licht getaucht, die Umrisse der Häuser des Dorfes hoben sich wie Scherenschnitte gegen die Abenddämmerung ab, in den erleuchteten Fenstern waren schemenhafte Silhouetten zu erkennen. Ein zauberhaftes Bild.

Zumindest hoffte sie, an diesem wunderschönen Abend auf der Terrasse essen zu können, aber dort war nur ein Tisch für zwei Personen gedeckt, und der dürfte für die neuen Gäste sein. Warum bloß hatte Alba nicht für sie gedeckt?

Elisa hüllte sich fester in Vittorias Schal, den sie noch immer nicht zurückgegeben hatte. Am liebsten würde sie ihn behalten, so kuschelig weich und warm, wie er war. Irgendwie vermittelte er das Gefühl, als würde man umarmt werden.

In diesem Moment kam Alba mit einem Gläsertablett auf die Terrasse.

»Guten Abend, haben Sie mich vergessen?«, scherzte Elisa und deutete auf den Tisch.

»Wieso? Hier ist ja für Sie gedeckt.«

»Kommt Vittoria?«

»Nein, heute Abend nicht. Jedenfalls hat sie nichts gesagt.«

»Und warum sind dann zwei Gedecke aufgelegt?«

»Ich bin davon ausgegangen, dass Sie gemeinsam mit Ihrem Freund essen möchten?«

»Welchem Freund?«

Statt zu antworten, machte Alba kopfschüttelnd kehrt und ging ins Haus zurück.

»Ich glaube, sie spricht von mir«, hörte Elisa eine warme, tiefe Stimme hinter sich.

Diese Stimme hätte sie immer und überall erkannt. Wie von der Tarantel gestochen fuhr sie herum.

Daniele sah sie an, selbstbewusst, amüsiert und zugleich ein wenig unsicher. Er sah gut aus, das weiße Hemd betonte die Bräune seiner Haut, in seinen Augen spiegelte sich der Sonnenuntergang.

»Was … was machst du denn hier?«, stammelte Elisa.

Daniele kam lächelnd näher. »Habe ich dir nicht gesagt, dass du mir so leicht nicht entkommst?«

Wenngleich sie sich direkt gegenüberstanden, schien er einerseits meilenweit entfernt, andererseits wiederum ganz nah. Irgendetwas war anders als beim letzten Mal. Plötzlich schien alles ganz leicht und in greifbarer Nähe, sie musste es nur wollen.

»Ich dachte, du seist bereits weg?«

»Noch nicht, mein Flieger geht Dienstagabend.«

»Woher weißt du überhaupt, dass ich hier bin?«

»Ich bin der Spur des Tees gefolgt, der Legende von Roccamori, dem romantischsten Dorf Italiens …«

»Moment, es waren die Fotos, die ich dir geschickt habe, oder?«

Daniele nickte. »Man konnte das Ortsschild erkennen. Und als ich festgestellt habe, dass es in Roccamori lediglich eine einzige Unterkunft gibt, konnte ich nicht widerstehen und habe ein Zimmer gebucht.«

»Im Hotel zur verlorenen Liebe«, murmelte Elisa und zog den Schal enger um sich.

»Was ist los?«

»Nichts.«

»Hast du herausgefunden, um was es in der Legende geht?«

»Ja, aber die Geschichte ist nicht so schön wie die Umgebung, in der sie spielt«, antwortete sie ausweichend, da sie ihn nicht einweihen mochte.

Wollte sie ihn vor Roccamori schützen? Oder Roccamori vor ihm? Sie wusste es selbst nicht genau.

»Komm, wir gehen ein Stück, dann zeige ich dir alles.«

Roccamori war ihr nie so schön vorgekommen wie an diesem Abend. Das bläuliche Dämmerlicht mischte sich mit dem gedämpften Gelborange der Laternen. Während Elisa und Daniele durch die Straßen gingen, fielen ihr viele Details auf, die ihr bisher verborgen geblieben waren. Ein Türklopfer aus Bronze in Form einer nackten Frau mit langen Haaren. Ein fast über dem Abgrund schwebendes schmales, hohes Haus, das an einem flachen Nachbargebäude klebte, ein skurriles Paar. Ein verstecktes Wasserbecken am Ende einer steilen Treppe mit einem Wasserhahn in Form eines geflügelten Löwen, daneben die Aufschrift: *Stillt den Durst der Tapferen*. Schließlich führte sie Daniele durch ein Gässchen hinauf zu einer kleinen Aussichtsplattform, die einen weiten Blick aus der Vogelperspektive auf das im magischen Zwielicht liegende Dorf eröffnete.

Elisa stützte sich mit den Ellbogen auf die Brüstung und schaute ins Tal, das zunehmend von der Dunkelheit verschluckt wurde. Dann sah sie hinüber zu Daniele, dessen

Profil von den allerletzten Sonnenstrahlen erhellt wurde, und sie glaubte ein verstecktes Lächeln zu erkennen. Als ob er sich gar nicht sattsehen konnte an diesem prachtvollen Bild. Plötzlich verstand Elisa, warum er so gerne in ferne Länder reiste. Und sie verstand ebenfalls, dass es ein Fehler wäre, ihn davon abzubringen. Er würde verwelken wie eine Blume ohne Wasser. Wäre da, jedoch unglücklich.

»Warum bist du gekommen?«

»Warum bist du weggelaufen?«

»Ich bin nicht weggelaufen, ich bin hier, um einem Geheimnis auf die Spur zu kommen.«

»Geht es um die Legende?«

»Nein, um etwas anderes. Um einen Tee.«

»Warst du erfolgreich?«

»Bisher nicht. Und inzwischen glaube ich, dass ich diesen Tee niemals finden werde. Trotzdem bleibt er die Erklärung, warum ich gegangen bin.« Sie blickte ihm fest in die Augen. »Und deine? Warum kannst du nirgends bleiben?«

Daniele legte den Kopf schief und dachte einen Moment nach.

»Anfangs bin ich vor meinem Vater geflüchtet, mit ihm in Mailand zusammenzuleben war eine Qual für uns beide. Ihm ging es lediglich darum, den Schein zu wahren. Die heile Familie zu spielen. Wenn ich unterwegs war und Abstand zu ihm hatte, veränderte sich mein Blickwinkel, sodass ich sogar ab und zu vergessen konnte, was für ein Egoist er war.«

»Als ich ihn damals kennengelernt habe, machte er gar

keinen so schlimmen Eindruck«, warf Elisa ein und lachte, als Daniele die Stirn runzelte. »Vor neun Jahren, als ich dich vom Flughafen abgeholt habe, das kannst du doch nicht vergessen haben!«

Daniele grinste verlegen, dann wurde sein Gesicht wieder ernst.

»Zugegeben, direkt schlimm ist er nicht – das Problem ist, dass ich ihn einfach nicht interessiere. Oder besser gesagt, nicht genug. Als meine Mutter starb, hat er es eine Zeit lang versucht, musste er wohl oder übel, weil ich noch ein Kind war. Später dann fiel er wieder in seine Gleichgültigkeit zurück. Das ist meine Erklärung und meine Entschuldigung. Ich reise so gerne, weil man an jedem neuen Ort irgendwie von vorne beginnt. Weil ich Neuanfänge mag und weil mir diese Art zu leben liegt. Wenn man ohne Mutter aufwächst, wird man egoistisch und setzt alles auf eine Karte, ohne an die Folgen zu denken. Ich bin kein Mensch für dauerhafte Beziehungen und erst recht kein Familienmensch, feste Bindungen machen mir Angst, das musst du wissen, Elisa.«

Tief enttäuscht wich sie zurück. Das war das Einzige, worauf sie nicht verzichten wollte: eine Familie zu haben, zu jemandem zu gehören, Teil von etwas zu sein.

Beide schwiegen sie, während die Nacht sich über das Dorf, über die Häuser, über die Gassen senkte.

»Und in all diesen Jahren gab es da … eine Frau? Eine, die dir wirklich wichtig war?«, beendete Elisa schließlich die unbehagliche Stille.

Daniele schaute sie wehmütig an, bevor er antwortete. Tränen glänzten in seinen Augen.

»Ja, die gab es«, sagte er so traurig, dass sich ihr Herz zusammenzog.

»Und nicht einmal mit ihr wolltest du eine Familie gründen?«

Daniele strich ihr zärtlich über das Gesicht. »Ich hatte nicht genug Zeit, das herauszufinden, denn sie war plötzlich verschwunden. Wie vom Erdboden verschluckt.« Er kam näher. »Ich war in den letzten Jahren mit vielen Frauen im Bett, wenn du das wissen willst.« Er winkte ab, als sie ihn unterbrechen wollte. »Aber wirklich wichtig war lediglich die eine.« Er legte den Daumen unter ihr Kinn und zwang sie, ihn anzusehen. »Und jetzt bist du dran. Warum bist du damals verschwunden und hast dich all die Jahre nicht gemeldet?«

Es war zu viel. Elisa schaffte es nicht, die Tränen zu unterdrücken, deshalb wandte sie den Blick ab und ließ ihn über das Tal schweifen. Vergeblich versuchte sie, die richtigen Worte zu finden – es war sinnlos. All die Jahre hatte sie sich darum bemüht und Dutzende von Briefen geschrieben, die sie am Ende nicht abgeschickt hatte.

»Nach der Nacht bei dir bin ich nach Hause gegangen und habe ein Gespräch zwischen meiner Mutter und meiner Tante belauscht. Dabei erfuhr ich, dass meine Mutter sehr krank war und ihr nicht mehr viel Zeit bleiben würde. Das hat mein Leben völlig auf den Kopf gestellt. Bis dahin war es mein sehnlichster Wunsch gewesen, von zu

Hause wegzukommen und ein neues Leben zu beginnen. Und dann musste ich innerhalb einer Minute begreifen, wie gefährlich Wünsche sein können. Egal ob sie in Erfüllung gehen oder nicht. Seit diesem Moment bin ich einem Leben hinterhergelaufen, das ich leben wollte, aber nicht konnte. Und hatte gleichzeitig …«

Sie brach ab, alles klang so entsetzlich dumm.

»… ein schlechtes Gewissen«, vollendete Daniele den Satz für sie.

»Ja.«

»Warum hast du mir das nicht erzählt?«

»Weil du vielleicht versucht hättest, mich umzustimmen, und das wollte ich nicht. Ich hatte mir in den Kopf gesetzt, eine Weile trauern zu müssen – und ich wollte es auch. Zu fest war ich davon überzeugt, dass ich es nicht anders verdient hatte. Irgendwie betrachtete ich es als Wink des Schicksals und glaubte nicht, dass ich das Recht hätte …« Ihre Stimme versagte.

»Welches Recht?«

»Das Recht, glücklich zu sein.«

Erneutes Schweigen machte sich breit. Elisa beobachtete angelegentlich einen Vogel, der sich blitzschnell von einem Felsvorsprung herabstürzte, ein nächtlicher Jäger, der eine Beute entdeckt hatte.

»Irgendwie ist das witzig«, sagte Daniele plötzlich und zog sie an sich.

»Was ist witzig?«

»Wir beide laufen vor dem Glück davon und treffen uns.

Purer Zufall. Wenn wir gezielt nach dem Glück gesucht hätten, wer weiß, ob wir uns jemals begegnet wären?«

Elisa drückte sich in seine Arme. »Bist du sauer?«

»Natürlich bin ich sauer. Allerdings dachte ich bis jetzt immer, ich sei dir nicht wichtig genug – dass ich dir zu wichtig sein könnte, auf die Idee bin ich nie gekommen.«

Als sie ihre Wange an seine Brust legte, fuhr er ihr mit den Fingern durchs Haar und küsste sie.

Elisa überlief ein wohliger Schauer, und sie schmiegte sich noch dichter an ihn.

# 34

*Matcha*

*Dieser japanische Grüntee stärkt die Abwehrkräfte und verjüngt die Haut. Die Pflanzen wachsen weitgehend im Schatten, die Blätter werden per Hand geerntet und dann zu einem smaragdgrünen Pulver zermahlen. Matcha-Tee muss nicht gefiltert werden, sondern wird in Wasser eingerührt, deshalb sollte er biologisch angebaut sein. Er wird bei der japanischen Teezeremonie benutzt.*

Am nächsten Morgen schlüpfte Elisa heimlich aus dem Zimmer, ohne Daniele zu wecken. Seine Ankunft hatte zwar alles auf den Kopf gestellt, aber den Geburtstag ihrer Mutter hatte sie nicht vergessen. Ihr erster Gedanke nach dem Aufwachen galt der weißen Kamelie. Sie musste unbedingt Ornella anrufen, um herauszufinden, ob das Geschenk auch dieses Jahr eingetroffen war. Sie hoffte es sehr, erst recht nachdem sie Roccamori kennengelernt und diese besondere Kamelie in Vittorias Garten entdeckt hatte. Außerdem wünschte sie sich sehnlich, dass dieses Dorf einen wichtigen Platz in ihrem Leben haben möge.

Elisa ging zur Telefonterrasse. Roccamori erwachte langsam zum Leben, die ersten Sonnenstrahlen streiften die Felswand und die steinernen Fassaden der Häuser, die über dem Abhang zu balancieren und mit dem Hintergrund zu verschmelzen schienen. Zu dieser frühen Stunde wirkte das Dorf merkwürdig verletzlich, man hatte den Eindruck, als könnte es jeden Moment ins Tal stürzen, und allein der eiserne Wille seiner stolzen Bewohner würde es schaffen, die Häuser an ihrem angestammten Platz zu halten.

Nachdem sie zunächst Giuliana angerufen und mit tausend halb wahren Entschuldigungen erklärt hatte, warum sie in Roccamori festsitze, checkte sie die eingegangenen Nachrichten, bevor sie wegen der Kamelie telefonierte. Ornella wollte wissen, wie ihr Wochenende verlaufen war, Alessandra berichtete von einem »vielversprechenden« Typen, den sie kennengelernt hatte.

Als Erstes meldete Elisa sich bei Ornella.

»Habe ich dich etwa geweckt«, erkundigte sie sich, als sie die verschlafene Stimme der Freundin hörte.

»Wie spät ist es?«

»Keine Ahnung, vielleicht neun. Ihr Künstler seid wohl keine Frühaufsteher, oder?«

»Sofern sie keine Freundinnen haben, die sie im Morgengrauen aus dem Schlaf reißen.« Ornella gähnte vernehmlich. »Im Übrigen habe ich gestern Abend lange gearbeitet.«

»Natürlich. Ich frage besser nicht, mit wem.«

»Bist du zurück?«, erkundigte die Freundin sich, ohne auf Elisas spitze Bemerkung einzugehen.

»Nein, ich kann erst am Dienstag von hier weg. So lange sitze ich in diesem entzückenden Nest fest. Mangels Interesse wurde nämlich der Busfahrplan drastisch reduziert.«

»Soll das ein Witz sein? Wo bist du denn zum Teufel gelandet?«

»Am Ende der Welt«, antwortete Elisa und warf einen Blick auf die alte Bäckerei.

Die schwere Holztür war zwar geschlossen, und keine Menschenseele war zu sehen, und dennoch war sich Elisa sicher, dass die boshafte Signora Magda jedes Wort mithörte, das sie sprach.

»Hast du herausgefunden, ob dort der angestaubte Tee produziert wird?«

»Nein, alle behaupten, hier werde kein Tee angepflanzt. Manchmal denke ich, die Dorfbewohner haben etwas zu verbergen und rücken deshalb nicht mit der Sprache raus. Andererseits kann ich mir nicht vorstellen, dass hier überhaupt etwas geheim bleibt.«

»Und der Aufkleber auf der Dose?«

Elisa seufzte. »Keine Ahnung, von wem der stammt. Ich nehme am ehesten an, er war von meiner Mutter.«

Sie schwieg eine Weile, und angesichts der Stille ringsum hatte sie das Gefühl, als würde das Dorf mitfühlend mit ihr schweigen.

Schließlich fragte sie: »Sie ist nicht gekommen, oder?«

»Nein, tut mir leid. Bislang ist nichts abgegeben worden. Ich war gestern dreimal in dem Haus, das letzte Mal so spät, dass mich die Hausmeisterin am liebsten zum Teufel gejagt hätte. Dass sie es nicht getan hat, lag vermutlich daran, weil sie deine Tante sehr gemocht hat.«

»Ja, alle mochten sie.«

»Jedenfalls habe ich dreimal gefragt, und jedes Mal lautete die Antwort Nein.«

»Vielleicht war niemand da, als die Kamelie abgegeben wurde?«

»Nein, sie sei den ganzen Tag zu Hause gewesen, behauptete die Frau …«

»Was ist?«, erkundigte Elisa sich, als Ornella abrupt zu sprechen aufhörte.

»Nichts, ich glaube, es stimmte wirklich – auf mich machte sie fast den Eindruck, als hätte sie den ganzen Tag hinter ihrer Wohnungstür gelauert, ob die Kamelie nicht doch noch kommt.«

»Egal, nicht so wichtig, ich danke dir, Ornella«, erwiderte Elisa sichtlich bedrückt und strafte sich damit selbst Lügen. »Ich hätte es mir eigentlich denken können.«

»Wenn du möchtest, kann ich heute noch mal nachfragen, immerhin war gestern Sonntag, da wird ja nichts ausgeliefert und …«

»Sie kam sonst ebenfalls sonntags.«

»Wie auch immer, soll ich nun oder nicht? Inzwischen ist die Hausmeisterin fast eine Freundin geworden.«

Elisa lächelte. »Nein, lass nur, das musst du nicht.«

»Gut, wie du willst. Rufst du mich an, sobald du zurück bist? Ich will alles wissen.«

Einen Moment überlegte Elisa, ob sie der Freundin erzählen sollte, dass Daniele gekommen war, verwarf den Gedanken jedoch wieder. Sie wollte nicht über etwas reden, das ihr nach wie vor als unsichere Sache erschien.

»Na klar, sobald ich wieder in der Zivilisation bin und Netz habe, melde ich mich.«

Während sie über die Piazza ging, stieg ihr der Duft von frischen Buttercroissants in die Nase. Sie dachte an Daniele, der noch geschlafen hatte, als sie gegangen war. Auf seinem Gesicht hatte ein so friedlicher Ausdruck gelegen, als wäre eine Last von ihm abgefallen. Sollte sie ihm vielleicht etwas für ein kleines Frühstück im Bett mitbringen?

Die Idee gefiel ihr, und entschlossen betrat sie die Bar. Zum ersten Mal, denn bislang hatte sie immer draußen gesessen. Die gemütliche Atmosphäre des kleinen Raumes überraschte sie. Sie hatte ein nüchternes Ambiente erwartet, eher schäbig und mit dem Nötigsten eingerichtet. Stattdessen sah sie eine auf Hochglanz polierte dunkle Holztheke und dazupassendes Mobiliar. An einer Wand hingen gerahmte Schwarz-Weiß-Fotografien.

Der Barbesitzer deckte seine dampfende Tasse mit einer Untertasse ab, schob sie zur Seite und schaute den frühen Gast an.

»Buongiorno«, grüßte Elisa, woraufhin Gianni kaum merklich mit dem Kopf nickte. »Es duftet so verführerisch nach Croissants, dass ich nicht widerstehen konnte.«

»Wollen Sie einen Kaffee?«

»Ja, gerne, und ein Croissant oder besser zwei. Eins zum

Mitnehmen, bitte«, antwortete sie. »Das zweite ist für später«, fügte sie erklärend hinzu, als müsste sie Rechenschaft über ihr Privatleben ablegen.

Dabei ging das Gianni nun wirklich einen feuchten Kehricht an. Mal ganz abgesehen davon, dass er vermutlich ohnehin bereits wusste, dass ihr Freund aufgetaucht war. Sein Lächeln zumindest sprach Bände.

Während sie auf den Kaffee wartete, nutzte Elisa die Gelegenheit und sah sich um. Vielleicht würde sie ja auf dem Regal hinter dem Tresen einen Hinweis auf den geheimnisvollen Roccamori-Tee finden. Nein, außer langen Reihen von Flaschen mit Spirituosen aller Art und Gläsern in verschiedenen Formen und Größen stand dort nichts. Von Teedosen keine Spur – Tee war eindeutig kein Getränk für eine italienische Dorfbar.

Elisas Blicke wanderten weiter zu der Wand mit den Fotos.

Die Bilder waren zweifellos alt, schienen vor vielen Jahren in Roccamori aufgenommen worden zu sein. Sie erkannte den steinernen Torbogen am Ortseingang, den Kirchturm, der über die Schieferdächer und die unterschiedlich hohen Kamine hinausragte. Auf einem Foto war sogar die Telefonterrasse zu sehen, und Elisa fragte sich, wie man sie wohl genannt hatte, bevor es Handys gab.

Daneben hing ein Schnappschuss aus der Bäckerei, aber es dauerte ein wenig, bis sie die hagere junge Frau mit den dunklen Haaren und dem angespannten Lächeln erkannte, die gerade ihre bemehlten Hände an der Schürze abwischte.

Es war Magda. Neben ihr stand ein untersetzter Mann mit jovialem Gesichtsausdruck, der gleichfalls eine Schürze trug. Das musste der Ehemann sein, was man schon an seiner besitzergreifenden Umarmung erkannte.

Neugierig geworden, betrachtete Elisa die anderen Fotos. Eines zeigte eine junge Frau, die sich an die Mauer der Aussichtsplattform lehnte und kokett in die Kamera lächelte – nach längerem Hinsehen erkannte sie Gemma, die sie neulich mit silbrig blau gefärbten Haaren bei Vittoria getroffen hatte.

Dann gab es ein Foto der Piazza, die überraschenderweise voller Menschen war. Ebenso waren die Tische vor der Bar alle besetzt. Ein Grüppchen junger Burschen posierte mit den damals angesagten Vespas, um die Mädchen zu beeindrucken, die über den großen Platz flanierten. Elisa trat näher heran und versuchte vergeblich jemanden zu erkennen. Dann hingegen, als sie zum nächsten Foto ging, das einen kleineren Ausschnitt zeigte, blieb ihr fast das Herz stehen.

Ein Mädchen, ganz offensichtlich Fernanda, saß an einem Tisch in einer weißen Bluse und dunkler Hose. Ihr Gesicht wirkte sanfter als heute und sprühte voller Lebensfreude. Doch nicht ihr Anblick war es, der sie so geschockt hatte – es war die junge Frau neben ihr.

»Ihr Kaffee«, hörte sie Gianni hinter sich sagen.

Elisa reagierte nicht.

Was ging hier vor sich? Was um alles in der Welt hatte ihre Mutter in Roccamori verloren?

Sie atmete tief durch und betrachtete zunächst Fernanda. Die Haare schulterlang, saß sie da mit funkelnden Augen und lachte in die Kamera. Eine junge Frau, die um ihre Wirkung wusste. Die Zigarette, die sie lässig in der Hand hielt, verstärkte diese noch.

Als Nächstes musterte sie ihre Mutter, die ganz anders aussah, als sie sie in Erinnerung hatte. Heiter und unbeschwert wirkte sie, eine glückliche junge Frau. Ihre Haare fielen in ungebändigten Locken bis auf die Schultern, ihr weit ausgeschnittenes Kleid betonte ihr Dekolleté in einer Weise, wie Elisa es später nie bei ihr erlebt hatte. Sie musste damals um die zwanzig gewesen sein, Fernanda vielleicht etwas älter. Sie rechnete gerade nach, als Gianni sie unterbrach.

»Sie war wunderschön«, sagte er mit rauer Stimme, »deine Mutter war eine wunderschöne Frau.«

Elisa fuhr herum, während der Barbesitzer, der sie plötzlich wie eine gute Bekannte duzte, einen wehmütigen Blick auf das Foto warf.

»Wenn sie lächelt, lächelt ganz Roccamori, haben wir immer gesagt.«

»Kannten Sie sie?«, flüsterte Elisa.

Gianni nickte.

»Wann wurde das Foto gemacht?«

Er dachte einen Moment nach. »1983 oder 1984. Nein, es war 84, in diesem Jahr beschloss mein Vater, Tische auf die Piazza zu stellen. Aus Rücksicht auf die Nachbarn hatte er lange damit gezögert.«

»Ein Jahr vor meiner Geburt ... Ich wusste gar nicht, dass meine Mutter in Roccamori Urlaub gemacht hat.«

»Von wegen Urlaub, sie hat im Hotel gearbeitet.« Gianni wirkte erstaunt. »Wusstest du das nicht? Wir dachten, du seist deshalb hier.«

»Wir?«

»Na ja, wir hier im Dorf«, erwiderte er verlegen. »Als wir erfahren haben, wer du bist, haben wir angenommen, du willst den Ort kennenlernen, in dem deine Mutter gelebt hat, wo sie glücklich war. Es kam uns vor, als ob die Vergangenheit zum Leben erwacht, als ob die Zeit zurückgedreht worden wäre.«

»Davon hatte ich keine Ahnung, und hergekommen bin ich aus einem völlig anderen Grund.« Sie hielt inne, sah ihn dann verwundert an. »Und woher wissen Sie und die anderen überhaupt, dass Daria meine Mutter ist?«

»Ihr seht euch ähnlich«, antwortete er zögerlich.

»Nein, das stimmt nicht. Alle haben immer gesagt, ich müsse nach meinem Vater kommen, weil ich von meiner Mutter so wenig geerbt hätte.«

»Na ja, wer vermag das so genau zu sagen«, wand Gianni sich und wechselte das Thema. »Wenn du den Kaffee nicht bald trinkst, wird er kalt und schmeckt nicht mehr.« Er griff nach einer Papiertüte auf dem Tresen. »Und vergiss das Croissant für deinen Freund nicht. Geschenk des Hauses.«

# 35

*Einunddreißig Jahre zuvor*

Fernandas glockenhelles Lachen erfüllte die Piazza und hallte von den sonnenbeschienenen Häuserfassaden wider. Sie steckte sich die Zigarette zwischen die Lippen und nahm einen tiefen Zug.

»Und er hat gefragt, ob ich noch mal mit ihm ausgehen will, kannst du dir das vorstellen? Er will mich in das beste Restaurant weit und breit ausführen.« Fernanda musterte kritisch ihre Freundin. »Hörst du mir eigentlich zu?«

»Ja, natürlich«, erwiderte Daria etwas zu schnell, um dann verlegen hinzuzufügen. »Was hattest du gerade gesagt?«

»Wusste ich's doch, du hörst mir nicht zu.« Fernanda seufzte. »Seit zwei Jahren gehe ich das erste Mal mit einem Mann aus, der mir wirklich gefällt, und du hörst mir nicht zu.«

»Entschuldige, ich war mit den Gedanken ganz woanders. Wann seht ihr euch wieder?«

»Sobald er das nächste Mal in die Gegend kommt, ich hoffe bald.«

Daria wiegte zweifelnd den Kopf. »Kann man denn hier mit Lampen Geschäfte machen?«

»Das sind nicht einfach Lampen, das sind Kunstwerke! Bei seinem nächsten Besuch, zeige ich dir eine. Sie wären perfekt fürs Hotel, ich muss Signora Fulvia unbedingt davon überzeugen, eine zu kaufen.«

»Das nächste Mal bin ich nicht mehr da«, erwiderte Daria leise.

Fernanda blies den Rauch aus. »Oh, er kommt bestimmt bald, du wirst schon sehen. Er hat mir gestern einen Blick zugeworfen … Also, der Mann will mir nicht nur in die Augen sehen, das schwöre ich dir. Und was meinst du damit, dass du nicht mehr da sein wirst? Natürlich bist du das. Fulvia erzählt schließlich überall herum, dass sie dich sogar den Winter über hierbehalten will.«

»Das stimmt nicht, und das weißt du ganz genau.«

»Und warum nicht?«

»Weil sie tut, was ihre Tochter wünscht.«

Fernanda schwieg.

»Egal, ich gehe sowieso. Freiwillig.«

»Du willst wirklich weg?«

Daria nickte. »Ja, und zwar morgen.«

Ungläubig riss Fernanda die Augen auf. »Morgen?«, rief sie so laut, dass Daria ihr einen vorwurfsvollen Blick zuwarf. »Entschuldige«, fügte sie flüsternd hinzu, »aber warum willst du gehen? Und wohin?«

»Das weiß ich noch nicht, irgendwohin, ich suche einen schönen Platz, und dann kommt er nach.«

Fernanda reagierte nicht. Ein Auto rumpelte über das Pflaster und stoppte vor einem Grüppchen Jugendlicher, die kreischend auseinanderstoben.

»Was ist?«, fragte Daria. »Was machst du für ein Gesicht? Freust du dich nicht für mich?«

Wortlos drückte die Freundin den Zigarettenstummel im Aschenbecher aus, und ein unbehagliches Schweigen machte sich zwischen ihnen breit.

»Wir sehen uns bestimmt bald wieder, ich lasse von mir hören«, ergriff Daria erneut das Wort

»Das weiß ich, doch das ist es nicht.« Fernanda schüttelte den Kopf. »Es ist … Bist du dir wirklich sicher?«

»Absolut. Ich war mir noch nie so sicher.«

»Und Renato?«

»Psst!«

»Ist er sich ebenfalls sicher?«, flüsterte Fernanda und fuhr seufzend fort, als die Freundin schwieg. »Himmel, Daria, das macht mich richtig wütend. Du riskierst alles für ihn, und er zieht den Kopf ein.«

»Das stimmt nicht! Er riskiert viel mehr. Immerhin muss er sich von seiner Verlobten trennen und lässt die Hochzeit des Jahres in Roccamori platzen. Für mich ist es viel einfacher.«

»Und warum habe ich bei diesem Thema immer das Gefühl, dass du …?«

»Dass ich was?«

»Dass du leicht gereizt reagierst.«

»Unsinn, ich bin glücklich!« Daria fasste nach ihrer

Hand. »Und wenn man glücklich ist, fühlt man sich federleicht und ist dadurch vielleicht empfindsamer. Freu dich mit mir, bitte.«

Fernanda drückte ihre Hand. »Das tue ich ja. Wenn du glücklich bist, bin ich es auch. Und was sagt Vittoria?«

»Was meinst du?«

»Hat sie nicht versucht, dich umzustimmen?«

»Sie weiß nichts.« Daria biss sich auf die Unterlippe. »Ich habe ihr nichts erzählt, Renato hat mich darum gebeten.«

»Warum?«

»Er meinte, es sei einfacher für sie, wenn sie nichts weiß, nachdem sie mit Albas Familie bereits genug Schwierigkeiten gehabt hat.«

»Nun ja, Schwierigkeiten würde ich das nicht unbedingt nennen«, meinte Fernanda vielsagend.

»Du weißt, was ich meine.«

»Ja, natürlich. Und dieses Mal muss ich Renato ausnahmsweise recht geben. Für Vittoria ist es vielleicht wirklich besser so.«

Daria strich ihr Kleid glatt. »Es bricht mir das Herz, mich nicht von ihr verabschieden zu können.«

»Sie wird es verstehen – wenn jemand dich versteht, dann Vittoria. Und er hat ernsthaft versprochen, dass er nachkommt?«

Daria senkte den Blick und schwieg. In diesem Moment kam eine attraktive junge Frau aus der Tabaccheria und ging raschen Schrittes über die Piazza. Es war Alba. Bewundernde Blicke folgten ihr, aber sie rauschte an den Leuten vorbei, als wären sie Luft.

»Seitdem sie wieder zurück ist, trägt sie die Nase ganz schön hoch«, lästerte eine Frau am Nebentisch. »Was glaubt sie denn, wer sie ist?«

»Als hätte sie in New York und nicht bloß in Siena studiert«, spottete eine andere.

Daria hingegen war von Albas Selbstbewusstsein fasziniert, was Fernanda ein mitleidiges Lächeln entlockte. Ihre Freundin war auf ihre sympathische Art unglaublich naiv und glaubte immer an das Gute im Menschen.

Als Alba an ihrem Tisch vorbeikam, fixierte sie Daria, als würde sie sie zum Duell fordern.

»Du lieber Gott, sie scheint dich mit Blicken töten zu wollen«, meinte Fernanda, sobald sie weg war.

»Ich wünschte, sie wäre nie nach Roccamori zurückgekehrt«, seufzte Daria. »Warum ist sie nicht für immer in Siena geblieben?«

»Du bist gut. Sie ist immerhin seit Jahren mit Renato verlobt, stammt von hier und wird später das Hotel erben.«

»Mag sein. Ich meine einfach, wenn sie nicht heimgekommen wäre, würde alles leichter sein. Er müsste kein schlechtes Gewissen haben und sich ihr nicht so sehr verpflichtet fühlen.«

»Renato und Alba galten als Traumpaar schlechthin, er korrekt und introvertiert, sie fantasievoll und lebenslustig. Der Gärtner und die Geigerin. Renato fühlt sich nicht allein ihr verpflichtet, sondern dem ganzen Dorf.«

»Nein.« Daria schüttelte den Kopf. »Renato sieht in ihr etwas Zerbrechliches, das man beschützen muss. So ist er nun mal. Natürlich ist sie außerdem wunderschön«, zwang sie sich hinzuzufügen.

»Du bist schöner.«

»Das stimmt nicht, und das ist es auch nicht ...«

»Was denn dann?«

»Renato versteht einfach nicht, dass Alba gar nicht so zerbrechlich ist, wie sie tut. Ich halte sie sogar für egoistisch und sehr stark. Denkst du genauso?«

»Schwer zu sagen. Manchmal sind es gerade die Starken, die als Erste zerbrechen. Doch zurück zu meiner Frage, die du nicht beantwortet hast.«

»Welche Frage?«

»Hat er dir versprochen nachzukommen?«

»Nein«, gestand Daria seufzend.

»Und warum bleibst du dann nicht in Roccamori?«

»Weil es hier keine Hoffnung gibt. Er wird sie nie verlassen, und selbst wenn, würde er jeden Tag mit diesen Schuldgefühlen leben. Wir haben ausschließlich eine einzige Chance: woanders neu anzufangen.«

»Und wenn er nicht kommt?«

»Er wird kommen«, beharrte Daria, aber zugleich verdüsterte sich ihre Miene für einen Moment. »Er wird kommen, er muss kommen. Ich vermag mir nicht einmal vorzustellen, ihn nie mehr wiederzusehen.« Sie zögerte. »Ich muss dich um einen Gefallen bitten.«

»Welchen?«

»Heute ist unser letzter Abend. Ich will mit ihm zusammen sein, allerdings nicht in der Casa delle Camelie.«

»Ich kann dir mein Zimmer anbieten. Ach nein, Mist, heute Abend will Gemma kommen und mir die Karten legen.« Fernanda dachte einen Moment nach. »Das Hotel ist leer, die letzten Gäste sind gestern abgereist.«

»Im Hotel? Bist du verrückt?«

Fernanda nahm einen tiefen Zug von ihrer Zigarette und drückte sie zischend in dem feuchten Aschenbecher aus. »Alba wird nicht da sein, sie kommt auch zum Kartenlegen. Du nimmst irgendeinen Schlüssel …«

Daria schüttelte den Kopf. »Das ist keine gute Idee, das Risiko ist viel zu groß.«

»Schleicht euch vorsichtig in ein Zimmer, dann merkt keiner was. Fulvia geht immer früh zu Bett.«

»Ich weiß nicht. Und ob Renato da mitmacht? Im Hotel …«

»Gut, zur Not sage ich Gemma ab, wenn dir das lieber ist.«

»Nein, das wäre noch gefährlicher. Magda schläft genau über deinem Zimmer, sie würde sofort etwas merken. Sie ist schlimmer als jede Spionageabwehr und hat die Augen und die Ohren überall.«

Fernanda lachte und trank ihren Kaffee aus. »Apropos Magda, pass bloß auf. Es gibt Gerüchte im Dorf.«

»Was für Gerüchte?«

»Ich weiß nichts Genaues, irgendwas wird getuschelt, und vermutlich geht es um dich.«

Daria seufzte. »Begreifst du langsam, dass ich unbedingt von hier wegmuss?«

Fernanda nickte und lächelte aufmunternd. »Heute Abend halte ich dir den Rücken frei. Überzeuge ihn, dass ein Leben ohne dich nichts wert ist.«

»Danke«, flüsterte Daria.

»Ich will deine neue Adresse bekommen, versprich mir das.«

»Versprochen. Warte, ich habe noch was für dich.«

Daria suchte in ihrer Tasche, die über der Stuhllehne hing, und zog ein rotes Jutesäckchen heraus, das mit einer Schnur zugebunden war. Sie hielt es der Freundin hin.

»Was ist das?«

»Eine Erinnerung an mich.«

Fernanda roch daran. »Pfefferminztee, nicht wahr?«

Daria nickte. »Pfefferminze und Hibiskus, das hilft, in die Vergangenheit zu reisen.«

»Danke«, murmelte Fernanda und umarmte die Freundin. »Allerdings will ich nicht in die Vergangenheit zurück, die Zukunft ist wichtiger. Ich werde dich besuchen und bringe dir eine Lampe für die neue Wohnung mit.«

Daria lachte. »Danke, danke für alles.«

»Pass auf dich auf, versprich mir das.«

Daria wandte den Blick ab. »Versprochen.«

# 36

*Rooibos Chai*

*Zimt, Ingwer und Nelken sorgen für den delikaten, intensiv würzigen Geschmack des »Tees der Massai«. Sein nussig-pikantes Aroma, der prickelnde Nachgeschmack und die rote Farbe verleihen ihm etwas Exotisches.*

Elisa rannte die enge Gasse zu dem kleinen Laden hinunter, den sie am Vortag entdeckt hatte. Als sie ankam, war sie völlig außer Atem. Sie öffnete die Tür, ein melancholisches Bimmeln kündigte ihre Ankunft an.

Im Halbdunkel des Ladens herrschte gespenstische Stille. Elisa ging ein paar Schritte in Richtung Theke, dann wartete sie und versuchte wieder zu Atem zu kommen. Nach einer Weile tauchte Fernanda in einem himmelblauen Kaftan auf.

Überrascht sagte sie: »Was machst du so früh hier, meine Liebe? Was ist passiert?«

»Es tut mir leid, ich dachte, du hättest bereits geöffnet.«

»Ich bin gerade dabei.«

Fernanda drückte auf einen Schalter, und eine kunstvolle

Tischlampe flammte auf. Sie war in changierenden Grüntönen gehalten und sah aus wie ein Vogel, der gerade auffliegen wollte. Elisa war fasziniert.

Fernanda deutete auf einen Stuhl, ohne dass ihre Besucherin der Aufforderung folgte.

»Also, was ist los?«

»Du weißt, wer ich bin, wusstest es von Anfang an.«

»Wie meinst du das?«

Elisa schlug das Herz immer noch bis zum Hals, vor Aufregung wie vor Anstrengung nach dem schnellen Lauf, sodass ihre Stimme nicht so gelassen klang, wie sie es gerne gehabt hätte.

»Du kanntest meine Mutter, nicht wahr?«

Fernanda ließ sich auf den Stuhl hinter der Theke sinken und schaute seufzend auf den weißen Ring an Elisas Finger.

»Ja, ich kannte sie«, räumte sie ein und spielte dabei mit einem Kuli. »In solchen Momenten bedauere ich, mit dem Rauchen aufgehört zu haben.«

Elisa ließ sie nicht aus den Augen. »Dann stimmt es also, ihr habt es alle gewusst, oder?«

Als Fernanda zum wiederholten Mal auf den Stuhl deutete, setzte Elisa sich endlich.

»Warum bist du nach Roccamori gekommen?«

»Nicht wegen meiner Mutter, ich wusste nicht einmal, dass sie hier eine Zeit lang gelebt hat beziehungsweise jemals hier war. Ich bin lediglich auf der Suche nach einem Tee.«

»Dem, von dem du mir gestern erzählt hast?«

»Genau. Ich dachte, er kommt aus Roccamori, und deshalb bin ich hier. Stattdessen …« Elisa hielt inne, um ihre Wut zu unterdrücken. »Stattdessen muss ich feststellen, dass ihr alle von Anfang an wusstet, wer ich bin, und trotzdem schweigt.« Ein Gedanke schoss ihr durch den Kopf. »Weiß Vittoria ebenfalls Bescheid?«

Fernanda nickte. »Ja, besser als jede andere.«

»Und warum habt ihr nichts gesagt? Warum habt ihr ein solches Geheimnis darum gemacht? Hat meine Mutter etwas angestellt, und ihr wollt mich damit nicht belasten?«

»Nein, Gott behüte, deine Mutter hat nichts Unrechtes getan. Im Gegenteil. Die Dorfbewohner waren nicht nett zu ihr. Und deswegen haben wir heute noch ein schlechtes Gewissen, jeder auf seine Weise.«

»Du auch? Fühlst du dich auch schuldig?«

Fernanda senkte den Blick. »Deine Mutter war meine beste Freundin, wir hatten keine Geheimnisse voreinander.«

»Und warum hast mir dann nichts gesagt? Aus alter Freundschaft zu Daria gewissermaßen?«

»Am Anfang dachte ich, du wüsstest Bescheid. Und als mir klarwurde, dass dem nicht so ist, fürchtete ich, dich mit der Wahrheit zu vertreiben. Du glaubst gar nicht, wie sehr ich mich freue, dass du hier bist. Mir kommt es vor, als würdest du uns neues Leben einhauchen.«

»Inwiefern? Das verstehe ich nicht.«

»Weil du mich so sehr an Daria erinnerst. Und an die glücklichen Zeiten damals.«

»Ich sehe meiner Mutter ja nicht mal ähnlich.«

»Nein, äußerlich nicht, doch du hast ihren eisernen Willen, den gleichen hungrigen Blick.« Tränen stiegen ihr in die Augen. »Du hast Roccamori aus seiner Lethargie aufgeweckt, genau wie Daria vor all den Jahren, ohne es überhaupt zu bemerken.«

»Wie kann das sein? Ich bin ganze zwei Tage hier«, wandte Elisa, der das alles unglaubwürdig vorkam, fast feindselig ein.

»Ich weiß.«

Einen Moment lang schwiegen beide unter den wachen Augen des gläsernen Vogels. Ein vorbeifahrendes Motorrad ließ ihn und andere Figuren erzittern, dann wurde es erneut still.

»Ich habe ein paar Monate mit deiner Mutter zusammengewohnt, Magdas Mutter hatte uns ein Zimmer über der Bäckerei vermietet«, begann Fernanda zu erzählen. »Ich war gerade von zu Hause weggegangen, weil mein Vater ein zweites Mal geheiratet hatte, und lernte Daria im Hotel kennen. Auf Anhieb wusste ich, dass wir zusammenpassten.«

»Wieso im Hotel?«

»Ich habe ebenfalls dort gearbeitet, genau wie deine Mutter. Zimmer geputzt, im Restaurant bedient, alles, womit uns Signora Fulvia beauftragt hat.«

»Signora Fulvia?«

»Albas Mutter. Ihr gehörte damals das Hotel. Im Übrigen war sie eine der wenigen im Dorf, die keine Vorurteile gegenüber Daria hatte.«

»Und die anderen?«

Unschlüssig drehte Fernanda den Stift zwischen ihren Fingern.

»Deine Mutter war eine schöne junge Frau, voller Lebensfreude und Abenteuerlust. Sie lebte für den Augenblick, genoss alles, was sich ihr bot, und was ihren Tee betraf, schien sie über Zauberkräfte zu verfügen. Ich habe nie einen anderen Menschen kennengelernt, der seine Gefühle so intensiv ausgelebt hat. Und das erregte irgendwann den Neid vieler Frauen im Dorf.«

Elisa schwirrte der Kopf bei dem, was sie da hörte. Das sollte ihre Mutter gewesen sein?

»Sie hat nie von dir erzählt. Warum habt ihr euch aus den Augen verloren?«

»Weil ich nicht wusste, wo sie hingegangen war. Entweder wollte sie mir ihre Adresse nicht mitteilen, oder der Brief ging verloren, wer weiß. Allerdings denke ich eher, dass sie die Vergangenheit vergessen wollte. Für sie war dieses Kapitel wohl abgeschlossen.«

»Und aus welchem Grund?«

»Unser Dorf ist voller Geschichten, das hast du ja inzwischen bemerkt. Wir schreiben sie heimlich auf, flüstern sie hinter vorgehaltener Hand, verstecken sie in Tassen mit heißem Tee. Nicht dass die Touristen sie entdecken. Geschichten können nämlich Gutes und Schlechtes bewirken, und Roccamori hat sich für das Schlechte entschieden. Jetzt holt uns die Vergangenheit ein.«

Elisa versuchte den Sinn ihrer Worte zu enträtseln.

»Ich verstehe das nicht. Sprichst du von Gerüchten und Klatsch?«

»Auch, aber nicht nur. Wenn eine schöne Geschichte falsch erzählt wird, kann sie schmerzhaft sein.«

»Und für wen?«, fragte Elisa verwirrt.

»Für Daria zum Beispiel.«

»Und du, gehörst du zu denen, die meiner Mutter wehgetan haben?«

Als Fernanda antwortete, war ihr Blick so traurig, dass Elisa ihre Frage sofort bereute.

»Weißt du, obwohl wir lediglich wenige Monate zusammen waren, hat mich diese Zeit für das ganze Leben geprägt. Daria hat mich mit ihrer Leidenschaftlichkeit, mit der sie alles anging, und ihrem schier grenzenlosen Optimismus mitgerissen. Und ich habe sie noch darin bestärkt. Vielleicht habe ich ihr dabei die falschen Ratschläge gegeben …« Fernanda hielt inne und umfasste Elisas Gesicht mit einem liebevollen Blick. »Du lässt die Erinnerung wieder aufleben, du bist wie der Tee, den mir deine Mutter zum Abschied geschenkt hat.«

Fernandas Augen standen voller Tränen. Was war passiert? Elisa verstand es nach wie vor nicht.

»Du hast mir nicht geantwortet. Fühlst du dich genauso schuldig wie die anderen?«

Sie zuckte mit den Schultern. »Mein liebes Mädchen, die Schuld ist wie die Farbe Schwarz, sie ist überall und nirgendwo. In einer Hinsicht indes bin ich mir sicher. Es braucht Mut, um zu lieben, und nicht immer wird dieser

Mut belohnt. Eine Lektion, die ich von deiner Mutter gelernt habe. Wenn du jedoch in ein gewisses Alter kommst und zurückblickst, ist es dieser Mut, der dich stolz macht.«

»Und bei dir war das so?«

»Ja.« Fernanda nickte. »Und ich bin sicher, deiner Mutter ging es nicht anders.«

Verwirrt schaute Elisa sie an. Für sie war die Daria, von der Fernanda sprach, eine Fremde, so hatte sie ihre Mutter nie erlebt. Damals schien sie mit sich und der Welt im Reinen gewesen zu sein, in sich ruhend, ohne jede Bitterkeit. Und wie anders war sie später! Ihr kam eine Idee.

»Hängt es mit dem Fluch zusammen? Hat er sie getroffen?«

»Nein, damit hat das nichts zu tun. Der Fluch trifft allein die Besitzer der Casa delle Camelie und ihre Nachkommen.«

Elisa fiel ein Stein vom Herzen. »Dann hat er ja zum Glück nichts mit meiner Mutter zu tun.« Und mit mir, fügte sie im Geiste hinzu. »Mit Alba hingegen schon, oder?«

»Ja.«

»Warum? Was ist passiert?«

»Nach dem Tod ihres Mannes hatte Vittoria eine stürmische Affäre mit Albas Vater. Du musst wissen, Vittoria war im Dorf nie sonderlich beliebt. Sie setzte sich über alles hinweg, brach mit allen Regeln und Traditionen. Da half es nicht einmal, dass sie die Frauen weiterhin zum Tee einlud. Nach Roccamori war sie mehr aus Zufall gekommen, und sie machte keinen Hehl daraus, dass sie sich hier nicht heimisch fühlte. Ihre Affäre mit Fulvias Mann war der Tropfen, der das Fass zum Überlaufen brachte. Natürlich ließ sich die Sache nicht lange geheim halten.«

Elisa hörte fasziniert zu. »Und weiter?«

»Eines Tages suchte Anna, die Tochter des Tabakladenbesitzers, im Garten nach ihrer Katze. Sie erwischte die beiden in flagranti. Die Nachricht machte schnell die Runde, Fulvia erfuhr davon, und die Geschichte war zu Ende, noch bevor sie richtig angefangen hatte. Vittoria schloss sich monatelang in der Casa delle Camelie ein, war fest entschlossen, nie wieder einen Fuß ins Dorf zu setzen. Und sie machte Schluss mit den Teegesellschaften, was bei den Frauen im Dorf wiederum alles andere als gut ankam.«

»Sie hätten ja woanders Tee trinken können?«

»Nein, unmöglich. In Roccamori gehören Tee und der Kameliengarten zusammen. Das ist Tradition seit vielen Generationen, wenn man den Wechsel vom Kaffee zum Tee mal außer Acht lässt. Die Zeremonie ist das, was zählt.«

War diese Beharrlichkeit vielleicht das Geheimnis des Dorfes und hielt es am Leben? Was auf Fels gebaut war, brauchte tiefe Wurzeln. Werte, die seit Generationen überliefert wurden.

»Und was geschah dann?«

»Eines Tages fasste sich Fulvia ein Herz und ging zu Vittoria. Niemand weiß, worüber die beiden gesprochen haben, jedenfalls lebte danach die Teetradition im Garten der Casa delle Camelie neu auf. Genau zu diesem Zeitpunkt kam deine Mutter nach Roccamori, und mit ihr und ihren Tees für alle Lebenslagen wurde aus dem traditionellen Treffen etwas ganz Besonderes. Etwas Spirituelles gewissermaßen. Seitdem ist die nachmittägliche Teegesellschaft sozusagen heilig. Niemand wagt, daran zu rühren.« Ein Lächeln umspielte Fernandas Lippen. »Und jetzt bist du da. Was bedeutet, dass alles irgendwie doch seinen Sinn hat. Dass die Liebe ihren Weg gegangen ist, wenngleich alles verloren schien.«

»Der Weg der Liebe und des Tees«, murmelte Elisa.

»O ja, der Weg der Liebe und des Tees.« Fernanda nickte bestätigend. »Du bist genau wie deine Mutter, sie schaffte es immer, mich aus der Reserve zu locken und mich solchen Unsinn sagen zu lassen. Übrigens, hast du den Tee gefunden?«

»Nein, weiterhin nichts als Fragen und keine Antworten.«

»Das ist vielleicht sogar besser so. Wir suchen alle nach Antworten, aber es sind die Fragen, die uns am Leben erhalten, nicht die Antworten«, erwiderte Fernanda und drückte Elisas Hand.

# 37

*Gyokuro Kimigayo*

*Einer der kostbarsten japanischen Grüntees. Die Pflanzen werden in den letzten drei Wochen vor der Ernte beschattet, um sie vor direkter Sonneneinstrahlung zu schützen. Der Gyokuro hat einen hohen Koffeingehalt und stimuliert das Nervensystem. Die Blätter sind tiefgrün, der Aufguss ist blassgelb, der Geschmack überraschend zart. Kimgayo bedeutet wörtlich »Herrscher der Welt« und ist unter anderem der Titel der japanischen Nationalhymne.*

Elisa klopfte an die Tür. Keine Reaktion. Sie drückte die Klinke herunter und betrat das Zimmer, doch das Bett war leer. War er sie suchen gegangen, oder spazierte er in der Gegend herum? Daniele hielt sich nicht gerne länger als nötig in geschlossenen Räumen auf.

Sie legte die Tüte mit dem Croissant auf den Nachttisch und ging in ihr Zimmer, setzte sich dort aufs Bett und zog das Notizbuch unter dem Kopfkissen hervor. Das Leder unter ihren Fingerspitzen gab ihr ein gutes Gefühl. Eine unerklärliche Zuneigung für den Kamelienliebhaber überkam sie, für seine Präzision, seinen Ordnungssinn und seine akribischen Auflistungen. Das alles kannte sie allzu gut, es war fast ein Abbild ihrer selbst. Für ihre Arbeit ein Vorteil, für ihre Träume und Gefühle eher eine Belastung.

Sie las alles noch einmal in Ruhe durch, ohne Hinweise zu finden, die das Rätsel um die Geburtstagskamelie zu lösen vermochten. Und desgleichen entdeckte sie keine Verbindung zu ihrer Mutter. Hingegen hatte Renato Tag für Tag Notizen zu seinen Züchtungen gemacht und festgehalten, wie die Kamelien wuchsen, blühten und gediehen, zu welcher Tageszeit sich die Blüten entfalteten und welche äußeren Einflüsse den Wachstumsprozess beeinflussten.

Auf der letzten Seite fand Elisa allerdings etwas, das ihr am Vorabend nicht aufgefallen war. Eine Reihe von Zahlen, Sortennamen und Stichworten zu verschiedenen Züchtungsversuchen, die alle um ein bestimmtes Datum herum durchgeführt wurden. Um den neunundzwanzigsten März.

Darias Geburtstag.

Elisa starrte auf das Datum, ihr Herz begann aufgeregt zu klopfen. Hatte sie endlich eine Verbindung zu der weißen Geburtstagskamelie gefunden? Das Datum war so kräftig unterstrichen, dass es sich auf die nächsten Seiten durchgedrückt hatte. Als wäre der sonst so pedantische Mann emotional irgendwie aus dem Gleichgewicht geraten.

Elisa nahm erneut den Zettel zur Hand. Je länger sie ihn betrachtete, desto klarer wurde ihr, dass er nicht von Alba stammte. War er etwa von ihrer Mutter? Schwer zu sagen, da sie die Handschrift der jungen Daria nicht kannte. Immerhin meinte sie Ähnlichkeiten zu den Zetteln zu erkennen, die mit irgendwelchen Anweisungen versehen oft auf dem Küchentisch gelegen hatten.

*Ich warte auf dich. Tu mir das nicht an.*

Hatte Daria womöglich eine Affäre mit Renato gehabt? Elisa konnte es sich nicht wirklich vorstellen, zumal die beschwörenden Sätze so gar nicht nach ihrer Mutter klangen. Nur passte nichts von dem, was sie hier erfahren hatte, zu der introvertierten, kühlen Frau, die sie als Daria kannte.

Der Gedanke schmerzte, doch je länger sie auf den Zettel starrte, desto mehr begriff sie, warum ihre Mutter ihr gegenüber bisweilen so kalt gewesen war, als würde sie sich wünschen, sie möge von einem Moment auf den anderen verschwinden.

*Tu uns das nicht an.*

Wut kochte in ihr hoch, und sie zerknüllte den Zettel. Ihre Reue kam zu spät: Das vergilbte Papier war eingerissen.

Als Elisa Schritte auf dem Gang hörte, schreckte sie hoch und schob das Notizbuch unter das Kopfkissen. Jemand klopfte an die Tür. Daniele.

»Ich dachte schon, du seist mal wieder vor mir davongelaufen«, sagte er und küsste sie.

»Selbst wenn ich es gewollt hätte – der nächste Bus fährt erst morgen.«

»Sehr gut. Denn ich würde dich gar nicht gehen lassen.«

Er zog sie an sich und schob sie in Richtung Bett, aber Elisa zögerte.

»Nicht hier, lass uns zu dir gehen.«

Nachdem sie sich geliebt und sich anschließend das Croissant geteilt hatten, begann Elisa zu erzählen. Von dem alten Foto in der Bar, von Darias vermeintlicher Liebesgeschichte mit Vittorias Sohn sowie von dem sogenannten verbotenen Tee, der geheimnisvollen Kamelie, von der Legende und von dem Fluch.

Die Geschichte wurde zunehmend verworrener. Es gab immer mehr Fragen und immer weniger Antworten. Wer hatte all die Jahre die Kamelie zum Geburtstag ihrer Mutter geschickt? Die naheliegende Antwort wäre Renato, bloß lebte der seit drei Jahren nicht mehr, die Blüte hingegen war weiterhin angekommen. Und warum war das Etikett auf der Teedose mit *Roccamori* beschriftet? Es konnte kaum sein, dass ihre Mutter ihn damals hier gekauft hatte, dann wäre er längst verdorben. Außerdem fragte sie sich, ob Alba damals von der Affäre zwischen Renato und Daria erfahren und sich eingemischt hatte? Und wieso wussten die Dorfbewohner sofort, wer sie war, obwohl sie nie zuvor in diesem Ort gewesen war und hier keine Menschenseele kannte. Wie hing das alles zusammen?

Es würde schwer sein, die einzelnen Puzzleteile zu einem Gesamtbild zusammenzufügen. Vielleicht würde ihr ja der letzte Tee im Garten der Casa delle Camelie ein wichtiges fehlendes Teil liefern.

# 38

*Pu Erh Sheng Cha*

*Ein wertvoller, meist lange gelagerter Grüntee, dessen Blätter lose oder in gepresster Form verkauft werden. Das Aroma kann je nach Lagerdauer, Jahrgang und Reifegrad variieren, aber meist schmeckt er fruchtig mit Rauch- und Wildkräuternoten. Für Teeneulinge ist er gewöhnungsbedürftig, der erdige Charakter ist nicht jedermanns Sache. Es gibt Raritäten, die von mehr als fünfhundert Jahre alten Teesträuchern stammen.*

Diesmal waren gerade mal sechs oder sieben Frauen in den Garten der Casa delle Camelie gekommen. Sie saßen plaudernd zusammen oder warteten schweigend auf den Tee.

Zwei erkannte Elisa sofort: Gemma und Fernanda. Gemma, dieses Mal in einem bordeauxroten Kostüm, die Haare dazu passend mit einem rosafarbenen Schimmer überhaucht. Alba fehlte, wie Elisa erleichtert feststellte. Sie hatte ihr gegenüber immer noch ein schlechtes Gewissen, weil sie in der Vergangenheit ihres verstorbenen Ehemanns herumgeschnüffelt hatte, wobei dieser natürlich ebenso die

Geschichte ihrer Mutter tangierte. Fernanda grüßte reserviert, als würde sie ihr zu verstehen geben wollen, in diesem Kreis nicht das Gespräch vom Vormittag zu erwähnen.

Elisa wählte ein freies Plätzchen auf einer Steinbank zwischen den roten Kamelien.

»Krank siehst du ja nicht gerade aus«, bemerkte Magda in provozierendem Ton, kaum dass sie Platz genommen hatte.

»Warum sollte ich denn?«

»Und warum hast du dann gesagt, du seist krank?«

In dem Moment fiel bei Elisa der Groschen. Diese unangenehme Frau hatte heute Morgen von irgendwoher ihr Telefongespräch mit Giuliana belauscht.

»Warum kümmerst du dich nicht um deine eigenen Angelegenheiten, Magda?«, schaltete sich Fernanda ein.

»Man macht sich schließlich so seine Gedanken. Die Telefonterrasse sollte in Lügenterrasse umgetauft werden bei den ganzen Märchen, die die Leute dort erzählen.«

»Dann hör einfach weg.«

Magda bohrte unverdrossen weiter. »Und warum hast du ihn nicht mitgebracht?«

»Wen?«, fragte Elisa.

»Deinen Verlobten.«

Elisa wurde rot. »Das ist nicht mein Verlobter.«

»Ach so, zu meiner Zeit machte man gewisse Dinge nur mit seinem Verlobten.«

»Du lieber Himmel, Magda, jetzt lass sie endlich in Ruhe.« Fernandas Ton wurde schärfer. Ihre lange Halskette aus muschelförmigen Steinen klirrte leise, wenn sie sich bewegte. »Achte nicht auf sie, Elisa, seitdem sie Witwe ist, wird sie zunehmend gehässiger.«

»Das habe ich gehört und mein armer Antonio oben im Himmel ebenfalls, Gott sei seiner Seele gnädig.«

Das Quietschen des Teewagens unterbrach das Gespräch. Heute hatte sich Vittoria selbst übertroffen. Der Tee des Tages war würzig mit einem Hauch Vanille und Ingwer, der angenehm auf der Zunge brannte.

»Das ist wohl unser letzter gemeinsamer Tee«, sagte Fernanda, »es sei denn, du entschließt dich, gelegentlich zurückzukommen. Vielleicht in den Ferien.«

»Das fehlt gerade noch, dass hier wieder Touristen einfallen«, brummelte Magda.

»Na ja, hin und wieder waren interessante Typen dabei«, schaltete sich Gemma ein.

»Erinnert ihr euch an den, der mich gefragt hat, ob auf dem Balkon von Ciccios Milchgeschäft Romeo und Julia gestanden haben?«

Allgemeines Gelächter, sogar Vittoria, die wie gestern einen erschöpften Eindruck machte, stimmte ein.

»Wisst ihr noch die junge Frau, die unbedingt ein Menü für Verliebte essen wollte mit romantischer Musik im Hintergrund«, erinnerte sich Fernanda.

»Und die, die in der Bäckerei nach Croissants in Herzform gefragt hat«, gab Magda gackernd ihren Senf dazu.

»Und dieser Typ, der seiner Angebeteten auf der Aussichtsplattform einen Antrag machen wollte, aber nicht konnte, weil es wie aus Kübeln schüttete, woraufhin sie glatt bei schönem Wetter wiedergekommen sind«, prustete Gemma.

»Manche waren wirklich lächerlich«, meinte Fernanda, »sie hätten den besonderen Zauber von Roccamori selbst dann nicht erkannt, wenn man sie mit der Nase darauf gestoßen hätte.«

»Und was ist der besondere Zauber des Dorfes?«, hakte Elisa nach.

Verlegenes Schweigen machte sich breit, bis Fernanda sich zu einer Erklärung aufraffte.

»Das ist nicht so einfach zu sagen. Nehmen wir mal Magda, ja Magda, unsere Giftspritze. Am letzten Tag, bevor die Bäckerei geschlossen wurde, buk Antonio ausschließlich Brötchen mit Zimt und Anis. Brot gab es nicht. Und weißt du warum? Weil es Magdas Lieblingsbrötchen waren. Ich bin heute noch gerührt, wenn ich daran denke.«

Elisa schaute Magda an, deren eben noch verbitterte Gesichtszüge weich geworden waren.

»Und Gianni nicht zu vergessen«, schaltete sich Vittoria ein.

»Der Barbesitzer?«

»Genau der.«

Elisa schaute die alte Dame verblüfft an. Der und romantisch? Dieser Inbegriff an schlechter Laune?

»Jeden Morgen, bevor er die Bar öffnet, geht Gianni mit zwei Croissants und zwei Tassen Kaffee an die Friedhofsmauer, um dort mit seiner Frau zu frühstücken – dabei ist sie seit zwölf Jahren tot. Eines Tages habe ich ihn gefragt, warum er das macht. Er meinte, das gehört sich so nach all den gemeinsamen Jahren, sonst käme er sich wie ein Egoist vor.«

Wehmütige Erinnerungen wallten in Elisa auf. Sie dachte an den ersten Tee, den sie nach dem Tod ihrer Mutter getrunken hatte. Wie viel Überwindung hatte es sie gekostet, den Tisch nicht für sie mitzudecken. Sie konnte Gianni gut verstehen. Er frühstückte nach wie vor mit seiner Frau, weil er sich einsam fühlte. Warum hatte sie damals nicht eine Teetasse für ihre Mutter hingestellt und etwas Tee hineingegossen so wie immer? Vielleicht hätte ihr das geholfen.

Sie trank einen Schluck Tee aus der verblassten Minnie-Mouse-Tasse, ihre Gefühle übermannten sie. Als sie wieder aufsah, war ihr Gesicht von Tränen überströmt.

Fernanda schaute lächelnd in die Runde und sagte: »Endlich wieder romantische Gefühle in Roccamori, noch dazu von einer Touristin.«

# 39

## China Rose

*Der intensive Schwarzteegeschmack wird von einem feinen, aromatischen Rosenbouquet abgemildert, denn die Teeblätter werden mit Rosenblüten gemischt. Ergebnis ist eine romantische Komposition, kraftvoll und sanft zugleich.*

Die letzten Sonnenstrahlen tauchten die Kamelien in einen goldenen Schein, der sich auf das Rosa, Rot und Weiß legte. Ein märchenhaftes Bild, zu schön fast, um real zu sein. Elisa hatte das Gefühl, dass sie ihr etwas mitteilen wollten – irgendeine geheimnisvolle, sinnliche Botschaft, die sie nicht einzuordnen vermochte.

Nachdem eine Besucherin nach der anderen gegangen war, genoss sie es, den Garten noch eine Weile für sich allein zu haben, bevor sie sich von ihm trennen musste. Sie sammelte die leeren Tassen ein, da Vittoria auf einem Liegestuhl eingenickt war. Inmitten ihrer geliebten Kamelien, als wäre sie selbst eine von ihnen.

Seit ihrem Gespräch mit Fernanda verstand Elisa vieles besser, die geheimnisvolle Melancholie der alten Dame, die unglaubliche Intensität ihres Blickes … In ihr loderte trotz der vielen Jahre, die seitdem vergangen waren, die Leidenschaft einer großen gescheiterten Liebe.

Nachdem sie alle Tassen auf dem Tablett abgestellt hatte, sah Elisa sich um. Niemand außer der schlafenden Vittoria war zu sehen, offenbar waren tatsächlich alle weg, auch Fernanda. Elisa beschloss, die Gelegenheit beim Schopfe zu packen. Vor Aufregung zitternd, machte sie sich auf den Weg ins Haus.

Auf der Türschwelle umfing sie ein Duftgemisch aus reifen Früchten und Lavendel, die Eingangshalle lag im Halbdunkel. Vorsichtig ging Elisa weiter, bis sich ihre Augen an die Lichtverhältnisse gewöhnt hatten, öffnete sodann eine weiße Flügeltür zu ihrer Linken und betrat eine geräumige Küche mit einem ausladenden weißen Holztisch in der Mitte und pastellfarbenen Küchenschränken an den Wänden. Ein harmonisches und anheimelndes Ambiente, besonders, wenn wie jetzt strahlender Sonnenschein hereinflutete.

Elisa stellte das Tablett auf dem Tisch ab und trat ans Fenster. Von hier aus hatte man einen guten Blick auf den Kameliengarten, der bei diesem Licht wie ein Stillleben wirkte mit seinen Abertausend Blüten in ihrer schier verschwenderischen Farbenvielfalt. Sie hätte dieses Bild stundenlang betrachten können, aber sie musste sich beeilen, wenn sie nicht entdeckt werden wollte.

Was sie suchte, war der verbotene Tee ihrer Mutter.

Auf einem gelben Wandbord, das die ganze Länge des Raums einnahm, standen Dutzende von Metalldosen in jeder denkbaren Farbe und Form. Elisa unterzog sie einer gründlichen Musterung. Sie schienen zufällig angeordnet, folgten keinem System, was angesichts der durchdachten Gestaltung des Gartens wunderte.

Die Teedosen standen wahllos nebeneinander, eine blaue Dose mit Pflanzendekor etwa neben einer orangefarbenen mit filigranen Ornamenten. Fast alle wiesen orientalische Motive auf, manche zudem arabische Schriftzeichen. Die wenigen modernen Exemplare vermochten da in puncto Charme nicht mitzuhalten.

Elisas Blicke wanderten weiter, bis sie hoch oben auf dem Küchenschrank das fand, was sie suchte.

Eine schwarze Dose mit Goldmotiven, genauso eine wie die, in der ihre Mutter ihren Spezialtee aufbewahrt hatte. Sie stellte sich auf die Zehenspitzen und angelte so lange danach, bis sie sie hinunterziehen konnte. Wie eine Trophäe hielt sie ihren Fund eine Weile mit klopfendem Herzen in der Hand, bevor sie die Dose umdrehte. Auf dem Boden klebte ein handbeschriebenes Etikett, ähnlich dem auf Darias Teedose, nur dass auf diesem nicht bloß *Roccamori* stand, sondern zusätzlich *Casa delle Camelie, 1984*.

Zwar hielt sie nun den Beweis in Händen, dass es einen Tee aus Roccamori gab, was das bedeutete, war ihr indes nach wie vor schleierhaft. Stammte der geheimnisvolle Tee ihrer Mutter aus Vittorias Küche? Unwahrscheinlich. So lange hielt selbst der kostbarste Tee nicht. Wieder einmal passte das Puzzleteil nicht.

Wahllos nahm Elisa eine Dose nach der anderen vom Regal, alle waren sie mit dem gleichen Etikett versehen: *Roccamori, Casa delle Camelie*, dann kam eine Jahreszahl.

Sie hatte gerade eine rote Dose mit einem goldenen Elefanten in der Hand, als sie hinter sich ein Geräusch hörte. Verlegen stellte sie die Dose auf der Arbeitsplatte ab.

»Ich fürchte, ich bin eingenickt«, sagte Vittoria und betrat langsam die Küche.

»Tut mir leid, ich hätte Sie wecken sollen, ich habe das Tablett in die Küche gebracht und dann …«

Vittoria winkte ab. »Lass gut sein, mein Kind, das mache ich später – morgen kommt ohnehin eine Zugehfrau.«

»Ach nein, das dauert ja nicht lange …«, begann Elisa, die gar nicht bemerkt hatte, dass Vittoria sie mit einem Mal duzte. »Ich habe die Dose aus dem Regal geholt, um zu schauen …«

»Du bist genau wie er«, seufzte Vittoria.

Bei diesen Worten blieb Elisa fast das Herz stehen.

»Wie bitte?«, hakte sie nach, doch Vittoria machte einen Rückzieher. »Nichts, nichts.«

»Wie wer?«

Elisa ließ nicht locker, obwohl sie längst wusste, wer gemeint war. Tief im Herzen hatte sie es gespürt, als sie das Notizbuch in die Hand genommen hatte. In diesem Augenblick war ihr zur Gewissheit geworden, dass sie endlich angekommen war, dass jemand sie bei der Hand nahm.

»Wie Renato. Du hast die gleichen Augen, den gleichen ernsten und konzentrierten Blick, seine vorsichtigen Gesten – die Neugier aufs Leben, ach auf alles und jedes, die hast du allerdings von deiner Mutter.«

Elisa wich einen Schritt zurück und lehnte sich gegen die Tischkante.

»Sie irren sich bestimmt, mein Vater ist gestorben, als ich klein war ... soviel ich weiß«, erwiderte sie ohne rechte Überzeugung.

Vittoria schüttelte den Kopf: »Ich habe es sofort erkannt, als ich dich das erste Mal gesehen habe, und an diesem Abend bei Alba ...«

»Alba weiß Bescheid?«

Vittoria nickte. »Natürlich. Und selbst wenn sie es nicht gewusst hätte, diese Ähnlichkeit ist nicht zu übersehen. Jedem im Dorf ist es so ergangen.«

Elisa dachte an den Barmann, an ihr Gespräch mit Fernanda. Alle hatten es gewusst außer ihr. Eine Erkenntnis, die sie traurig stimmte. Wie hätte sie es denn ahnen sollen? Schließlich war ihr Vater totgeschwiegen worden, es wurde einfach nicht über ihn gesprochen, von ganz seltenen Gelegenheiten abgesehen. Und so hatte sie sich mit der Zeit selbst die einzig mögliche logische Erklärung gegeben, dass ihr Vater gestorben sein musste, als sie noch ganz klein war. Das wurde ihre Realität, es konnte gar nicht anders gewesen sein.

Einen Augenblick herrschte Stille, die lediglich das Krächzen eines Vogels durchbrach.

»Als ich in die Küche kam und dich dort vor dem Fenster stehen sah, dachte ich, du seist Daria.«

Elisa umklammerte die Tischkante. »Kannten Sie, kanntest du sie gut?«

»Natürlich kannte ich sie, und ich mochte sie sehr. Damals war das Dorf noch ganz anders, und das war mit ihr Verdienst. Ihretwegen gingen die Leute abends zum Essen und Trinken ins Hotel, das immer voll war, solange sie dort arbeitete. In deiner Mutter war so viel Liebe, sie lag in jeder Geste, in allem, was sie tat. Und dann passierte, was passiert ist, und das Dorf war nicht mehr das gleiche. Es hat uns alle verändert.«

Tränen standen in Elisas Augen. Wo war all die Liebe geblieben, die ihre Mutter in sich getragen hatte? Warum hatte sie nicht mehr als ein paar kümmerliche Brocken abbekommen? Einzig das Verhalten ihrer Mutter bei der Arbeit im Restaurant passte zu Vittorias Erzählungen. Auch dort hatte sie die Gäste fasziniert und für sich eingenommen. Vermutlich aber war es nicht mehr als ein schwacher Abglanz von dem gewesen, was ursprünglich ihre Persönlichkeit ausgemacht hatte.

Vittoria riss sie aus ihren Grübeleien. »Deine Mutter war so anders. Sie war der einzige Mensch, der außer mir in dieser Küche Tee zubereiten durfte, weil es für sie so selbstverständlich war wie das Atmen. Es war ein Teil ihrer Natur. Sie öffnete die Dosen, schnupperte daran und wusste immer genau, welchen Tee sie wählen musste und wann das Wasser heiß genug war. Außerdem besaß sie ein unfehlbares Gespür dafür, wem der Tee gefiel und wem nicht. Wenngleich es pathetisch klingt: Sie konnte Liebe in Tee verwandeln und Tee in Liebe. Es war wie Zauberei.«

Elisa war fasziniert, weil sie plötzlich eine ganz neue Sicht auf ihre Mutter hatte. Fremd und dennoch irgendwie vertraut. Sie dachte an den Abend zurück, als sie den verbotenen Tee trinken durfte, an Darias ungewohnt liebevollen Blick, und wusste genau, was Vittoria meinte. Sie hatte recht. Ihre Mutter konnte Liebe in Tee verwandeln. Das Gegenteil hingegen war ihr nicht gelungen, in puncto Liebe war ihre Tochter zu kurz gekommen.

»Wer sie bei der Teezubereitung beobachtete, war wie gebannt. Und ich bin sicher, genau das ist passiert, als mein Sohn eines Tages die Küche betrat und sich ein Glas Wasser holte. Sie stand genau dort, wo du jetzt stehst, im Hintergrund die Kamelien, die er so liebte. In diesem Moment war mir klar, dass er sich in sie verlieben würde. Wenn ich geahnt hätte, was sich alles daraus ergeben sollte, hätte ich ihn daran gehindert, die Küche zu betreten.«

»Was ist denn Schlimmes passiert?«

Vittoria schaute sie lange an, dann kam sie näher – so nah, dass sie ihren Talkumduft riechen konnte – und strich ihr über die Wange.

»Geh ins Hotel zurück, dein Verlobter wartet.«

»Bitte, sag es mir.«

Die alte Dame, die ihre Großmutter war, sah sie melancholisch an.

»Nach diesem Nachmittag wurden deine Mutter und dein Vater ein Paar, verbunden durch eine reine, große Liebe, wie ich sie in dieser Form nie wieder erlebt habe. Du darfst dich glücklich schätzen, das Ergebnis einer solchen Liebe zu sein.«

Elisa fühlte sich überhaupt nicht glücklich. Schließlich war ihr Leben mit allen vorgeblichen Gewissheiten soeben bis in seine Grundfesten erschüttert worden. Ihr Vater war keineswegs sehr früh gestorben wie vermutet, und ihre Mutter war keineswegs so distanziert gewesen, wie sie ihr gegenüber getan hatte.

Es kam ihr vor, als hätte sie jetzt überhaupt keine Familie mehr und trauerte um das, was sie vor dieser Eröffnung gehabt hatte. Das war immer noch besser gewesen als ein Vater, der sie nicht sehen wollte, und eine Mutter, die voller Lebenslust und Liebe gewesen war, für sie aber nichts als Regeln und Verbote gehabt hatte.

»Und was passierte weiter? Bitte sag es mir.«

Vittoria zögerte, atmete tief durch, setzte sich an den Tisch und winkte Elisa zu sich.

»Renato war damals verlobt, seit einigen Jahren schon, die Hochzeit sollte im Herbst sein. Er und deine Mutter waren sehr vorsichtig und überzeugt, dass sie ihre Liebe geheim halten konnten. Doch du hast selbst erlebt, dass hier im Dorf nichts geheim bleibt.«

Ihre Großmutter hielt erschöpft inne, diese Rückkehr in die Vergangenheit schien sie über die Maßen anzustrengen. Trotzdem musste Elisa alles wissen und drängte Vittoria, den Rest zu erzählen.

»Nun ja, alle zeigten mit dem Finger auf Magda, denn

es hieß, sie habe Alba alles verraten. Was nicht ganz fair war, weil überall darüber getuschelt wurde. Letztlich waren wir alle schuld, dass es Alba irgendwann zu Ohren kam. Wer vermochte schließlich zu behaupten, dass er nicht einer Freundin im Vertrauen etwas zugeflüstert hatte, und so verbreitete sich die Geschichte unaufhaltsam. Jedenfalls wusste Alba an jenem verhängnisvollen Abend genau, wen sie hinter der Tür des Hotelzimmers vorfinden würde. Und nachdem sie sich Renatos Erklärungen angehört hatte, öffnete sie das Fenster und stürzte sich hinaus.«

»O Gott«, stöhnte Elisa. »Und dann?«

»Zum Glück wurde der Sturz von einem Busch abgemildert, trotzdem war sie so schwer verletzt, dass sie danach keine Kinder mehr bekommen konnte.«

»Und mein Vater hat daraufhin die Frau, die er liebte, aufgegeben, nicht wahr? Wie im Fluch beschrieben. Das Dorf hatte sie entzweit«, vollendete Elisa die Geschichte.

»Genau. Renato blieb in Roccamori und heiratete wie geplant im Herbst – es war die traurigste Hochzeit, die der Ort je erlebt hat. Und deine Mutter kam nie mehr zurück, wir wussten nicht, was aus ihr geworden war. Bis du aufgetaucht bist.«

O doch, jemand musste es gewusst haben, dachte Elisa. Jemand, der ihr jedes Jahr zum Geburtstag eine weiße Kamelie schickte. Jemand, der ihre Adresse kannte.

Eine Welle von Traurigkeit erfasste sie. Sie dachte an Daria, die vergeblich auf Renato gewartet hatte, ihr ganzes

Leben lang. Allein mit seinem Kind, das sie ohne ihn aufziehen musste.

*Ich warte auf dich. Tu mir das nicht an. Tu uns das nicht an.*

Das gleiche Schicksal wie das der jungen Araberin aus der Legende. Mit einem Mal begriff Elisa, dass Darias Distanz anderen Menschen gegenüber keine Strenge oder emotionale Kälte gewesen war und auch keine Ablehnung, sondern vielmehr Ausdruck einer abgrundtiefen, nie zu überwindenden inneren Einsamkeit.

»Noch eine letzte Frage«, sagte sie leise, während sie sich erhob. »Hatte meine Mutter genau die gleiche Teedose wie die schwarze dort? Wo kommt die her?«

Vittoria lächelte und sah sie so zärtlich an, dass Elisa das Gefühl hatte, etwas in ihr würde verschoben und endlich an den richtigen Platz gerückt.

In diesem Augenblick erkannte Elisa, dass es nicht allein Wertschätzung gewesen war, was sie Vittoria von Anfang an entgegengebracht hatte. Nein, tief in sich drin hatte sie gefühlt, dass sie etwas verband, das über die Liebe zum Tee hinausging. Vittoria war ihre Großmutter. Die Familie, nach der Elisa ihr Leben lang auf der Suche gewesen war, hatte plötzlich ein Gesicht bekommen – das Gesicht dieser ganz besonderen Frau.

»Kannst du mir sagen, wo sie diese Dose herhaben könnte?«, wiederholte sie ihre Frage und versuchte das Unbehagen zu unterdrücken, das ihr die neue Nähe trotz allem bereitete.

»Wenn deine Mutter eine dieser Dosen besessen hat, dann muss sie aus meiner Küche stammen.«

»Hast du sie ihr geschenkt?«

»Nein, sie hat sie wohl heimlich mitgenommen.« Die alte Dame lächelte. »Ich habe deine Mutter sehr geliebt und sie all die Jahre sehr vermisst. Insofern freut es mich, dass sie ein Stück Roccamori in ihrem Leben haben wollte.«

Ihre Großmutter erhob sich, ging langsam zu einem Küchenschrank und zog aus einer Schublade ein dünnes rotes Heft hervor, dessen Einband sich an den Ecken wellte.

»Es gehörte deiner Mutter«, sagte sie und kam an den Tisch zurück. »Ich habe nie herausgefunden, ob sie es mit Absicht oder aus Versehen hiergelassen hat. Wie auch immer, ich habe es die ganze Zeit in der Schublade aufgehoben.« Vittorias Blick wurde wehmütig. »Und wenn ich sie zu sehr vermisste, habe ich darin gelesen.« Sie hielt es Elisa hin. »Es gehört dir. Vielleicht findest du darin die Antworten, nach denen du suchst. Jedenfalls ein paar.«

Elisa nahm das Heft und las den Titel auf dem Umschlag. *Die Regeln des Tees und der Liebe.*

»Danke«, flüsterte sie sichtlich gerührt und hauchte ihrer Großmutter einen Kuss auf die Wange. »Danke für das Heft. Und danke für meine Geschichte.«

Die alte Dame nahm ihre Hand. »Und ich danke dir, dass du nach Roccamori gekommen bist.«

An der Tür drehte sich Elisa noch einmal um. Vittoria saß da, im Hintergrund die Kamelien, die zum Teil noch von der untergehenden Sonne beschienen wurden und zum anderen Teil bereits im Schatten lagen.

Während sie das Haus verließ, fragte sie sich, ob es wohl jemanden gab, der dem Fluch entgangen war. Und gleichzeitig wurde ihr klar, dass der Fluch sie genauso betraf wie vor ihr Daria und Renato, deren Liebe keine Erfüllung finden konnte.

# 40

*Yin Zhen*

*Der berühmteste und teuerste weiße Tee, für den nur die noch ungeöffneten ersten Knospen verwendet werden. Der Legende nach wurden sie lediglich von Jungfrauen gepflückt, die Seidenhandschuhe trugen und sie mit goldenen Scheren abschnitten. Der Name bedeutet »silberne Nadel«, weil die Knospen lang und schmal und mit feinen Härchen bedeckt sind. Die Farbe ist hell und golden, das Aroma sanft mit Kastanien- und Blütennoten.*

Das Zimmer lag im Mondlicht und ließ alle Umrisse silbern erstrahlen, den Tisch mit den Kamelien ebenso wie die Patchworkdecke, die sich Daniele um die Hüften gewickelt hatte.

Elisa setzte sich auf und betrachtete sein Gesicht. Wenn er so entspannt dalag, erinnerte er sie fast schmerzlich an den Daniele, den sie vor vielen Jahren kennengelernt hatte – an den jungen Burschen mit der ganzen Unschuld und Energie seiner Jugend, die ihn glauben ließen, dass alles, aber auch wirklich alles möglich sei.

Sein athletischer Körper hatte sich kaum verändert, er war durchtrainiert und wirkte, als wäre er immer auf dem Sprung. Er vermittelte Dynamik, Selbstbewusstsein und Lebensfreude, ein Lichtblick in der Welt, die er mittlerweile sicher zur Hälfte bereist hatte.

War wirklich alles möglich, wenn dieser Mann an ihrer Seite war?

Elisa seufzte, sie fand keine Antwort auf diese Frage. Nicht mit dieser Leere in sich, die sich erst noch füllen musste. Zunächst jedoch kamen die Schatten der Vergangenheit immer näher wie Strudel, die sie zu verschlingen drohten.

Sie war nach Roccamori gekommen in der Gewissheit, mit dem Tod ihrer Tante auch die letzten familiären Wurzeln verloren zu haben. Und auf einmal war alles anders. Sie hatte ihren Platz gefunden mit allen Konsequenzen, den positiven wie den negativen. Noch war das alles sehr verwirrend, und sie wusste nicht, ob sie sich jetzt freier fühlte als zuvor. Zugehörigkeit gab Sicherheit, schränkte indes zugleich ihre Freiheit ein.

Was sollte sie tun? Blieb ihr etwas anderes übrig, als die Realität zu akzeptieren?

Alles passte zusammen: Vittoria, der Fluch der verlorenen Liebe, die Geschichte ihrer Mutter. Und die geheimnisumwitterte schwarz-goldene Teedose, die zuletzt auf dem Küchentisch ihrer Tante gestanden hatte. Plötzlich verstand sie.

Bevor ihre Tante ins Krankenhaus gekommen war, hatte

sie die Dose dort hingestellt. Ganz bewusst und mit voller Absicht. Sie hatte genau gewusst, dass sie sterben würde. Elisa seufzte. Was hatte sie sich all die Monate erbitterte Vorwürfe gemacht, mit ihrer Tante nicht häufiger über ihre Mutter gesprochen zu haben. Jetzt erkannte sie mit einem Mal, dass die Teedose eine Nachricht gewesen war, eine Hinterlassenschaft, ein Wegweiser zu ihrer Herkunft, der Schlüssel zur Vergangenheit. Wenngleich lediglich andeutungsweise. Die Tante hatte ihrer Nichte die Wahl gelassen, ob sie der Spur folgen und nach der Wahrheit forschen wollte oder nicht.

Elisa legte sich ins Bett zurück zu Danieles warmem Körper, fand aber keine Ruhe, zählte stattdessen die Risse in der Holzdecke und folgte der Maserung der Balken. Das Quadrat des Himmels, das sie vom Bett aus sah, war voller Sterne, die ihr so nahe erschienen, als würden sie jeden Moment auf die Hügel und die Dächer der umliegenden Häuser fallen.

Es war eine magische Nacht für jeden im Dorf. Wer wusste schon, was gerade in diesem Augenblick in den Schlafzimmern der Häuser von Roccamori passierte. Vielleicht hatten die Frauen, ohne recht zu wissen warum, ihr schönstes Nachthemd aus der Schublade geholt und schmiegten sich an ihre Männer, in einer solchen Nacht konnte man nicht allein sein.

*Ich warte auf dich. Tu mir das nicht an. Tu uns das nicht an.*

Sie dachte an den Zettel aus dem Schreibtisch im Gewächshaus, und plötzlich wusste sie, warum Alba ihr so ungern dieses Zimmer gegeben hatte.

Natürlich, wie Schuppen fiel es ihr von den Augen. Deshalb hatte sie ein so merkwürdiges Gefühl befallen beim Betreten des Zimmers – das Gefühl, am Ziel einer langen Reise angekommen zu sein. Zu Hause und dennoch nicht willkommen.

Sie stand auf, schlich zum Fenster und schaute hinaus, strich über den frisch gestrichenen Rahmen und spürte die hauchfeinen Risse im Holz. Als sie das Fenster öffnete, quietschten die Angeln. Erschrocken drehte sie sich um, zum Glück schlief Daniele ganz ruhig weiter. Angstvoll beugte sich Elisa hinaus. Unter ihr gähnte der Abgrund, bestimmt zehn Meter tief. Ein Sturz aus dieser Höhe? Wenn man Glück hätte, würde der Aufprall durch das dichte Buschwerk an der Mauer abgemildert.

Bei dem Gedanken lief ihr ein kalter Schauer über den Rücken, und sie schloss das Fenster wieder.

Hier also war es geschehen. In diesem Zimmer hatten ihre Mutter und ihr Vater ihre letzte Nacht verbracht, und hier hatte sich Alba aus dem Fenster gestürzt und den beiden damit die winzige Chance auf eine gemeinsame Zukunft endgültig genommen.

Ungeachtet aller Dramatik überkam sie eine sonderbare Ruhe. Sie wusste jetzt, wie sich die Schulden an die Vergangenheit abtragen ließen, damit sich der Kreis schließen konnte.

Zurück im Bett lauschte sie Danieles Atem. Eine einzelne Träne lief ihr über die Wange. Sie drehte sich zur Seite in der Gewissheit, dass sie diese Bilder noch jahrelang verfolgen würden, jeden Abend, bevor sie der Schlaf erlöste. Doch zugleich spürte sie die Magie des Dorfes, zu dem sie jetzt gehörte, und fand endlich Ruhe.

# 41

*Lu Shan Yun Wu*

*Shan ist das chinesische Wort für Berg. Yun Wu heißt »Wolke und Nebel«, und entsprechend wird diese Sorte auf den nebligen Hochebenen des Landes gewonnen. Dieser wertvolle Grüntee stammt vom Gipfel des heiligen Berges Lu, und wer ihn trinkt, der wird lange leben, heißt es. Der Geschmack ist fruchtig und weich und hält lange an.*

»Bist du sicher?«

»Ganz sicher.« Elisa bemühte sich, seinem Blick standzuhalten.

»Ich kann sonst gerne warten, bis du alles erledigt hast.«

»Nein, fahr lieber voraus, ich weiß nicht, wie lange es dauert. Ich nehme den Bus. Sonst kommst du noch zu spät zum Flughafen.«

»Und wenn du den Bus verpasst?«

»Morgen fährt der nächste«, log sie.

In Wirklichkeit hatte sie nicht die geringste Ahnung, wann sie das nächste Mal hier wegkäme und wie sie das Giuliana erklären sollte. Elisa wusste nur eines: Egal was passieren würde, sie brauchte Zeit zum Nachdenken, und zwar ohne Daniele.

Er trank seinen Kaffee aus und schaute sie forschend an.

»Alles in Ordnung?«, fragte er, und als sie nur schweigend nickte, fügte er hinzu: »Eigentlich hatte ich gehofft, wir könnten noch ein bisschen Zeit gemeinsam verbringen, bevor ich zum Flughafen muss.«

Elisa presste die Lippen aufeinander. »Tja, Berufsrisiko, was?«, erwiderte sie leicht gereizt und gab ihm damit zu verstehen, dass sie nicht weiter gedrängt werden wollte.

Daniele runzelte die Stirn, ohne indes einen Kommentar abzugeben, und so beendeten sie, von Alba aufmerksam beobachtet, schweigend das Frühstück.

»Dann gehe ich nach oben und packe meinen Koffer zur Abwechslung mal in aller Ruhe«, erklärte er schließlich. »Sonst machen wir Chaoten das ja immer auf den letzten Drücker.«

Obwohl sie es provoziert hatte, versetzte sein bevorstehender Weggang ihr einen Stich. Daniele schien es zu merken, beugte sich zu ihr herunter und küsste sie auf den Mund.

»Du wirst mir fehlen«, murmelte er und strich ihr über die Wange.

»Du mir auch«, stieß Elisa mit erstickter Stimme hervor, ohne ihn anzusehen.

Ihren gebutterten Toast zwischen den zitternden Fingern schaute sie erst dann auf, als er durch die Terrassentür im Inneren des Hauses verschwunden war. Alles andere hätte zu sehr geschmerzt.

Der Garten strahlte Ruhe aus, der sanfte, kühle Wind ließ die Blätter der Kamelie erzittern und die auf den Boden gefallenen Blütenblätter tanzen.

Elisa betrachtete die Fassade des Hauses, die weißen Vorhänge, die aus dem Fenster des ersten Stocks wehten genau wie beim ersten Mal, als sie hier gewesen war. Als ob das Haus sie grüßen wollte. Diese Mal allerdings zum Abschied. Natürlich würde sie wiederkommen. Jetzt, wo sie wusste, dass Vittoria ihre Großmutter war, konnte sie nicht mehr einfach so verschwinden. Trotzdem war es ein Abschied. Seufzend zog Elisa ihren Schal enger um sich, später würde sie ihn Vittoria zurückgeben.

Die alte Dame stand wie erwartet zwischen ihren Kamelien, genauer gesagt neben der schneeweißen Pflanze oder, richtiger, neben dem, was von ihr übrig war, denn sie schnitt nach und nach alle Blüten ab.

»Nein«, schrie Elisa, rannte auf sie zu und riss ihr die Schere aus der Hand. »Nein, was hast du gemacht? Warum?« Völlig aufgelöst schaute sie ihre Großmutter und die verstümmelte Kamelie an.

Ohne nachzudenken, kniete sie sich auf den Boden und sammelte die Blumenköpfe auf, doch es waren so viele, dass sie ihr immer wieder herunterfielen, ein Meer aus schneeweißen Blüten.

»Warum?«, fragte Elisa noch einmal, während Tränen ihr über das Gesicht rannen. »Warum hast du das getan? Es ist das Einzige, was mir von ihm geblieben ist.«

Vittoria reichte ihr die Hand und schaute ihr in die Augen.

»Nein, da irrst du. Das Einzige, was von ihm geblieben ist, bist du. Das sind nicht diese Pflanzen.«

Elisa wischte sich die Tränen ab, eine Kamelie hielt sie noch in der Hand.

»Du warst es«, sagte sie zu ihrer Großmutter. »Du hast die Kamelie geschickt, nicht wahr? All die Jahre zu ihrem Geburtstag. Warum?«

Seufzend drehte Vittoria sich zu dem geschändeten Strauch um, bevor sie zu reden begann.

»Eines Morgens ging ich ins Gewächshaus, um nach Renato zu suchen, und entdeckte einen Brief deiner Mutter auf dem Tisch. Ungeöffnet. Mit der neuen Adresse. In diesem Moment begriff ich, dass die beiden niemals zueinanderfinden würden. Aber als Zeichen seiner unerfüllten Liebe züchtete er die Kamelie, die immer genau zu ihrem Geburtstag blühte. Ich konnte nicht zulassen, dass sie nichts davon erfuhr. Es wäre nicht richtig gewesen, sie ihr vorzuenthalten, schließlich war diese Kamelie allein zu ihrem Andenken gezüchtet worden. Und deshalb habe ich sie ihr geschickt. Jedes Jahr, als Geburtstagsgeschenk.«

»Meine Mutter hat offenbar nicht gewusst, wer sie ihr schickte«, warf Elisa nachdenklich ein.

Ihre Worte entlockten Vittoria ein trauriges Lächeln, und das erste Mal kam sie ihr wirklich alt vor.

»Dennoch bin ich fest davon überzeugt, dass sie tief in ihrem Herzen hoffte, dass sie von Renato kam. Jedenfalls habe ich mir das gewünscht, ich dachte, der Gedanke, dass da noch etwas war, würde sie trösten.«

Hatte ihre Mutter das so gesehen, so sehen können, fragte sich Elisa.

*Es nicht zu wissen ist die schlimmste Qual.*

Diese Worte Darias hallten in ihrem Kopf wider, doch sie konnte und wollte Vittoria nicht damit konfrontieren, dass ihre lieb gemeinte Geste womöglich genau den gegenteiligen Effekt gehabt hatte. Außerdem: Wer vermochte wirklich in den Kopf eines anderen hineinzuschauen. Vielleicht hatte ihre lebenskluge Großmutter ja trotzdem recht, und diese Kamelie hatte Daria beim Überleben geholfen, indem sie sie zumindest ein Stück weit in ihrer Vergangenheit verankerte. Sie schaute auf die weißen Blütenblätter zu ihren Füßen.

»Und warum hast du sie zerstört?«

Die alte Dame griff nach ihren Händen. »Weil es dich gibt. Diese Kamelie ist gleichermaßen Ausdruck einer großen Liebe wie eines großen Fehlers. Es war der größte Fehler meines Sohnes, Daria aufzugeben, statt mit ihr zu gehen, und deshalb will ich sie nicht mehr in meinem Garten. Jedes Mal, wenn ich dich ansehe, wird mir klar, wie viel ich durch Renatos falsche Entscheidung versäumt habe.«

»Und weshalb hast du die Kamelie selbst nach Darias Tod weiter verschickt?«

»Von ihrem Tod wusste ich eine Weile nichts. Als ich davon erfuhr, habe ich damit aufgehört. In den letzten Jahren hat jemand anders sie geschickt.«

»Und wer?«

Vittoria starrte auf die Pflanze, nahm Elisa die Schere aus der Hand und begann zu sprechen, wenngleich sie mal wieder keine Antwort auf eine konkrete Frage gab.

»Ich habe dir gesagt, dass wir niemals Tee in Roccamori produziert haben. Das stimmt nicht ganz. Hin und wieder hat deine Mutter heimlich Blätter der Camellia sinensis gepflückt und getrocknet und sie mit anderen Tees gemischt. Ich habe sie nie danach gefragt. Seit gestern hingegen denke ich darüber nach, ob der Tee, nach dem du suchst, nicht erst viel später von ihr gemischt wurde, also nicht mehr in Roccamori.«

»Mit …« Elisa deutete auf die weißen Pflanzenköpfe. »Mit Blüten der schneeweißen Kamelie, ihrem Geburtstagsgeschenk«, murmelte sie.

Vittoria nickte. »Und hat der Tee geschmeckt?«

»Ich habe das erste Mal einen Schluck davon trinken dürfen, als ich noch klein war – er sollte mich damals über Brandwunden an der Hand hinwegtrösten. Das nächste Mal war er bereits sehr gealtert, sodass sich sein Geschmack sicherlich geändert hatte. Nichtsdestotrotz fand ich das Aroma einzigartig, meine Freundin hingegen bezeichnete ihn als muffig.«

Die Augen der alten Dame blitzten. »Weißt du, was das heißt?«

»Was?«

»Dass man aus Renatos weißer Kamelie Tee gewinnen kann«, erklärte Vittoria und nahm erneut die Hand ihrer Enkelin. »Das ist die einzige Bedingung.«

»Für was?«, erkundigte Elisa sich, die überhaupt keine Ahnung hatte, worüber die alte Dame sprach.

»Die Bedingung dafür, dass ich bereit bin, den Anblick dieser Kamelie in meinem Garten weiter zu ertragen«, fügte Vittoria mit einem verschmitzten Lächeln hinzu.

Elisa verschlug es die Sprache. »Du willst ernstlich Tee produzieren?«

»Gott behüte, meine Liebe. In meinem Alter wäre das lächerlich. Du könntest und solltest das machen, sofern du willst.«

»Ich? Wie soll das denn gehen?«

»Das weiß ich nicht. Egal, es gibt nichts, was sich nicht regeln lässt.«

»Nein, ich meine, wie soll ich das organisieren? Ich müsste nach Roccamori ziehen …«

»Na und, dieses Haus ist ohnehin zu groß für mich. Ich wäre glücklich, dich bei mir zu haben, es wäre eine Möglichkeit …«, Vittoria wandte den Blick ab, »verlorene Zeit mit meiner Enkelin nachzuholen.« In ihren Augen standen Tränen. »Dieses Haus gehörte seit jeher der Familie, demnach also genauso dir wie mir. Und es wäre wunderbar, wenn du in Roccamori bleiben würdest.«

»Ich muss darüber nachdenken«, antwortete Elisa mit zittriger Stimme, obwohl die Entscheidung im Grunde schon gefallen war. Irgendwie fühlte sie, dass sie noch nie einen Ort so als ein Zuhause betrachtet hatte wie diese alte Villa. Nichts auf der Welt könnte sie glücklicher machen als die Casa delle Camelie.

Sie hob den Schal auf, der zu Boden gefallen war. »Ich wollte ihn dir zurückgeben.«

»Ich will ihn nicht zurück. Behalte ihn, jedenfalls so lange, bis du über mein Angebot nachgedacht hast. Und vergiss nicht – der Weg des Tees ist immer der richtige.«

# 42

*Oriental Beauty*

*Ein berühmter Formosa-Oolong, der in Europa bereits in der zweiten Hälfte des 19. Jahrhunderts bekannt war. Es heißt, er sei sogar am britischen Hof getrunken worden und würde seinen Namen Queen Victoria verdanken, die von seinem süßlich-würzigen Geschmack besonders angetan war. Das Geheimnis seines ganz besonderen Aromas liegt darin, dass die Teegärten von Zikaden befallen sein müssen, damit sich die Blätter frühzeitig verfärben und der Tee sein honigartiges Aroma erhält. Der große Aufwand und die nicht immer idealen Bedingungen machen den Tee zu einer Rarität, denn immer weniger Teebauern stellen sich dieser Herausforderung.*

Die Morgensonne wärmte die Häuser rund um die Piazza und spiegelte sich in einzelnen Fenstern und Ladenscheiben. Die grünen Holzläden an den Balkonen öffneten sich langsam, die Kirchturmuhr zeigte fast zwölf. Elisa saß auf ihrem üblichen Platz vor der Bar und wartete auf den Bus, der einfach nicht kommen wollte.

Sie erinnerte sich, wie deprimierend sie diesen Ort bei ihrer Ankunft gefunden hatte. Inzwischen verstand sie sich selbst nicht mehr. Sie betrachtete die dunklen Türen, die hellen Steine, die Gassen, die sich zwischen den Häusern hindurchschlängelten, die Schieferdächer. Hier lag Roccamoris Geheimnis, wie sie mittlerweile entdeckt hatte. In den Schatten, den verborgenen Ecken, der Stille.

Entspannt lehnte sie sich zurück und schaute sich um. Vom Bus weit und breit keine Spur. Also suchte sie in ihrer Tasche nach dem roten Heft, in dem sie bislang noch nicht gelesen hatte – eine unerklärliche Scheu schien sie davon abzuhalten. Während sie in den Tiefen der Tasche herumtastete, hatte sie mit einem Mal die Schneekugel in der Hand, die sie in der Tabaccheria erstanden hatte. Sie stellte sie auf den Tisch vor sich und beobachtete, wie der Schnee auf die kleine Schlittschuhläuferin herabrieselte.

Kurz darauf kam Gianni mit der vertraut mürrischen Miene aus der Bar, und unwillkürlich schoss es Elisa durch den Kopf, dass sie all das vermissen würde, das Dorf selbst wie seine Bewohner mit ihren teils sonderbaren Gewohnheiten und Spleens.

»Guten Morgen, Elisa«, sagte er – es war das erste Mal, dass er sie mit ihrem Namen ansprach.

Ein unbekanntes Glücksgefühl durchströmte Elisa: Sie wurde akzeptiert, sie gehörte dazu, schien ein Teil des Dorfes zu sein. Welch ein Erlebnis kurz vor ihrer Abfahrt!

Sie wartete, dass Gianni ihre Bestellung aufnahm, der aber blickte mit erstarrter Miene auf die Schneekugel.

»Gefällt sie Ihnen?«, erkundigte Elisa sich, die seinen merkwürdigen Gesichtsausdruck nicht einzuordnen wusste.

Er zögerte einen Moment. »Natürlich, sie ist sehr hübsch. Du hast sie im Tabakladen gekauft, oder?«

»Genau«, erwiderte Elisa, die sich fast schon nicht mehr wunderte, dass Gianni sie duzte.

»Sehr gut. Es ist besser, wenn ich sie nicht mehr sehe.«

»Wen oder was?«

»Die Schneekugel, sie sollte ein Geburtstagsgeschenk für meine Frau sein.«

»Oh, sie stand da im Laden ganz normal zum Verkauf«, glaubte Elisa sich rechtfertigen zu müssen.

Gianni winkte ab. »Ich hatte Anna gebeten, sie bis zum Geburtstag auf die Seite zu legen. Meine Frau liebte die Figur sehr, weil sie sie an ihre Kindheit erinnerte. Sie ist als kleines Mädchen selbst Schlittschuh gelaufen und hatte außerdem einen roten Mantel. Ich habe erst richtig begriffen, dass sie tot war, als Anna mich eines Tages fragte, ob sie die Schneekugel weiter zurücklegen soll, und ich Nein sagen musste.«

Elisa sah die Tränen in seinen Augen und verstand ihn so gut. Sie selbst hatte den Tod ihrer Mutter erst wirklich realisiert, als es am Morgen ihres Geburtstags klingelte und ihre Tante kurz darauf mit der Kamelie in die Küche kam, mit zitternden Händen und einem verzweifelten Lächeln auf den Lippen.

Eine Weile betrachteten beide die Glaskugel. Noch immer tanzten die Flocken um die kleine Eisprinzessin.

»Es tut mir leid«, sagte Elisa leise, »ich weiß, wie es ist, wenn man mit einem gebrochenen Herzen leben muss.«

»Nein, das Herz selbst zerbricht nicht«, antwortete Gianni, »wir zerbrechen daran, weil wir weiterlieben, als ob nichts passiert wäre, weil unser Kopf sich weigert, das Unfassbare zu akzeptieren. Da liegt das Problem.« Er hielt inne, seufzte und fragte dann: »Einen Kaffee?«

»Ja, bitte, ich warte auf den Bus.«

Der ewig missmutige und dabei so sensible Gianni ging in die Bar zurück, und Elisa dachte an die Geschichten, die die Frauen beim Tee in der Casa delle Camelie erzählt hatten. Sie hatten recht, dass die Touristen die Romantik an den falschen Stellen suchten. Die wahre Liebe war schwer zu finden, und sie ließ sich erst recht nicht fotografieren. Man erkannte sie in den zerfurchten Gesichtern, in Blicken und Gesten. Sie versteckte sich an den unglaublichsten Orten: Wahre Liebe konnte sich in einer Tasse Kaffee ausdrücken, in einem süßen Zimt-Anis-Brötchen oder eben in den Blüten einer schneeweißen Kamelie, die sich nur wenige Tage im Jahr entfalteten.

Nach und nach bevölkerte sich die Piazza. Die rote Vespa des Postboten stand vor der Tabaccheria, und mit einem Mal kam Elisa eine Idee.

Bis der Bus kam, würde es vermutlich noch dauern. Sie legte das Geld fur den Kaffee auf den Tisch und schrieb einen Zettel: *Ich bin sicher, dass Ihre Frau mit Ihnen glücklicher war als das Mädchen in der Schneekugel,* und stellte die Schneekugel darauf.

Kaum hatte sie den kleinen Laden betreten, wurde sie von dem Geruch nach Papier und Radiergummis eingehüllt. Hinter dem Tresen stand dieses Mal nicht Pietro, sondern eine pausbäckige Frau mit goldblonden Löckchen, die ihr vage bekannt vorkam. Als sie näher hinsah, fiel es ihr ein: Sie war ihr bei Vittoria begegnet.

»Guten Tag«, sagte die Frau und hob den Blick von dem Paket, das sie gerade auspackte, »kann ich Ihnen helfen?«

»Ich brauche einen …«, Elisa suchte verlegen nach einer Ausrede, »einen von diesen Spitzern.« Sie deutete auf die Comicfiguren. »Ist der junge Mann heute nicht da?«

»Pluto, Micky Mouse oder Gustav Gans?«

»Nein, ich meinte Pietro«, erwiderte Elisa verwirrt.

Die Frau lächelte. »Und ich den Spitzer.«

»Natürlich, entschuldigen Sie. Einmal Pluto, bitte.«

»Das macht zwei Euro fünfzig«, erklärte die Frau und stellte die Figur vor Elisa auf den Tresen.

»Ich wollte Pietro etwas fragen …«, startete sie einen neuen Anlauf.

»Er müsste gleich wieder da sein, die Vespa steht noch draußen. Ist er nicht im Hotel gewesen? Bevor er nach Canneto zur Post fährt, geht er immer dort vorbei, um die Post zu holen. Hoffentlich hat er es nicht wieder vergessen.« Die Frau zuckte mit den Schultern. »Kann ich etwas für Sie tun?«

»Nein, es war nichts Wichtiges, ich wollte ihn lediglich etwas wegen einer Lieferung fragen.«

»Moment, waren Sie das, die nach dem Verschicken einer Blume gefragt hat?«, erkundigte sich die Blondgelockte und fügte hinzu, als Elisa nickte: »Ich habe Ihnen das hier zurückgelegt.«

Bei diesen Worten beugte sie sich nach unten und holte unter der Theke eine lange Schachtel mit orangefarbenen und weißen Streifen hervor.

Elisa erstarrte. Das war genau die Schachtel, die jedes Jahr bei ihnen zu Hause angekommen war. Ihr Herz klopfte.

»Wenn es nur wenige Blumen sind, passt das wunderbar. Was meinen Sie?« Als Elisa nichts sagte, fügte sie hinzu: »Ich kann sie Ihnen günstiger geben, die Kundin, die sie haben wollte, hat sich anders entschieden.«

»Eine Kundin?«

»Ja, Alba vom Hotel. Sie meinte, in diesem Jahr brauche sie die Schachtel nicht.«

»Alba?«

»Ja, ganz sicher. Im Grunde ist es meine Schuld, dass ich auf der Schachtel sitzen bleibe, weil ich sie einfach auf Verdacht bestellt habe, ohne Alba vorher zu fragen. Bisher brauchte sie sie in den letzten Jahren immer …« Weiter kam sie nicht, denn Elisa war bereits draußen. »Halt, Ihr Spitzer!«, rief sie ihr vergeblich nach.

# 43

*Ceylon Ceciliyan*

*Ein eleganter Schwarztee aus Ceylon, der aus den goldgelben Knospen der Ceciliyan-Plantage hergestellt wird, die in einer Region mit optimalen Klimabedingungen liegt. Ceciliyan hieß die Ehefrau des ersten Teepflanzers. Der Aufguss ist bernsteinfarben, der vollmundige Geschmack erinnert an Karamell mit einer dezenten Honig- und Schokoladennote.*

Elisa betrat das Hotel durch die Restauranttür. Sie war so gerannt, dass sie völlig außer Atem ankam. Alba, die gerade Geschirr auf die lange Theke stellte, erschrak derart bei ihrem Anblick, dass ihr fast ein Teller aus der Hand gefallen wäre.

»Warum?«, fragte Elisa ohne Einleitung mit einer so harten Stimme, die ihr selbst fremd vorkam. »Warum haben Sie so getan, als würden Sie meine Eltern nicht kennen? Warum haben Sie die Kamelie verschickt? Was haben Sie sich davon versprochen?«

Alba zog sie in das kleine Nebenzimmer und nahm auf

einem Sessel Platz, Elisa setzte sich auf den Stuhl gegenüber, ganz am Rand und bereit, jederzeit aufzuspringen.

»Ich muss mich bei dir entschuldigen, wenngleich nicht aus dem Grund, den du vermutest.« Als Elisa dazwischenfahren wollte, brachte Alba sie mit einer herrischen Geste zum Schweigen. »Lass mich ausreden. Ich muss mich entschuldigen, weil ich nicht gleich mit dir gesprochen und dir reinen Wein eingeschenkt habe. Das war ein Fehler, aber ich war einfach zu feige. Tut mir leid.«

Wie Vittoria und Gianni war auch Alba übergangslos vom Sie zum Du gewechselt. Nun ja, dachte Elisa, schließlich gehörten sie gewissermaßen zur selben Familie.

»Deshalb haben Sie, hast du – vielleicht sollte ich zu meiner Stiefmutter lieber Du sagen – meine Reservierung zuerst abgelehnt, oder?«, fragte Elisa mit ätzendem Unterton. »Du wusstest genau, wer ich bin.«

Alba nickte. »Ich war überzeugt, dass du alles herausgefunden hattest, und davor hatte ich Angst.«

»Und warum hast du dich dann anders entschieden?«

»Nun, das erste Mal habe ich rein instinktiv gehandelt, anschließend jedoch noch mal nachgedacht, und dabei wurde mir klar, dass der Moment gekommen war, sich der Vergangenheit zu stellen.«

»Und dann hast du die zweite Mail geschrieben.«

»Ja, allerdings war ich völlig perplex, dass du nicht Bescheid wusstest, sondern dass dich ein purer Zufall hierhergeführt hat. Wer sollte so etwas ahnen! Die Dorfbewohner haben sofort deine Ähnlichkeit mit Renato bemerkt.

Es war eine absurde Situation, in der keiner wusste, wie er sich verhalten sollte, Vittoria eingeschlossen. Zumal alle befürchteten, du seist hergekommen, um alte Geschichten aufzuwühlen.«

»Und warum hast du mir die Kamelie geschickt?«, fragte Elisa nach wie vor feindselig. »Hattest du ein schlechtes Gewissen?«

Alba starrte sie an. »Nein, das muss ich nicht haben, denn ich war es nicht, die das Leben deiner Mutter zerstört hat. Mir ist klar, dass es einfacher war, mich für alles verantwortlich zu machen, aber so lagen die Dinge nicht.«

»Willst du damit sagen, meine Mutter war schuld, weil sie sich in Renato verliebt hat?«

»Nein. Ich will lediglich feststellen, dass ich das Leben deiner Mutter nicht zerstört habe, das war dein Vater.«

»Wieso mein Vater? Er hat sie schließlich geliebt.«

»Natürlich hat er das, nur nicht mit allen Konsequenzen. Dazu fehlte ihm der Mut.«

»Vielleicht hat sie ja der Fluch getrennt.«

»So ein Quatsch«, widersprach Alba ungehalten, »dein Vater hatte Angst vor der Verantwortung und immer für alles und jedes eine Ausrede parat. Möglich sogar, dass er das Richtige zu tun glaubte oder sich das in romantischer Verklärung eingeredet hat, doch im Grunde tat er allein das, was sein Egoismus ihm vorgab.«

Elisa fehlten die Worte. Die Wanduhr tickte, die Zeit verging. Es war inzwischen nach zwölf. Den Bus hatte sie verpasst.

»Und warum die Kamelie?«

»Renato hatte die Kamelie extra für deine Mutter gezüchtet, es war seine Art, seiner Liebe für sie Ausdruck zu verleihen, obwohl er sie allein gelassen hatte.« Alba hielt inne. »Du musst wissen, dass er sehr unter der Trennung von ihr gelitten hat und unzählige Stunden im Gewächshaus verbrachte, sogar ganze Nächte. Vittoria und ich haben uns große Sorgen gemacht, er magerte ab, hatte dunkle Ränder unter den Augen, sein Blick wirkte gehetzt. Erst als er die Kamelie gezüchtet hatte, ging es ihm besser.«

»War das denn Liebe?«

»Ja, er hat ihr alles an Liebe geschenkt, was er geben konnte, mehr war ihm nicht möglich. Zumindest ist er für sie bis an seine Grenzen gegangen.«

Elisa zögerte, bevor sie die Frage stellte, die ihr auf den Nägeln brannte.

»Wusste er, dass Daria schwanger war?«

»Nein, bestimmt nicht. Meines Wissens gab es keinen Kontakt mehr, nachdem Renato ihr seine Entscheidung mitgeteilt hatte. Da war er von einer geradezu brutalen Konsequenz, er hat nicht einmal mehr über sie gesprochen. Daria schien für ihn nicht länger zu existieren, seine Liebe lebte allein in der Kamelie weiter.«

Elisa seufzte. Zu wissen, dass ihr Vater von ihrer Existenz nie etwas erfahren hatte, machte in gewisser Weise alles einfacher. Wenigstens erübrigte sich die Frage, warum er nie Kontakt zu ihr gesucht hatte.

»Ich weiß von Vittoria, dass sie auf die Idee mit der Kamelie kam ...«

Alba nickte: »Sie hat deine Mutter geliebt wie ein eigenes Kind. Die Trennung hat sie sehr geschmerzt, und irgendwie fühlte sie sich verantwortlich. Deshalb wollte sie wohl den Eindruck erwecken, dass Renato sie nicht ganz vergessen hatte.«

»Und später hast du die Kamelie geschickt.«

»Ja, Vittoria wusste lange nicht, dass Daria gestorben war. Mich hat sie erst in die Kameliengeschichte eingeweiht, als Renato krank wurde. Daraufhin habe ich versucht, mich mit Daria in Verbindung zu setzen, und von deiner Tante erfahren, dass sie seit ein paar Jahren schon tot war. Und bei dieser Gelegenheit hörte ich zum ersten Mal von dir. Sie versprach mir, dich irgendwann in alles einzuweihen. Offenbar ist es dazu nie gekommen. Aus welchen Gründen auch immer.« Albas Stimme brach. »Und als Vittoria mir erklärte, künftig keine Kamelie mehr schicken zu wollen, habe ich das übernommen.«

»Und warum?«

»Dir zuliebe. Aus Sentimentalität. Mir gefiel der Gedanke, dass du zumindest seine Kamelie bekommst.« Sie zögerte, hielt für eine Weile inne. »Weißt du, ich bin an der Seite deines Vaters nicht wirklich glücklich geworden. Es konnte nicht anders sein, aus Schmerz kann bloß Schmerz erwachsen. Leider war ich zu jung, um das rechtzeitig zu erkennen. Die Blumen waren Renatos Art, Gefühle zu zeigen, und in dieser schneeweißen Kamelie steckte seine ganze Liebe. Nicht für mich, sondern für Daria. Und deshalb hattest du einen Anspruch auf diese besondere Blume, die er eigens für deine Mutter gezüchtet hatte.«

Elisa biss sich auf die Lippen, um die Tränen zurückzuhalten. Zwar war sie noch nicht fähig, dieser Frau ihre Dankbarkeit zu zeigen, aber im Grunde ihres Herzens war sie es. Außerdem rührte die Geschichte sie. Schließlich hatte Alba, selbst ein Opfer dieser unglückseligen Dreierbeziehung, durch die Kamelie eine Verbindung zu ihrem Vater herstellen wollen. Sie hatte geahnt, wie sehr sie ein solches Zeichen brauchte.

Alba sah sie voller Zärtlichkeit an. »Du hast so viel von ihm, nicht allein das Aussehen. Dein scheuer Gesichtsausdruck, deine vorsichtigen Gesten, deine Zurückhaltung. Und du setzt beim Gehen zuerst mit den Zehenspitzen auf, genau wie er.« Sie strich ihr über die Hand. »Am Abend, als dein Freund angekommen ist, habe ich das erste Mal ebenfalls Daria in deinem Gesicht erkennen können, denn in diesem Augenblick sprühten deine Augen vor Energie wie ihre damals.« Sie drückte Elisas Hand. »Ich bitte dich nicht um Verzeihung oder um deine Zuneigung, doch du bist die Tochter des Mannes, den ich wie nichts anderes auf dieser Welt geliebt habe, und das Einzige, was mir von ihm geblieben ist. Und ich will nicht den gleichen Fehler machen wie er. Ich hoffe, dass es noch nicht zu spät ist.«

»Und die Legende?«, fragte Elisa nach einer Weile. »Der Fluch der verlorenen Liebe? Sind die Mitglieder meiner

Familie nicht dazu bestimmt, auf die Menschen zu verzichten, die sie lieben?«

»Mit dem Fluch hat das nichts zu tun. Renato und Roccamori war eines gemeinsam, sie konnten grenzenlos lieben und hatten gleichzeitig Angst davor. Ich hingegen glaube, dass die Legende seit jeher als Alibi diente, um dieser Angst einen Namen zu geben. Und deshalb wird der wichtigste Teil ständig weggelassen.«

»Welcher Teil?«

»Willst du ihn hören?«

Elisa nickte. »Gerne.«

Alba atmete tief durch. »Die Araberin hatte ein Kind, einen Sohn, der zu einem bildhübschen Mann heranwuchs. Er besaß die samtige dunkle Haut der Mutter und den stolzen Blick des Vaters, und alle jungen Frauen waren hoffnungslos in ihn verliebt, er indes wählte die Tochter des Mannes, der vor vielen Jahren seine Mutter vor der Rache der Dorfbewohner gerettet hatte. Als die Araberin von dieser Liebe erfuhr, kam ihr der Fluch in den Sinn, und sie fürchtete, er könne auch diese beiden trennen. Eines Morgens bat sie die junge Frau um Rat, und die glaubte tatsächlich eine Lösung zu kennen.«

»Und welche war das?«, fragte Elisa atemlos.

»Sie war der Überzeugung, dass die Frauen von Roccamori den Fluch zu bannen vermochten. Solange sie sich regelmäßig im Garten der Casa delle Camelie träfen, werde Frieden herrschen, versprach sie. Weil weibliche Solidarität eben stärker sei als alle Verwünschungen.«

»Der Tee und das Gemeinschaftsgefühl der Frauen schützen uns vor uns selbst …«, murmelte Elisa und dachte an Vittorias Worte.

Alba nickte. Sie sahen sich lange an, und Elisa wollte gerade noch etwas sagen, als von draußen ein Motorengeräusch zu hören war und eine Männerstimme nach Alba rief. Einen Moment später tauchte der Postbote auf.

»Alba, entschuldige, ich habe dich total vergessen. Ich war bereits halb in Canneto, als mir wieder eingefallen ist, dass ich deine Post holen muss.«

Elisa schaute zum Fenster hinaus, der Motor der Vespa lief noch.

»Entschuldigt«, rief sie und rannte zur Tür, »ich klaue mir deine Vespa.«

»Was? Und warum das?«

Der junge Mann war völlig vor den Kopf gestoßen, weil er, wie Elisa rechtzeitig einfiel, alles wörtlich nahm.

»Natürlich leihe ich sie mir bloß aus und bringe sie bald zurück, versprochen«, schob sie nach, bevor sie nach draußen stürmte, auf die Vespa sprang und davonbrauste.

# 44

## *Darias verbotener Tee*

*Ein fast mystischer, würzig-süßer und zugleich herber Geschmack, der sich schwer mit Worten beschreiben lässt. Rau und ungestüm am Gaumen, mit einem verheißungsvollen, versöhnlichen Nachhall, eine einzigartige Aromenvielfalt und ein alles umhüllender, verführerischer Duft. Dieser Tee ist wie eine innige Umarmung.*

Elisa raste in halsbrecherischem Tempo das Serpentinensträßchen von Roccamori ins Tal herunter, mehr als einmal drohte sie aus der Kurve zu fliegen. Daniele war eine ganze Weile vor ihr mit dem Leihwagen losgefahren – wenn sie nicht alles aus der Vespa herausholte, würde sie ihn nicht mehr einholen. Es musste einfach klappen. Sie durfte nicht zulassen, dass er – ihre abweisenden Worte im Ohr und ihren verständnislosen Blick im Gedächtnis – ins Flugzeug stieg und für wie weiß wie lange entschwand. Sie wollte ihn nicht erneut verlieren, denn diesmal wäre es endgültig.

Immer wieder schaute sie auf das satte Grün des breiter werdenden Tales und die schroffen Felsen, die es begrenzten. Es war absurd, dass es ausgerechnet Alba war, die ihr die Augen geöffnet hatte. Mit einem Mal begriff Elisa, dass ihr Wunsch, es allen ständig recht zu machen, lediglich eine Ausrede gewesen war, um nicht handeln zu müssen. Mit angezogener Handbremse zu leben, machte vielleicht nicht immer glücklich, vermied jedoch neuen Kummer und neue Enttäuschungen. Sie konnte sich auf diese Weise sicher fühlen, sich an ihre eigenen Regeln halten und riskierte nichts.

In Roccamori nun hatte sie gelernt, dass man zumindest für eine gute Tasse Tee keine Regeln brauchte. Und wenn das für den Tee galt, warum nicht desgleichen für das Leben? Oder für die Liebe?

Sie wusste nicht, welche Zukunft an Danieles Seite auf sie wartete angesichts seiner ständigen Reisen und seiner Angst vor einer familiären Bindung. Und sie hatte keinen Plan, was sie ihm sagen sollte, wenn sie ihn noch vor dem Abflug erreichte.

Eines hingegen wusste sie inzwischen: dass sie nach Roccamori gehörte. Dort lagen ihre Wurzeln, ihre Vergangenheit und ebenso ihre Zukunft. Und nicht zuletzt war dort ihre Großmutter. Sie würde jede Minute nutzen, um Vittoria kennenzulernen, sich selbst in dieser besonderen Frau wiederzufinden. Und sie war sicher, dass ihr das helfen würde, mit sich selbst besser zurechtzukommen, mit ihrer Vergangenheit, mit ihren Ängsten und ihren unsinnigen Schuldgefühlen, die sie sich selbst eingepflanzt hatte.

Außerdem würde sie das Angebot ihrer Großmutter annehmen und versuchen, Tee nach der Rezeptur ihrer Mutter herzustellen. Mit den Blüten der weißen Kamelie. Allein die Vorstellung erfüllte sie mit erwartungsvoller Freude, sie fühlte sich lebendig und voller Tatendrang wie lange nicht mehr und konnte es kaum erwarten, damit anzufangen. Und jetzt, wo sie ihren Platz gefunden hatte, würde es ihr auch leichterfallen, auf Daniele zu warten, seine Reisen zu akzeptieren und ihn gehen zu lassen in dem Vertrauen, dass er immer wieder zurückkehrte.

Roccamori würde ihr die Erdung verschaffen, die sie brauchte.

Tief über den Lenker gebeugt, bog sie auf die Hauptstraße ab. Der Gashebel war am Anschlag, mehr gab der Motor der Vespa nicht her. Die Landschaft verschwamm vor ihren Augen, und sie wusste nicht genau, ob die Tränen vom Fahrtwind oder dem Staub kamen, der in der Luft lag oder von der Angst herrührten, alles bereits verloren zu haben, bevor es überhaupt richtig begonnen hatte.

Und das hätte sie sich dann zuzuschreiben, sich ganz allein.

Der Verkehr hatte inzwischen deutlich zugenommen, und Elisa hielt vergebens Ausschau nach Danieles Wagen. So würde sie ihn nie einholen, er hatte zu viel Vorsprung. Sie überholte ein Auto nach dem anderen, von ihm keine Spur. War sie überhaupt auf der richtigen Straße unterwegs? Fuhr sie vielleicht in die falsche Richtung? Sie wollte gerade umdrehen, als sie das grüne Autobahnschild erkannte.

»Komm schon, noch ein kleines bisschen«, murmelte

sie, und die Vespa schien zu verstehen und das Unmögliche möglich zu machen.

Doch einige Minuten später war Schluss. Stau. Eine nicht enden wollende Autoschlange wälzte sich durch die Landschaft. Was war da los? Ein Unfall vielleicht? Daniele würde sie jedenfalls nicht mehr erreichen.

Elisa wischte sich die Tränen aus den Augen, allmählich ließen ihre Kräfte nach. Sie war gefahren wie ein Henker, alles umsonst. Deprimiert stieg sie von der Vespa, um zu wenden, als sie plötzlich weiter vorne seinen Wagen entdeckte. Jetzt, wo sie ihm so nah war, verließ sie der Mut. Sie schaute in die weite Landschaft, in der Ferne meinte sie die Umrisse eines fahrenden Zuges zu erkennen. Jetzt oder nie. Wenn sie zu lange zögerte, wäre Daniele weg. Sie fuhr die wenigen Meter bis zu seinem Auto.

Was sollte sie ihm sagen?

Daniele nahm ihr die Entscheidung ab.

»Was machst du denn hier?«, fragte er leicht ungläubig und nickte zur Vespa hin.

»Du hast etwas vergessen«, erwiderte sie mit zittriger Stimme und tastete in ihrer Tasche nach dem roten Feuerzeug.

Es war die dämlichste Ausrede aller Zeiten, aber etwas Besseres war ihr nicht eingefallen.

Stirnrunzelnd schaute er sie an. »Das gehört mir nicht«, beschied er sie kurz angebunden.

»O doch, du hattest es vor neun Jahren in Annas Haus dabei, und dort ist es dir aus der Tasche gefallen.«

Das Eis war gebrochen, als Daniele in unbändiges Gelächter ausbrach.

»Sag nur, du hast es die ganze Zeit aufgehoben?«

»Ich wollte es dir damals eigentlich zurückgeben, aber dann habe ich mich entschlossen, es zu behalten.« Elisa zuckte mit den Schultern. »Seitdem trage ich es immer bei mir wie einen Talisman. Und warum ich mich damals nicht in der Lage sah, den Kontakt aufrechtzuhalten, habe ich dir ja erzählt. Meine Mutter brauchte mich einfach. Doch jetzt ist alles anders. Ich will dich, mit jeder Faser meines Herzens, wenngleich ein Teil von mir immer noch Angst hat.«

Daniele sah sie an und streichelte ihre Hand.

»Entschuldige«, sagte Elisa kleinlaut.

»Du musst dich nicht entschuldigen.«

»Muss ich sehr wohl.«

Vor ihr schlug eine Autotür zu. Die anderen Fahrer stiegen wieder in ihre Wagen und ließen den Motor an. Bald würde sich der Stau auflösen, und Daniele musste weiterfahren.

»Ich möchte mich entschuldigen, weil ich weggerannt bin vor dir und vor mir selbst aus lauter Angst, einen Fehler zu machen. Und gerade das war mein Fehler.«

»Du hast nichts falsch gemacht.«

»Inzwischen weiß ich das. Sag mir, dass wir es noch einmal miteinander versuchen, Daniele. Sag mir, dass es nicht schlimm ist, wenn nicht alles perfekt läuft. Sag mir, dass ich immer noch für dich der Grund sein könnte zu bleiben.«

Als die Autos vor ihm anfuhren, strich Daniele ihr zärtlich übers Gesicht. Und sein Lächeln gab ihr Mut und Zuversicht – ein Lächeln, verheißungsvoll wie der Duft eines Tees, den man nicht mehr missen möchte.

»Wir können jeden Fehler machen, du und ich, und am Tag darauf einfach neu anfangen. Und du bist unverändert mein Grund zu bleiben«, flüsterte er leise.

Er nahm ihre Hand, führte sie an seine Lippen, und einen Augenblick lang fürchtete Elisa, dass es sein Abschiedskuss sein könnte. Dann aber zog er sie an sich und küsste sie – küsste sie so leidenschaftlich, als wollte er sie nie wieder loslassen. Es war ein Kuss wie ein Versprechen, und Elisa spürte in diesem Moment, dass es die kleinen Gesten waren, die das Leben lebenswert machten. Kleine Wunder, für die es sich lohnte, loszulassen und ins Ungewisse zu springen.

»Ich liebe dich«, sagte Daniele, als er sich von ihr löste. »Nach diesem Glück habe ich überall gesucht. Und immer, wenn ich glaubte es gefunden zu haben, habe ich an dich gedacht.« Die Autos hinter ihnen begannen zu hupen, ohne dass Daniele sich vom Fleck rührte. »Genau wie du habe ich Angst: Angst, dir nicht das geben zu können, was du verdient hast. Angst vor einem normalen Leben, obwohl ich nicht mal genau weiß, was das ist. Trotzdem bist du für mich das Wichtigste auf der Welt, für dich würde ich auf alles andere verzichten.«

»Nein, das will ich gar nicht. Hör bitte nie auf, du selbst zu sein. Und ich werde nie aufhören, normal zu sein«, fügte sie grinsend hinzu. »Wir werden ein tragisch unperfektes Paar sein.«

»Wunderbar unperfekt«, korrigierte er sie lachend.

»Wunderbar unperfekt«, wiederholte Elisa und küsste ihn.

Im Grunde war alles ganz einfach, man musste es bloß zulassen. Der Wunsch, irgendwelche Dinge zu vermeiden, machte alles unnötig kompliziert.

Als das Hupen lauter wurde, löste sie sich von ihm.

»Steig ein«, sagte Daniele.

»Das geht nicht, ich muss die Vespa zurückbringen. Fahr mir hinterher, wenn du mein Tempo mithalten kannst«, erwiderte Elisa.

»Willst du schon wieder abhauen?«

»Nein, allerdings musst du mir versprechen, mich nie mehr aus den Augen zu lassen. Mach dich auf was gefasst. Diese Vespa ist schneller, als du denkst!«

Ihre letzten Worte wurden von dem mit Vollgas startenden Motor, vom nicht abebbenden Hupkonzert und vom Rattern des sich entfernenden Zuges übertönt. Sie brauste davon, war bereit, zu neuen Ufern aufzubrechen, spannende Geschichten zu erleben und die kleinen Dinge zu genießen.

Es waren die kleinen Momente des Glücks, auf die es ankam. Zwar dauerten sie womöglich kaum länger als ein Schluck Tee, und dennoch lag gerade in ihnen der eigentliche Sinn des Lebens.

*Über den Tee und die Liebe*

*Eine elementare Voraussetzung für einen guten Tee ist die richtige Wassertemperatur. Im Grunde liegt das auf der Hand, und doch halten sich lediglich wenige an die Regel. Dabei ist es häufig genau diese vermeintliche Nebensächlichkeit, die den Unterschied macht. Die richtige Wassertemperatur etwa, die von Sorte zu Sorte variiert, kann aus einem gewöhnlichen Getränk einen besonderen Genuss machen.*

*Schwarztees vertragen grundsätzlich die höchsten Temperaturen, bis neunzig, manche sogar bis fünfundneunzig Grad wie zum Beispiel der nepalesische Mist Valley. Chinesische Grüntees hingegen tolerieren nicht mehr als fünfundachtzig Grad, so der zarte Double Jade Ring oder der König der Grüntees, der Lung Ching. Die japanischen Grüntees wie der hochwertige Gyokuro sind sogar noch empfindlicher, sie fühlen sich nur bei siebzig bis achtzig Grad wohl. Was den weißen Tee betrifft, variiert die optimale Temperatur zwischen siebzig Grad für den seltenen White Butterfly und fünfundachtzig Grad etwa für den Moon Cake.*

*Mit Träumen verhält es sich ganz ähnlich, denn sie haben verschiedene Intensitäten – eine Tatsache, die wir gerne vernachlässigen. Und wenn wir ihr Rechnung tragen, ist es meist zu spät.*

*Es gibt kühle Träume, die zwar keinen bitteren Nachgeschmack hinterlassen, aber weder fesseln noch sich einprägen. Meist vergisst man sie sofort oder weiß nicht einmal, wovon man gerade noch geträumt hat.*

Und dann sind da die lauwarmen Träume, die besonders kompliziert und quälend sein können, da sie schwer einzuschätzen sind. Überhitzen sie sich, verglühen sie auf der Stelle und lassen lediglich ein beklemmendes Gefühl zurück. Kühlen sie zu stark ab, verlieren sie an Intensität und werden fad und langweilig. Wenn man an sich glaubt, mutig und leidenschaftlich ist und das Risiko nicht scheut, erhöht das die Traumtemperatur.

Heiße Träume wiederum, die besonders mutige und leidenschaftliche Menschen erleben, können gleichermaßen schmerzhaft wie faszinierend sein, sich ebenso als Illusion erweisen wie Euphorie erzeugen. Trotzdem lohnt es sich, sie zu leben, weil sie große Gefühle versprechen, Momente, in denen wir uns selbst vergessen oder wirklich wir selbst sind.

Deshalb nehmen wir sogar den bitteren Nachgeschmack in Kauf, der sich nach einem Gefühlshoch oftmals einstellt. Weil man etwas verloren hat, dessen man sich sicher glaubte, oder weil man dem Schicksal grollt, das einen hat scheitern lassen. Allerdings kann sich der bittere Nachgeschmack mit Glück auch in eine bittersüße Sehnsucht verwandeln.

Egal wie, irgendwann hat alles ein Ende, selbst die köstlichste Tasse Tee. Doch wenn es wirklich ein guter Tee war, dann bleibt der Geschmack an den Zähnen hängen, wie die Chinesen sagen, und man vergisst ihn nie wieder.